NUMBERS

A ALIANÇA

CAROLINA REGINATTO

LIVRO DOIS

NUMBERS

A ALIANÇA

partners coerência

DIREÇÃO EDITORIAL
Lilian Vaccaro

PRODUÇÃO GRÁFICA
Giovanna Vaccaro

ANÁLISE CRÍTICA
Márcio Zanini

PREPARAÇÃO
Rebeca Luz
Jadna Alana

REVISÃO
Bianca Gulim

CAPA
Henrique Morais

DIAGRAMAÇÃO
Michael Vasconcelos

DADOS INTERNACIONAIS DE CATALOGAÇÃO NA PUBLICAÇÃO (CIP)

Reginatto, Carolina
Numbers II, a aliança / Carolina Reginatto. – 1ª edição – São Paulo: Coerência, 2021

ISBN: 978-65-89850-18-2

1. Ficção brasileira 2. Fantasia urbana I. Título

CDD: 869.3

Grupo Editorial coerência

partners coerência

Rua Coronel Leme, 43
Centro | Bragança Paulista | SP
12.900-340
www.editoracoerencia.com.br

Para todas as pessoas cuja jornada se entrelaçou com a minha e para todas aquelas que amo incondicionalmente. A magia pode transformar vidas se você acreditar.

AGRADECIMENTOS

Agradeço a todos que acreditaram em mim, me apoiando em todas as etapas para a realização do meu sonho.

Esta é, sem sombra de dúvidas, a melhor e mais mágica parte de mim; poder compartilhá-la com minha família e meus amigos é maravilhoso.

Agradeço ao meu amor, Mateus. Eu não conseguiria sem você.

Agora vamos juntos continuar a leitura da segunda parte desta história que amo tanto.

PRÓLOGO

Sei que neste momento está me odiando por quebrar a minha promessa, Helena. Sei que falhei em cuidar e proteger você e que agora deve estar com o coração despedaçado e quebrada por dentro.

Como sei disso? Bem, eu estaria me sentindo assim se estivesse no seu lugar.

Mas você não está sozinha. Espero que tenha ciência disso. Está rodeada de pessoas que se preocupam com você e sei que ficará bem.

São nesses momentos que pensamos em tudo que vivemos.

É como um filme, sabe?

E você tinha razão.

Lembra que você me dizia que não deveríamos nos importar com a opinião dos outros? Percebo agora que é verdade.

Sempre fui a criança agitada e encrenqueira, você sabe. Aquele menino que queria mostrar aos colegas que era bom, que conseguia fazer tudo a que me desafiassem. Mas, no fundo, tudo que eu queria era me enturmar, me sentir bem em um grupo de amigos.

Fui assim até a adolescência, não fui? O Lorenzo problemático. Aquele que quebrava coisas, que pulava os muros, que aprontava. Quando as coisas apertavam, os meus "amigos" corriam e só eu respondia pelas brincadeiras.

Inúmeras vezes ouvi as mães dos meus colegas dizendo que não me queriam perto de seus filhos, pois os levaria para um mau caminho. Foi nessas vezes que chegava até você, arrasado e deprimido porque, no final das contas, só... queria ser aceito. Você, em vez de me abraçar e me deixar reclamar da situação como qualquer pessoa faria, olhava para mim com uma cara de repreensão e me dizia: "Está se lamentando por isso? Eles não são seus amigos, Lorenzo. Se fossem, teriam enfrentado a merda da mãe deles por você".

Até fiquei ofendido na primeira vez e respondi que eram as mães que os impediam de me ver e que eles não tinham culpa. Você deu aquela bufada tão característica sua e me respondeu na cara dura: "Acha que eu me importaria se minha mãe ou Alejandra quisessem me proibir de ver você? Eu enfrentaria quem quer que fosse por você. Não estou nem aí para o que dizem. Você é melhor do que isso, Enzo".

Apenas tempos depois fui entender que, ao dizer isso, você estava me dizendo que eu não precisava dos outros... porque você estava ali para mim.

Você sempre esteve ali para mim.

Sei que não foi fácil em nenhuma das vezes, porque você sempre foi a que mais sofreu. Foi quem viu os seus pais morrerem, quem sofreu com os treinos rigorosos de Alejandra e ainda tinha o fato do seu amigo aqui não parar de arrumar problemas para a sua cabeça.

Éramos nós dois contra o mundo, lembra?

Por muito tempo sonhamos em derrotar Kaguyan e acabar logo com isso. Já imaginou? Sem Zekens a nos perseguir, sem mudanças repentinas de cidade, sem o medo de perder alguém importante, sem a dor que tanto permeia nossos corações. Sei que sim, porque eu mesmo já me peguei várias vezes pensando nisso.

Eu, infelizmente, não estarei aí para viver tudo isso contigo. Mas você, sim. Você ainda terá essa chance e viverá tudo isso. Helena, você será feliz!

Felicidade.

Outra coisa que sempre almejamos, mas quase nem sentimos mais o gosto, né?

Você a alcançará, embora agora pareça mais difícil do que nunca. Sei que você é capaz, porque não é qualquer uma, você é Helena Benitez — ou, para mim, simplesmente Helena. Aquela que preencheu o meu coração quando pensei que só existia o vazio, aquela que me deu forças para lutar por algo que nem sabia que conseguia.

Mesmo que nunca disséssemos através de palavras o que sentíamos um pelo outro, sei que nossas atitudes mostravam isso. Sei que no fundo você sabe — e sempre soube — de todo amor e carinho que sinto por você.

Você é a minha família e eu daria a minha vida por você se fosse preciso.

Seus poderes sempre foram superiores aos meus, e, mesmo que diga que a ordem dos números são apenas "numerações que dão às vacas antes de morrer", como sei que adora dizer, você sempre se destacou por toda a força bruta que há dentro de si.

Qual é?! Admita. Você sabe que é incrível.

Nunca me esquecerei de todas as vezes que você se jogou na minha frente impedindo os ataques direcionados a mim. Ou dos ferimentos que sofreu por minha causa.

Mesmo que doesse, não faria diferença, era o que você dizia, porque passaria rápido e não seria esse o meu caso. Só que eu me sentia tão mal em ver as várias cicatrizes que eternizaram os machucados na sua pele... Aqueles que levou por mim. Isso não era fácil de ver e não tenho vergonha de admitir.

Ao encontrarmos William e James, tudo que pedi a você foi que primeiro me deixasse estudá-los para saber se podíamos confiar neles. Pedi para não mostrar do que era capaz porque não sabia de suas reais intenções. E o que você fez? Travou um duelo com William — justo o número mais alto dali.

Claro que suas habilidades eram superiores às dele — tudo fruto do seu treinamento de anos —, mas, ainda assim, não o conhecia para saber do que ele era capaz. Ao ver a lâmina da espada dele ultrapassar o seu abdômen, quase enfartei.

É, coisa rosa, você só me dá dor de cabeça.

Você não faz ideia do quanto aquele garotinho ruivo deslocado está feliz agora, aquele garotinho que muitas vezes você teve que acolher e ajudar. Não faz ideia do bem que fez a mim, de como sou grato por ter tido a oportunidade de fazer parte da sua vida.

Helena, você é incrível por si só. Não Número Cinco nem a garota que se cura em uma velocidade absurda ou a que tem a força de mil homens, mas a minha melhor amiga, minha irmã. Você é incrível pela pessoa que se tornou. Pela pessoa que chora pelas plantas ao sugar sua água, aquela que se despedaça cada vez que um humano inocente morre por conta de um Zeken, que não se importa de se jogar em frente a um amigo para salvá-lo, mesmo sabendo das consequências.

Nunca deixe que isso morra em você.

Não me arrependo de nada do que vivemos e faria tudo de novo apenas para ver o seu sorriso singelo mais uma vez ou ouvir um resmungo envergonhado ao fazer uma piada da sua aparência, ou simplesmente.... para viver mais um momento ao seu lado.

Você me ensinou que família são os laços que se formam através do amor. São mais fortes que laços sanguíneos quando os cultivamos para que seja de tal forma. Ter uma família depende de nós mesmos, e graças a você entendi isso.

Você é minha família.

E arrisco dizer que até mesmo Alejandra, Rob, Will e James são minha família. Porque todos aprendemos a nos ajudar e sei que daríamos a vida uns pelos outros. Isso é amar alguém.

Não importa se demorarmos a vencer essa guerra, não importa se sofrermos mais ainda até chegarmos a Kaguyan. Porque enquanto estivermos unidos através dos laços os quais formamos, tudo valerá a pena.

Ah, e não se preocupe, morrer não é tão ruim quanto pensávamos que era. É como... adormecer. Mas não se afobe, não quero vê-la aqui tão cedo.

Deixei James incumbido da difícil tarefa que é deixá-la viva. Afinal, todos sabemos o quanto é complicado manter esse vulcão sem entrar em erupção. Ele irá conseguir, tenho certeza, pois o que James sente por você é mais forte do que qualquer coisa.

Você está em boas mãos.

Bom, é aqui que me despeço, coisa rosa. Agora vou me encontrar com Ruan, e assim poderei assistir, ao lado dele, a você conquistando o mundo à sua maneira e mostrando a todos... quem é Número Cinco.

1

Eram essas as palavras que imaginava que Lorenzo diria pela última vez. Infelizmente, sabia que aquilo era apenas fruto de sua imaginação e que nunca teria a chance de ter aquela despedida.

Deitada sobre o colchão macio, Helena fazia técnicas de relaxamento e respiração na tentativa de buscar o sono de que seu corpo tanto estava precisando.

O dia fora estranho. Primeiro o enterro de Lorenzo e em seguida aquele turbilhão de informações novas trazidas por Elisabeth e o recém--descoberto Chang. Sentia que, mais do que nunca, suas chances de derrotar Kaguyan, a Rainha Vermelha, haviam crescido de modo significativo.

Helena suspirou e foi inevitável pensar que se Lorenzo tivesse tido mais tempo, poderiam vencê-la juntos. Sentou-se na cama. Não sabia havia quantas horas estava naquela tentativa de dormir, mas não havia feito nenhum progresso desde então.

Calçou um chinelo que estava ao lado e saiu do quarto, evitando emitir qualquer som, para seguir ao único lugar que conseguiria lhe dar um pouco da paz de que tanto precisava: o mar.

Dirigiu-se até a praia e ficou descalça. Caminhou alguns passos e se agachou, pegando um pouco da areia ainda quente, fruto do dia de sol que fizera.

Sabia que teriam um gás maior para lutar contra a Rainha Vermelha, mas por que não estava empolgada? Horas antes, havia dito a James que seguiria em frente pelas pessoas a quem amava, que estavam vivas, contudo por que nada mais fazia sentido? Toda aquela determinação, uma característica tão presente em si, parecia se esvair por seus dedos do mesmo modo como a areia escorria pelas mãos.

Levantou-se e seguiu até chegar perto da água tão calma e quase sem ondas. Como o mar podia estar tão sereno? Como a água, seu próprio elemento, podia ser harmoniosa quando ela estava um caos? Enquanto sentia como se fosse explodir a qualquer momento.

Já estava próxima o suficiente da água. No momento em que sentiu as leves ondas tocarem seus pés, começou a sentir os seus olhos arderem e as grossas lágrimas escorreram por seu rosto novamente. A cada instante seu peito parecia se comprimir mais, e sentia que o ar estava acabando. Suas mãos tremiam e então toda aquela dor passou a ser raiva.

Estava cansada daquilo.

Levantou as mãos trêmulas em direção ao mar e tencionou os músculos para que a dominação de água acontecesse. Estava fraca por conta das noites maldormidas e da má alimentação, mas ainda assim conseguiu emergir do mar uma grande quantidade de seu elemento. Quando a grande bolha de água ficou a alguns centímetros da linha do mar e a raiva corroeu suas veias, Helena fez aquela massa líquida ser arremessada contra si, encharcando-a por completo.

Sentiu dor ao jogar a água contra seu corpo, mas, de certa forma, aquilo a revigorou. Precisava de mais. Então fez a dominação mais uma vez e repetiu o processo. Era como se tivesse levado um soco no rosto. A dor em seu coração, porém, começou a passar para seu corpo; a punição pareceu eficaz.

Uma nova bolha de água se formou e já a atingia em cheio sobre o rosto. Helena passou a mão em suas bochechas e pôde sentir a presença de cortes e sangue escorrendo, que assim como apareciam tão logo começavam o seu processo de cura.

Já sem forças, ajoelhou-se na areia e chorou mais uma vez.

Naquele momento, deu-se conta de que não sabia o que seria de sua vida sem Lorenzo. Nem sequer sabia como agir ou o que fazer. Não tinha a menor ideia do que viria a seguir.

Sentiu a presença de James atrás de si, mas não se moveu.

— Vá embora.

— Não. — Escutou a voz rouca dele. — Senti sua oscilação de dentro da casa.

— James, me deixe sozinha — declarou com a cabeça baixa, ainda ajoelhada em frente ao mar.

— Não vou deixar você destruir a si mesma. Você não está sozinha. Tem Alejandra, Will, todos os outros e... Você tem a mim.

James tentava dar a ela o que recebera pela manhã: consolo.

Em seu quarto, também sem sono, sentira a oscilação da dominadora de água e se levantara na tentativa de acalmá-la, mas ao chegar no cômodo destinado a ela havia visto que estava vazio. Seguira para fora e observara perto da casa a garota dominar água. Havia se preocupado quando ela começara a jogar o próprio elemento contra si.

Sabia que Helena estava a ponto de uma explosão, todavia não imaginara que viria a acontecer tão rápido, e pior, que jogaria toda a raiva e ódio contra si mesma. Todos aqueles ataques a machucavam, e saber que preferia sentir aquelas dores a enfrentar o sofrimento que preenchia o seu coração acabava com ele.

— Onde está aquele Número Quatro que conheci? — perguntou ela ao se levantar e encará-lo. — Aquele que não acreditava em laços e que se negava a aceitar que juntos somos mais fortes?

— Aquele número não existe mais — falou ele calmamente, franzindo as sobrancelhas ao ver os cortes no rosto dela. — O que você vê agora é Número Quatro... mudado por Número Três.

A expressão dela alterou de raiva para pesar quando James mencionou Lorenzo. Helena voltou o seu olhar para o mar, encarando a imensidão.

— Eu não consigo sem ele, James. Não consigo... — sussurrou. — Está doendo demais. Não sou forte o suficiente.

Ele suspirou ao vê-la baixar o olhar e então pensou em como poderia expressar tudo que sentia. Por alguns instantes, lembrou-se de sua última conversa com Bruce e em como aquilo parecia distante de sua nova realidade por não fazer mais nenhum sentido.

— Bruce me ensinou várias coisas — disse, chamando a atenção dela, que ergueu o olhar. — Dentre elas, que laços são apenas para enfraquecer as pessoas. Segundo ele, são esses sentimentos que nos levarão à ruína. Um dia ele me perguntou se me entregaria ou daria a minha vida por alguém, se desviaria do meu caminho para salvar uma pessoa com quem me importava.

— E o que você respondeu? — perguntou Helena, olhando-o.

— Nada. Embora em meu íntimo achasse aquilo besteira, não entrava em minha cabeça desviar do objetivo de uma vida inteira por apenas uma pessoa. Meu mentor dizia o tempo todo com orgulho que somos uma raça pura e invejada. Sempre acreditei que não poderia deixá-la ser extinta por puro egoísmo — narrou. Helena o olhava com atenção, abraçando o seu próprio corpo. — Fiz uma promessa há muito tempo de que não me aproximaria de mais ninguém, como aconteceu com William. Prometi a mim mesmo que jamais deixaria outra pessoa entrar.

— Você quebrou sua promessa — complementou, sabendo da proximidade com Lorenzo e do quanto James estava sofrendo também.

— Sim, a quebrei quando estávamos no penhasco. — James chegou mais perto dela. — Você se atirou em frente a William para salvá-lo do ataque de bolas de fogo, mesmo que tivesse o conhecido havia pouco tempo. E no momento em que Lorenzo estava sob o poder dos Zekens, você o empurrou, pronta para ser atingida no lugar dele. Naquela hora, quando corri para salvar você, quebrei minha promessa. Desde então não consigo não me preocupar com você.

— Não precisa se preocupar comigo, James.

Helena desviou o olhar.

— Tarde demais — rebateu James, levantando a mão para puxar o rosto da garota para si. O espaço entre os dois agora era mínimo. — Já me preocupo e vou cuidar de você.

— Por quê? — perguntou ela, encarando-o com um olhar sôfrego. — Por que se importa?

— Você não sabe? — James estava temeroso, mas a cada instante queria chegar mais perto dela. — Não consigo parar de pensar em você.

A expressão da garota se tornou um misto de dor e surpresa, porém não teve tempo para assimilar a situação, porque ele já acabava com o espaço existente entre os dois, segurando-a pela cintura.

James levou seus lábios até os dela e os selou.

Não tinha experiência em contatos íntimos, no entanto decidiu seguir os seus sentimentos e tudo o que seu coração dizia para fazer. Helena correspondeu, ainda confusa, mas pronta para receber o beijo lento de James.

Era mais do que um simples beijo, era a demonstração de que tudo valeria a pena, era a certeza de que teriam forças para seguir em frente. Estariam depositando suas forças um no outro. Um não desistiria e lutaria até o fim pelo outro.

Helena levou a mão até os cabelos rebeldes de James e diminuiu ainda mais o espaço, levantando um pouco os pés para ficar na altura dele, que, por sua vez, apertou sua cintura e levou a outra mão até o pescoço dela.

Quando se separaram, James notou algo diferente no olhar dela. Era um olhar de... esperança.

— Venceremos isso... juntos — disse ele, ainda com Helena em seus braços.

— Juntos.

Ela soltou um sorriso mínimo.

Se tivesse a chance de dizer algo a Bruce, seria que honraria a raça pura e invejada a qual ele pertencia, honraria-a demonstrando o que seu amigo Lorenzo lhe ensinou.

James não desviaria de seu caminho por alguém, porque seu caminho era Helena.

2

No dia seguinte, por mais que tivesse amanhecido com uma arte majestosa no céu com tantas cores espalhadas em meio às nuvens, a tensão dos números ainda se mantinha a mil. Pouco foram aqueles que conseguiram dormir, ainda mais após saberem por meio de Elisabeth e Chang que teriam apoio dos humanos contra a Rainha Vermelha.

Era difícil não parar de pensar um instante naquilo.

Kun lhes explicara melhor sobre a base militar que prestaria apoio a eles e convocaria o exército para participar da guerra, todavia existia uma preocupação em meio a isso tudo.

Até então, tal apoio provinha apenas da base americana, a única do planeta que sabia da existência dos Shindenianos e das ameaças da Rainha Vermelha. Logo, eles teriam que convencer outros países do mundo a se aliarem à mesma causa.

Tal notícia tirou um pouco toda aquela confiança que eles haviam adquirido no dia anterior.

— Ai, cara! Não aguento mais esperar! — William esbravejou, encostando-se na sacada da varanda junto de Dylan e James, que assistiam ao sol nascer no horizonte. — Quando aquela garota e o sabe-tudo vão acordar? O tal de Kun já está de pé e estou ansioso para saber sobre a base militar!

Dylan olhou para Will com o semblante entediado, quase da mesma forma que James, no entanto ele revirou os olhos com a inocência dele.

— Você não notou, não é?

— Notou o quê?

— Os dois são um casal, ora! — Dylan respondeu.

— Ok, mas o que é que tem isso? — William tornou a perguntar, franzindo o cenho e olhando dele para James, que o fitava com certo humor. — Eles são bons juntos, certo? Mas isso não dá a vocês o direito de demorarem tanto para acordar.

— Você está brincando, não é? — Dylan colocou uma mão na boca segurando o riso. Entretanto, foi ao ver os olhos perdidos de William que constatou que ele não fazia ideia do que estavam falando. — Caramba, você nunca ficou com uma garota? Eles devem ter tido uma noite bem agitada e por isso ainda estão dormindo.

— Agitada, você quer dizer... — William comprimiu os lábios, entendendo o que o outro queria dizer. — Fazendo *aquilo*?

James soltou uma risada alta e voltou a olhar para o sol, que já se destacava acima das nuvens. Não queria testemunhar a falta de noção de seu amigo no momento em que ouviu Dylan dar o primeiro pico de uma gargalhada.

— Sim, fazendo *aquilo*! É tão difícil assim dizer? — Dylan falou em meio aos risos. — De onde você vem que nunca falaram sobre isso?

— Desculpe se treinei arduamente para não morrer em vez de perder meu tempo vagabundeando com humanas! — William explodiu com a afronta e deu as costas, voltando para dentro da cabana.

Dylan olhou com espanto para o lugar por onde o outro saíra e se assustou ao levar um tapa no ouvido por James, que se afastou e seguiu o mesmo caminho de William.

— Droga — murmurou, massageando o lugar em que fora atingido.

Logo suspirou, resignado, e baixou o olhar. Precisava se entrosar com eles.

Como poderia aprender a se proteger e fazer a diferença na guerra se o medo o consumia tão fácil?

Seu corpo travou em todas as vezes que estiveram sob a mira dos Zekens. Até mesmo na perseguição em que se separaram de Lorenzo e James ele pouco fizera, apenas se defendia como podia, mas na maior parte do tempo estava atrás de Erik e sendo protegido por ele.

Não podia continuar assim, senão seria o próximo a morrer.

Com esse pensamento, voltou para dentro da casa com a intenção de se desculpar, no entanto logo foi chamado por seu mentor para se juntar à mesa do café com o restante do pessoal para fazer seu desjejum.

Fez questão de se sentar ao lado de William e, mesmo com o olhar ainda baixo, mirou o amigo e sussurrou um "desculpe".

— Tranquilo, cara! — respondeu William com um largo sorriso enquanto se servia de café. — Não esquenta a cabeça com essas coisas.

Era estranho ver a mudança de humor tão repentina de William. Queria entender de onde surgia tanta alegria ou empolgação.

Não pôde responder, pois logo Alejandra tomou a palavra, olhando fixamente para Kun.

— E então? O que vocês precisavam nos dizer sobre a base?

Kun terminou de mastigar e tomar um gole de café antes de levantar o olhar para ela.

— Apressada como sempre, não é, Alejandra?

— Não preciso responder isso, Kun, visto que você sabe a rapidez e proporção dos ataques que estamos recebendo agora. Antes de ontem, já perdemos um número muito amado por nós, então não estou brincando nem querendo enrolação — disse entre dentes enquanto segurava a faca na direção do mentor. — Diga logo o que tem que falar e nos adiante sobre o que temos que fazer.

Kun arregalou os olhos e se voltou para Robert em busca de compreensão, mas o que viu foi a expressão de tristeza no rosto dele ao levar sua xícara à boca.

— Desculpe — murmurou, anuindo em respeito para sua ex-general. — É a base militar americana de maior destaque. São eles que sabem sobre nós e nos darão apoio, porém é pouco conhecida por ser secreta. Por esse motivo, ao entrarmos em contato com outros países pedindo auxílio, vai ser difícil convencê-los a cooperarem e se aliarem a nós.

— Entendo. E quais foram os termos na aliança com eles? — Alejandra tornou a perguntar. — Pelo que sei, os americanos são os que mais gostam de se sentirem os superiores em tudo. Não vão querer fazer testes em nós pelo fato de sermos de outro planeta também, não é?

— Não. Isso posso assegurar.

— Como tem tanta certeza? — Dessa vez foi Robert quem perguntou, cruzando os braços com o cenho fechado.

— Acredito que se recordem de Tared Vesryn, certo? — Kun sorriu de canto, vendo Robert arregalar os olhos e compreensão no rosto de Alejandra, que assentiu bebericando seu café. — Ele é um dos líderes da base e membro do conselho. Conseguiu convencê-los de que, por mais que tenhamos dons, nossos corpos são de humanos com séculos a mais na evolução.

Dylan, por outro lado, estreitou os olhos com o semblante confuso assim que escutou aquele sobrenome tão conhecido, o mesmo que o seu.

Vesryn?

— Como se tivéssemos vindo de uma outra dimensão em que a Terra está duzentos anos no futuro em relação a esta e nossos poderes fossem reflexo da evolução da raça — concluiu Elisabeth, sorrindo.

— E eles acreditaram em uma baboseira dessas? — Erik questionou, intrigado.

— Chang consegue ser bem convincente — Kun retrucou, olhando de canto para seu protegido, que nada dizia, apenas comia silenciosamente.

Alejandra, Robert e Erik se entreolharam, entrando em consentimento mudo entre eles. Estavam certos de que aquela era uma boa oportunidade e não poderiam abrir mão dela. Caso os americanos mudassem e decidissem aprisioná-los para testes, lidariam com isso.

— Tudo bem. Faremos o que for possível e impossível para conseguirmos mais aliados — finalizou Alejandra.

— Bom, já que está tudo acertado, vamos precisar ir até a base, mas antes preciso contatar Tared. Será ele quem vai nos levar até lá de avião.

Por mais que em meio a tudo aquilo ainda houvesse complicações para dificultar seus planos, todos ali estavam confiantes.

Assim que chegassem à base, tudo estaria em jogo.

James suspirou, sentindo a empolgação tomar conta de seu corpo, e olhou instintivamente para Helena, que, em um reflexo, correspondeu com um sorriso de felicidade.

Ambos pensavam a mesma coisa: a Rainha Vermelha cairia e Lorenzo seria vingado, assim como todos que sucumbiram nas mãos dela.

3

A noite chegou trazendo o vento gélido consigo. Fora um dia de várias descobertas importantes e, considerando pelo que passaram ultimamente, todos mereciam um belo descanso. Depois de jantarem, o grande grupo foi se dissipando aos poucos. Em maior número, eles tinham que dividir os poucos quartos com os demais companheiros.

Helena havia dado o quarto que fora destinado a si para que Elisabeth e Chang se acomodassem e seguiu para passar a noite com Alejandra. No entanto, sua cabeça estava a mil, e por isso preferiu aproveitar um pouco do vento para pensar em tudo que ficaram sabendo naquele dia.

Saiu da casa e ficou em pé na sacada. Sua mente pensava em várias coisas ao mesmo tempo, desde James e o beijo inesperado até a saudade de Lorenzo.

Sentiu a presença de alguém e se virou a tempo de ver Elisabeth se escorar na quina da porta com um olhar distante voltado para a praia.

— Eu soube sobre seu amigo — disse a loira, ainda mantendo o olhar no mar. — Sinto muito.

— Obrigada — respondeu, também voltando o seu olhar para a praia.

— Sei que isso parece insensível, mas temos que seguir em frente. — Elisabeth olhou para Helena e caminhou até chegar perto dela. — Para vingá-los.

— Você perdeu seu mentor, certo? — perguntou, um tanto receosa.

A casa estava silenciosa. Só se ouvia o barulho da água se chocando em pequenas ondas.

— Sim. Foi difícil superar e pensar no que fazer quando fiquei sozinha — Elisabeth respondeu tranquilamente, contudo era possível ver em seu olhar que também havia sofrido. – Mas ao conhecer Chang tudo se tornou mais fácil.

Helena ouvia tudo com atenção. Era diferente falar com outra mulher sobre relacionamentos. Sabia de sua dificuldade de se expressar e do quanto queria desabafar sobre o que acontecera com James e não conseguiria se abrir com Alejandra dessa maneira.

– Vocês estão juntos há muito tempo? – perguntou, receosa.

Elisabeth olhou para Helena e sorriu. Mesmo com aquela postura séria e marrenta, falar de Chang a deixava diferente.

– Estamos juntos desde que nos encontramos. Foi algo estranho, para falar a verdade; era como se nós já nos conhecêssemos. Chang tem esse jeito preguiçoso e muito racional, e eu sou ativa e imediatista, sabe? Combinamos bem.

– Entendo.

James e ela também eram diferentes. Helena sabia ser explosiva e agir pelo lado emocional, e ele era o contrário, sempre agia após pensar várias vezes sobre todas as possibilidades. Ainda assim, não podia deixar de reparar também no quanto James havia mudado nos últimos tempos. Isso fez Helena sorrir discretamente.

– E quanto a você e James? – perguntou Elisabeth, fazendo Helena se espantar com o seu questionamento. – Vocês parecem bem próximos e claramente há uma tensão entre vocês.

– O quê? Ah... não há nada entre nós – rebateu Helena enquanto sentia as bochechas esquentarem e desviava o olhar.

– Não precisa falar disso se não quiser.

Helena pensou por alguns instantes. De fato, queria falar sobre aquilo. Precisava colocar para fora o que sentia por ele, conversar sobre seus sentimentos. Seria a Lorenzo que recorreria e se abriria caso estivesse vivo. Agora, analisando Elisabeth, ela tinha um pouco do jeito do ruivo, até mesmo no modo de se vestir.

– É que... estamos no meio de uma guerra, sabe? Não sei como agir com relação a isso. Há tanta coisa acontecendo. – Tentou justificar e escutou uma bufada da outra.

– E daí que estamos em guerra? – retrucou Elisabeth. – Helena, nós podemos morrer a qualquer momento. Não deixe que o medo a impeça de ter momentos bons com quem você ama.

– Com quem *amo*? – Helena fez a pergunta mais para si. – Eu não sei o que sinto por James.

Elisabeth acenou em concordância e voltou a olhar para frente.

– O que James significa para você? – perguntou. – Pense nisso. Quando tiver a resposta, saberá o que fazer.

Elisabeth se virou para voltar até a casa, mas antes Helena a chamou.

– Elisabeth, obrigada.

– Disponha. Sempre que precisar, basta me chamar.

Sozinha na varanda, pensou nas palavras da nova companheira de batalha.

O que James significava para ela?

Ele era como o vento que várias vezes a desafiava e instigava a fazer mais, a dar o seu melhor. James a ajudara a aprimorar seus poderes, como também a correr riscos. Além, é claro, de a tirar do sério em incontáveis situações.

Por outro lado, trazia-lhe a calmaria que precisava para aquietar o seu coração, o consolo de que necessitava para acalmar a sua alma.

James era como o vento.

4

Dylan acordou cedo no dia seguinte, o que era uma novidade, visto que poderia acordar tranquilamente durante à tarde nos dias seguintes aos das festas as quais ia. Sempre preferira a noite e então não teria problema nenhum ficar até mais tarde na cama.

Entretanto, não sentia mais vontade de seguir agindo dessa maneira. Por muito tempo, orgulhara-se de ser o "pegador", mas agora, vendo a dedicação e o nível dos outros números superiores ao seu, só conseguia se envergonhar.

Levantou-se e caminhou pela casa, ainda silenciosa, até a parte de trás dela, de onde vinham os únicos barulhos presentes. Olhou com cautela e viu William repetir posições de lutas e controlar a sua respiração antes de se movimentar.

Deu alguns passos para fora e tentou não fazer barulho, no entanto logo recebeu um olhar e um sorriso em sua direção.

— Eu sei que sou bonito, mas não precisa ficar aí se escondendo para me observar.

— Não seja idiota — Dylan retrucou depois de se recuperar do susto por Will notá-lo tão rápido. — O que está fazendo?

— Fiquei sem sono. Estou fazendo técnicas de respiração — disse, saindo da posição em que estava e pegando a garrafa d'água antes jogada na grama, próximo dali. — Aprendi com Helena e é bem útil.

Dylan se sentou no chão próximo a ele, notando que James, e até mesmo Lorenzo, tinham corpos mais robustos. Era visível as horas destinadas aos treinamentos apenas pelos músculos salientes. Olhou para o

– Sim, era – lamentou Helena, que caminhou em direção à mais velha, consolando-a como várias vezes a outra fizera consigo.

– Você e ele são como filhos e a sensação que tenho é de que falta algo no meu peito. – Alejandra abraçou ainda mais a protegida. – Sinto muito por não ter conseguido protegê-lo.

Helena se afastou e olhou para a mentora com tristeza. Não sabia que ela se sentia assim e agora precisava ajudá-la.

– Não foi sua culpa. Você fez o que pôde, Alejandra. Por favor, não se culpe e saiba que ele a amava muito.

Alejandra sorriu e secou as lágrimas para voltar à sua carne, mesmo que ainda chorosa.

Helena a observou por alguns instantes e, em silêncio, voltou a picar os seus legumes, uma apenas aproveitando a companhia da outra.

5

O fim de tarde já estava borrando o céu com uma coloração vermelho alaranjada. Um dos pontos bons de estarem naquele mirante era que podiam subir na torre ao lado da cabana e ver toda a extensão do mar até onde os olhos podiam alcançar, em perfeita harmonia e tranquilidade.

Tudo ali era quieto e era isso que James queria naquele momento.

Seus pensamentos já estavam barulhentos e desconexos demais e ficar junto com os outros apenas iria piorar.

Ainda mais se se mantivesse perto dela por mais tempo.

A cada instante se recordava das promessas que fizera a Lorenzo e do que sentira ao beijá-la.

Estava começando a enlouquecer pelo fato de não conseguir mais prestar atenção em nada do que Helena dizia porque só conseguia observar cada centímetro de seu corpo e cada movimento seu.

Era constrangedor, mas não conseguia se conter.

Quando se forçava a ouvi-la, mais uma vez seus olhos e atenção o traíam e ele fixava seu olhar na boca rosada de Helena enquanto ela balbuciava coisas que, mais uma vez, não fizera questão de ouvir.

Queria beijá-la de novo. Assim como havia feito naquela noite e talvez até mais. No entanto, incomodava-lhe o fato de Helena não o ter procurado para falar sobre o que acontecera. Falava de tudo, menos sobre o momento entre os dois. E isso o estava matando.

Ouviu um barulho de metal atrás de si e soltou o ar tediosamente ao perceber que aquele lugar não seria apenas dele. Olhou por cima dos ombros e viu William terminar de subir a escada de ferro e se apoiar na grade para colocar seu corpo para dentro da pequena estrutura. Suspirou, cansado, e voltou a fitar o mar à frente, agora tomando a mesma coloração do céu.

Ao menos não era Dylan a importuná-lo.

Ao longo daqueles dois dias, o rapaz o havia procurado algumas vezes para pedir instruções sobre luta e controle de elemento. Ele, obviamente, dera de ombros e inventara algo para fazer dizendo estar ocupado. Sentia certa antipatia por Dylan após as provocações corriqueiras e o assédio a Helena no dia em que se conheceram.

Todavia, William hora ou outra ia até ele para o fazer mudar de ideia porque o garoto estava "mudando".

Mudar?

O que era isso para alguém que descobriu seu destino agora? Não seria ele a ensinar o rapaz do zero. Esse dever era de seu mentor, não dele.

Mas era claro que, enquanto sua opinião sobre Dylan fosse essa, a de William, e inclusive Helena, seria outra, pois em vários momentos pegara os dois instruindo Dylan em alguma coisa. Fosse em ataques físicos, a distância com seu elemento ou controle do corpo.

Presenciando tal ajuda a Dylan, deu-se conta de que não adiantava o que acontecesse, ainda continuava sendo antissocial. Sobretudo com quem não se dera bem logo na primeira impressão.

— Está me ouvindo? — Ouviu uma voz o chamar ao seu lado e virou o rosto de modo preguiçoso na direção de William.

— O que foi?

— Cara, onde você anda com a cabeça que está tão avoado, hein?

— Em lugar nenhum. Apenas estou cansado de esperar o tal Tared. Era para ele chegar ainda hoje.

— Achei que era o único ansioso aqui — brincou William, coçando a cabeça de forma descontraída.

— Não estou ansioso. É que, se estou fazendo algo, paro de ficar pensando. — Sua resposta saiu soprada, e William precisou se esforçar para entender.

— Está pensando nela, não é?

James se virou para ele, afastando-se do ferro de proteção e se aproximando do amigo. Poderia mentir para William, dizer que ele não sabia de nada ou simplesmente mudar de assunto, no entanto aquilo estava destruindo o pouco de paciência que lhe restava; e imaginar mil e um motivos para ela não ter ido conversar estava o frustrando cada vez mais.

William era de confiança. O primeiro a criar laços e se tornar seu melhor amigo, ousando até mesmo dizer irmão. Nesse momento precisava conversar com alguém.

— Estou.

William o encarou, espantado com a resposta afirmativa. Esperava toda uma negação vinda de James, não a mais pura sinceridade. Percebeu nas feições do amigo um pouco de melancolia e até mesmo um misto de raiva e preocupação. Fosse o que fosse aquilo pelo que seu amigo estava passando, ele precisava de seu apoio e não lhe negaria isso.

— O que está acontecendo?

— Eu a beijei.

Mesmo imaginando que James já o havia impressionado com sua sinceridade, estava dando tapas estalados em seu próprio rosto na tentativa de despertar. Aquele não era o James que conhecia.

— Pare com isso, seu imbecil!

James o empurrou, fazendo o loiro bater contra o ferro de suspenção da torre.

— Está falando sério? — balbuciou, ainda desnorteado. — Você *beijou* Helena?

— Foi o que disse — respondeu James, virando o rosto.

Talvez aquela não tenha sido uma boa ideia.

— Na boca?

— Onde você acha que seria? Não sei por que contei isso para você.

— Não! Não! Desculpe, desculpe... — William se adiantou na direção do amigo. — Desculpe, sério. — Ele colocou uma mão no ombro de James, transmitindo seu arrependimento. — Pode falar comigo.

James suspirou, resignado, e voltou seu olhar para William.

— Prometi para Lorenzo que a protegeria. — Ele umedeceu os lábios, tentando buscar as palavras certas. — Ele disse que eu era a pessoa certa para estar com ela.

— E o que você acha disso? Está convencido? — perguntou William, encostando-se na grade, imitando o movimento do moreno.

— Sim. Sabia disso muito antes. Apenas não entendia o que estava sentindo.

— Está dizendo que gosta dela? — William recebeu um olhar reprovador de James e logo acenou. — Claro, pergunta idiota.

— Ainda bem que sabe.

— Mas por que está assim? O que aconteceu depois de se beijarem?

Fitou o amigo, desviando o olhar para o sol, que já se mesclava com o mar no horizonte.

— Ela não veio falar comigo depois daquilo. Digo, falar sobre, entende? Não sei o que fazer.

— Devia conversar com Dylan. Ele é bom nesses assuntos.

Os ombros de James caíram ao ouvir a opinião do amigo.

— Se está achando que vou falar algo do tipo com aquele fracote, está enganado — vociferou, apoiando-se na sacada de ferro e ficando em pé, sentindo o vento chicotear seus cabelos rebeldes naquela altura da torre. — Obrigado por nada, Will.

— Espere, James! — Mas já era tarde, viu seu amigo saltar daquela altura da torre e suspirou, derrotado. — Droga, não estava falando sério.

Pensou em ficar por ali mais tempo, pois ir atrás de James apenas poderia enfurecê-lo ainda mais. Todavia, seus planos foram atrapalhados ao ver no horizonte um grande avião militar se aproximar com rapidez. A cada instante que chegava mais perto, manobrava sua cauda para iniciar um pouso suave na areia da praia.

Logo, viu algumas pessoas saírem de dentro do avião, e, em meio a elas, estava um homem já com certa idade, mas com os mesmos olhos de Dylan. Ao lado dele, uma bela moça de cabelos compridos e escuros e com a mesma cor ocular peculiar.

William estreitou seus olhos para ver melhor e percebeu Kun se aproximar do homem com a moça e apertar as mãos em um comprimento respeitoso.

— Então esse é Tared? — Seu olhar vagueou para a moça ao seu lado e, pela aparência jovial, chutava ter a mesma idade que a dele. — Será que são parentes?

6

NEVADA, ESTADOS UNIDOS
04:15 AM

O voo durou um tempo considerável para chegar até a base. Cruzar o pacífico não foi algo acolhedor para William, que a todo o momento apertava os olhos com força, segurando-se no braço da cadeira e, sempre que podia, verificava seu cinto para ver se estava bem preso.

Para os números não foi algo tão terrível, ao contrário de Will, que, mesmo estando no conforto de estar em amplitude com o seu elemento, ainda assim se agarrava ao estofado e respirava a cada tremor que a aeronave dava devido às leves turbulências.

Estar a quilômetros do chão não lhe agradava nem um pouco. A cada minuto, arfava contando mentalmente o quanto demorariam para chegar à tal base.

Robert, por mais que quisesse acalentar seu protegido, mal tinha forças para se esticar e tocar no ombro de William sem correr o risco de tremer o corpo e demonstrar sua aflição, uma vez que, de forma que ninguém pudesse notar, reprimia seu temor de voar com a mesma intensidade. Ver Alejandra conversando com Helena e Kun sem demonstrar desconforto nenhum apenas feria seu ego. Sabia que aquela mulher era forte e destemida, mas não queria fazer papel de medroso na frente da inabalável ex-general.

Suspirou, frustrado, vendo William arregalar os olhos ao sentirem mais um balançar violento do avião, todavia a menina Vesryn, que se sentava ao lado de Will, segurou a mão dele e a apertou de forma tranquilizadora, fazendo este olhá-la em um misto de medo e confusão.

Ela, por sua vez, sorriu de forma meiga, piscando algumas vezes para criar coragem de lhe dizer algo sem acabar corando como consequência.

— Está tudo bem, já estamos próximos de pousar. — Sua voz melodiosa surtiu efeito como um entorpecente para o corpo dele.

Este, inconscientemente, parou de tremer. Em seguida, ele olhou mais atento aos detalhes do rosto bonito da garota ao seu lado.

— Obrigado — respondeu, sorrindo sem jeito. — Você deve estar acostumada com isso, não é?

— Mais do que gostaria — disse ela, deixando seu sorriso morrer levemente. — São os ossos do ofício, não é?

Ele concordou, olhando de relance para seu mentor, que também segurava firmemente no braço da cadeira, mas que lhe sorria, cúmplice. Sabia o que aquele velho estava pensando.

— Sabe... você não é de Shinden, certo? Nasceu aqui na Terra?

Tal pergunta pegou a moça desprevenida, fazendo-a desviar o olhar para o chão.

— Se está me perguntando se sou humana, bom... não sei dizer. — Ela comprimiu os lábios, incerta do que responder. — Não faço metade das coisas que meu pai pode fazer. Apenas consigo ver além do que os olhos humanos conseguem alcançar.

— Entendo. Isso é muito legal! — exclamou William, apertando a mão dela, chamando mais uma vez sua atenção para seu rosto. Ele viu, com humor, as suas bochechas tomarem a coloração avermelhada. — Você é uma de nós, mas também é uma humana.

— Isso... isso não é algo bom — disse ela, puxando sua mão de volta e virando o rosto para o outro lado.

William franziu o cenho, não entendendo a reação da moça, e instintivamente olhou para seu mentor, que sustentava um sinal de interrogação na expressão. Foi só ver Robert negando com a cabeça e colocando uma mão no rosto em sinal de reprovação que William se sentiu nervoso e se voltou para a moça, que o ignorava no momento.

— O que quero dizer é... — começou sem jeito, passando uma mão nos cabelos rebeldes, bagunçando-os ainda mais. — Você também é diferente, mas isso é bom.

Ele suspirou, deixando seu corpo cair para frente e apoiar os cotovelos nos joelhos, mantendo sua cabeça baixa. Só falava baboseiras quando ficava nervoso. Sem olhar para ela, comprimiu os lábios e continuou:

— Digo, quando derrotarmos Kaguyan nós vamos ter que nos reajustar à Terra, porque este é o nosso novo lar. Por mais que tenhamos vivido aqui desde que éramos pequenos, ainda assim não podíamos nos aproximar dos humanos porque corríamos o risco de envolvê-los ou acabar causando a morte deles por conta dos Zekens.

A garota ao seu lado, Lia, observou William puxar o ar com força antes de continuar. Sua cabeça estava baixa, mas ela podia ver e sentir sua sensibilidade ao dizer aquilo.

— Por onde passamos, deixamos rastros de morte e destruição, porém não era porque queríamos... Tudo foi culpa daqueles vermes! — Will rosnou baixo, e Lia fixou o olhar em suas mãos, que se fecharam em punho devido à raiva. — Crescemos sem amigos e quase sem influência humana, tudo para não abalar o equilíbrio dos humanos e conseguirmos alcançar um lugar entre eles sem correr o risco de uma recusa. — Suspirou, levantando seu rosto e voltando seu olhar para os perolados dela, que o admirava com compreensão. — Talvez viver uma vida normal como eles, Lia.

— William...

— Eu disse aquilo... — continuou, segurando a mão dela novamente com leveza e cobrindo sua palma com sua outra mão, de forma que a esquentasse dos dois lados. — Porque você tem sorte de ser como os humanos, por conviver tanto com eles como uma verdadeira humana! — Lia viu os olhos de Will brilharem com uma esperança inspiradora. — Eu acredito que, se possível, você pode nos ajudar a nos entrosar junto a eles também. Sendo uma de nós e nos ensinando sobre os humanos.

Aquelas palavras aqueceram o coração dela, que, por muito tempo, achou-se uma inútil em tudo o que fazia. Sempre era renegada em qualquer situação que se encontrasse.

Muitos humanos não gostavam de estar perto dela por a acharem estranha e muitas vezes a importunavam, chamando-a de cega devido à cor anormal de seus olhos. Via as proezas que seu pai era capaz fazer, como nocautear muitos corpos apenas uma única vez. Além, é claro, de seu poder oculto de girar com grande velocidade no mesmo lugar, criando uma redoma que o protegia de qualquer ataque ou projetil que disparassem em sua direção.

Este era o mais impressionante, e Tared sempre a impulsionava em tentar desenvolver esse poder, mas nada que fizesse faria esse dom surgir, até que finalmente seu pai desistira de ensiná-la, colocando na cabeça que, de fato, seu lado humano a tornava frágil como eles e por isso nunca conseguiria dominar aquela técnica.

Isso apenas a entristecia cada vez mais e, por isso, convencia-se todos os dias de que nunca encontraria seu lugar.

Precisou morder os lábios para não lacrimejar na frente daquele rapaz que acabara de conhecer. Não queria demonstrar que ainda se sentia fraca, contudo estava emocionada com as palavras. De alguma forma, seria útil para eles.

— Will — murmurou o nome dele, vendo-o se aproximar para ouvi-la melhor. — Obrigada.

Mais uma vez viu aquele grande sorriso preencher o rosto de Will e irradiar luz em cada canto daquele avião.

— Estamos nos preparando para pousar. — Tared apareceu diante de todos com um olhar sério correndo por todos até parar na filha, tão próxima de Will. — Segurem-se.

O pouso não foi tão difícil como esperavam, visto que o avião pousou em uma pista perfeitamente plana, diferentemente da dificuldade que tiveram ao fazê-lo decolar com suas rodas afundando na área da praia.

Ao saírem da plataforma, foram recebidos por um grande número de soldados do lado de fora e, em frente a eles, um homem alto com as feições sérias e olhar analítico se destacava. Ele avaliou cada um sem esconder o descontentamento com a quantidade de pessoas que saíram do avião. Em seu rosto era possível ver duas grandes cicatrizes que se iniciavam desde sua testa e desciam cruzando seu rosto até o queixo. Tal marca fez Helena questionar mentalmente como aquele homem devia tê-las conseguido.

7

— Meu nome é Stephen Morino. Sou o general desta base. — Seus dizeres soaram altos e grosseiros. — Quero saber o motivo de não haver nove crianças, em vez de seis.

— Crianças? — indagou Alejandra, aproximando-se do homem. — Há muito que não são mais crianças, embora nos deem trabalho como tal. — A mentora revirou os olhos, estendendo a mão para Morino, que a encarava. — Sou...

— Alejandra Benitez, mentora de Número Cinco, Helena Benitez. — A voz do general soou séria, mas ele mantinha um sorriso no rosto ao ver a surpresa na expressão dela. — Sabemos tudo sobre vocês.

A mulher também esboçou um sorriso, olhando de canto para Kun, que acenou positivamente.

— Ora, ora, parece que fizeram o dever de casa.

— É uma honra conhecer a tão famosa general de Shinden — Morino proferiu, calmo. — Já estou familiarizado com seus feitos.

— Não sei o que lhe contaram, mas o que fiz em Shinden não é um terço do que enfrentei desde que cheguei à Terra.

Morino riu de novo, acenando em concordância, apontando a direção em que deveriam seguir. Todos o acompanharam em silêncio até o interior do local, passando por longos corredores. Uma hora ou outra olhavam de esguelha alguns soldados armados empunhando suas semiautomáticas, que os acompanhavam com o olhar sempre que passavam por eles.

Aquilo era desconfortante.

Helena e o restante dos meninos, com exceção de Elisabeth e Chang, estavam estranhando tantos olhares sobre si. Sabiam que não era todo dia que habitantes de outro planeta – com extrema similaridade a humanos – passeavam por ali e aquilo causava um senso de perigo grande entre eles. Não era possível agir naturalmente com tantos olhares estreitos caindo sobre eles.

– Por aqui, por favor. – Morino cortou o silêncio, virando em outro corredor mais amplo.

Abriu uma grande porta metálica e permitiu a entrada de todos antes de a fechar em suas costas, não antes de dar ordens aos seus homens para manterem vigilância no deserto. A cada duas horas uma águia sobrevoava o céu para vistoriar espertinhos em aviões particulares dando passeios por ali.

Maníacos ufológicos eram os mais irritantes nesse quesito. Sempre se superavam a cada investida de saber mais sobre bases secretas do governo.

Pararam em meio ao laboratório, impressionando a todos com seu tamanho e magnitude. Ali, vários cientistas perambulavam de mesa em mesa com papéis e lâminas. Cada um focado em seu serviço. Foi apenas quando Morino pigarreou alto que todos ali se voltaram para os novos visitantes e – de forma organizada – se colocaram diante de suas mesas com as mãos postas ao lado do corpo em respeito ao seu general.

– Apresento a vocês nossos mais renomados cientistas especializados em biologia, química, física e, claro, ufologia. Os engenheiros cuidam das pesquisas e anomalias que o mundo apresenta e tentam ligar aos eventos que aqueles vermes estão causando. São eles que investigaram o paradeiro dos tais Zekens e conseguiram traçar uma rota em que, supostamente, a Rainha Vermelha deve estar.

Morino apontou para as pessoas à frente com orgulho em cada entonação.

Olhando com atenção, puderam perceber que além de ser enorme, o laboratório continha muitos equipamentos tecnológicos e vários monitores espalhados nas paredes com pontos de diversas cores piscando nos mapas.

Tudo aquilo fez o coração de Helena bater mais forte. Era apenas mais um passo para a derrota daquela desgraçada que levara seu irmão e os outros.

Por mais que dissessem que aquilo ainda era pouco, podia ver que havia algo promissor e isso já era o bastante para se empolgar ainda mais.

— É um prazer estar aqui. — Helena se adiantou com um sorriso terno desenhado em seus lábios. — Agradecemos a ajuda de todos e por terem aceitado seguir em frente com essa causa.

— Helena. — Morino chamou atenção da garota com um sorriso de canto. — Eles são pagos para isso, obviamente.

— Claro que são, mas tenho certeza de que ninguém aqui está sendo forçado, pois, caso queiram, podem desistir e voltar para suas casas, estou certa? — Caminhou mais à frente e fitou todos os funcionários ali. — Até porque acredito que o senhor não escondeu deles que suas vidas podem estar em risco.

— É certo que eles sabem — Morino respondeu, cruzando os braços, enquanto Alejandra esboçava um grande sorriso em direção à sua protegida.

Com a resposta positiva, Helena se voltou para os cientistas. Com uma mão nas costas e a outra no coração, curvou-se respeitosamente, fazendo o sorriso de sua mentora aumentar ainda mais. Esta imitou o movimento de sua menina. Logo James, William e Dylan fizeram o mesmo, sendo imitados por Chang, Elisabeth, Kun, Erik e Robert.

Tared sorriu de canto e acariciou as costas de sua filha, que o olhava com um brilho diferente. Ela sabia, depois de tantas histórias que contara a ela, que aquele gesto era um símbolo de respeito e gratidão para os shindenianos. Algo apenas deles, e agora compartilhado e oferecido aos humanos.

— Eu posso também, pai?

— Você é tão shindeniana quanto eles — respondeu, alargando o sorriso e acariciando o rosto juvenil de sua filha para juntos imitarem o gesto dos demais.

— Obrigada pela ajuda. Isso também serve para você, Sr. Morino. — A voz de Helena mais uma vez se fez ouvida, arrancando um pequeno riso do capitão e causando comoção e certa alegria por parte das pessoas ali.

Algumas até sorriram, empolgadas, e involuntariamente elevaram suas mãos ao coração e baixaram a cabeça.

— Somos nós que agradecemos. — Uma voz suave soou, fazendo todos voltarem às suas posições normais com os ânimos revigorados. — É uma honra estar na presença de vocês.

O homem que proferia as palavras de agradecimento era pálido e seus cabelos eram de um castanho-escuro quase negro. Seus olhos ficavam escondidos atrás de óculos redondos escuros.

— Este é Jimmy, engenheiro-chefe da divisão de pesquisa terrestre — apresentou Morino, colocando uma mão no ombro do homem.

A garota assentiu e se voltou para os demais, caminhando em curtos passos até se juntar a James e William.

James sorriu, contido, pegando sugestivamente em sua mão, apertando-a em sinal de orgulho. Ela retribuiu o sorriso. Queria, com toda a vontade do mundo, mostrar o quanto estava feliz.

— Preciso mostrar para vocês outra coisa. — Morino os chamou, conduzindo-os até o fim da sala, no qual havia algumas partições não notadas antes. — Jimmy, por favor.

O rapaz anuiu e acionou uma tela na parede, digitando alguns números. Em seguida, uma porta se abriu, fazendo um barulho a vácuo e uma fumaça branca dançar sobre o chão.

A câmara era fria e todos se entreolharam, estranhando.

— É aí que esconde o principal? — perguntou William enquanto via Morino entrar e suspirar ao ouvir seu questionamento.

— É aqui que guardo as provas para convencer os representantes da ONU.

Após dizer isso, tanto William quanto os demais puderam entender o porquê disso. Ali dentro havia várias capsulas de vidro. Em cada uma delas, um Zeken diferente estava adormecido e ligado a vários tubos submersos em uma água esverdeada.

8

— O que é isso? — perguntou Robert, indicando a tonalidade da água.

Aquilo lhe era muito familiar.

— Isso é o que chamamos de *plastona*. Acredito que saiba o que é — respondeu o capitão da base, tamborilando seus dedos em uma cápsula ao seu lado.

— *Plastona*? Onde conseguiram isso?

Tared fechou os olhos, assumindo a culpa.

— Eu trouxe uma amostra de Shinden com o consentimento de Rennin — disse ele, virando-se para as cápsulas e caminhando mais à frente. — Assim que entrei para a base, não repassei muita coisa sobre nosso planeta, mas assim que os números foram lançados e os Zekens começaram a ameaçar a vocês, forneci a amostra a eles para replicarem.

— O que é *plastona*? — indagou Dylan, virando-se para seu mentor.

— É uma substância tóxica, porém muito utilizada em Shinden para fornecer energia para o planeta — respondeu Erik com os olhos fixos na coloração cintilante da água em que o Zeken estava.

— Não é de se estranhar que vocês tenham conseguido recriar — Alejandra disse, olhando com desdém para as criaturas encapsuladas. — A fauna e flora daqui são semelhantes às do nosso planeta, a única diferença é a mudança de clima que a Terra sofre a cada estação.

— Por que diz isso? — Helena perguntou com curiosidade sobre os aspectos de seu antigo lar.

— Em Shinden, se predominava apenas o clima mais ameno, como a primavera. Não havia frio nem calor excessivo.

A explicação de sua mentora arrancou muitas dúvidas dos números ali. Até mesmo de James, que era o que mais conseguia se lembrar de seu planeta natal.

— Certo, mas por que esses vermes estão mergulhados em *plastona*? — Pela primeira vez desde que chegaram ali, a voz de James se fez presente, chamando a atenção dos demais.

— O *plastona*, além de ser uma substância que fornecia energia renovável, também era a única coisa que podia ferir os Zekens em nosso planeta. Por essa razão, somente podemos mantê-los enfraquecidos e dormentes se estão mergulhados nessa substância — explicou Tared, colocando as mãos atrás das costas, parando em frente aos números.

— Verdade. Isso é uma dúvida que sempre tive. — William se adiantou e fitou os olhos perolados de Tared com curiosidade. — Por que os shindenianos não usaram seus poderes para deter os Zekens e Kaguyan antes do planeta sucumbir?

— Porque nós não tínhamos poderes como temos agora. — A resposta soou simples, mas causou uma enxurrada de dúvidas, não apenas em Will como nos demais.

O cenho dele franziu em dúvida e logo lhe lançou um sorriso nervoso levando uma mão até a nuca em um tique nervoso.

— Perdão, senhor, não entendi.

Tared fechou os olhos balançando a cabeça em negativa, achando divertido a falta de tato do rapaz ao confessar sua ignorância quanto ao assunto.

— Tudo bem. É compreensível sua dúvida. Acontece que os humanos aqui na Terra são exatamente como nós éramos em Shinden. O fato de termos poderes aqui é por conta da mudança da atmosfera e das energias que causaram certas anomalias em nosso DNA, mas isso não era novidade. Antes de Shinden decair, fiz um relatório para Rennin contando sobre as mudanças que nossos corpos sofreriam.

James engoliu em seco ao ouvir pela segunda vez o nome de seu pai.

— Por esse motivo a Terra sempre foi nosso destino — concluiu ele. — Meu pai já contava com os poderes que assumiríamos e apostava nisso para deter Kaguyan.

— Isso mesmo. — Tared assentiu, comprimindo os lábios. — Sinto muito, James, sei que isso deve ser difícil para você. Saiba que você tem algo que me lembra seu pai. — Ele se aproximou, colocando a mão em seu ombro. — Você tem voracidade no olhar e, ao mesmo tempo, determinação. Sei que honrará sua família e o nome Evellon, a família mais respeitada e promissora de toda Shinden.

James elevou os olhos para os perolados do homem e aquiesceu com um sorriso fraco. Esse era o seu maior desejo.

— Então... se tudo isso está na mudança da atmosfera... — ciciou Dylan, franzindo o cenho com sua ideia maluca. — Bom, se fosse o contrário, se os humanos tivessem ido até Shinden...?

— Os humanos seriam os superpoderosos — completou Morino com um sorriso ladino.

Coisa que de modo inconsciente arrancou risos de Helena, que idealizou mentalmente como seria aquele capitão tendo algum poder anormal. Seria mais orgulhoso do que agora.

— Agora preciso conduzi-los até suas acomodações. — Morino endureceu as feições e voltou à postura autoritária. — Amanhã será a reunião com os representantes. Levaremos um Zeken para a demonstração final. Conto com vocês para fazê-los se convencer.

— Morino está certo. — Chang tomou a palavra, assustando William ao seu lado, que não esperava que ele se manifestasse. — A ajuda dos outros países será vital para o plano funcionar.

Com o dito, todos assentiram e Morino os conduziu até a saída do grande laboratório. A manhã seguinte seria um dia de muitas provações.

9

Estar diante de todos aqueles velhos com roupas engomadas e expressão fria não era animador. A viagem demorou, mas nada se comparava ao nervosismo dos shindenianos ali.

Todos os números e seus mentores sabiam que teriam uma missão difícil pela frente. Mais que isso, os shindenianos sabiam que deveriam manter a postura a todo custo.

Morino os anunciou aos representantes dos demais países e logo passou a palavra a Kun, que respirou fundo e caminhou até a frente da grande sala em que se encontravam. Alejandra deixou os números enfileirados no fundo da sala e permaneceu ao lado de Robert e Erik enquanto Kun ficava à frente.

Estavam em uma grande sala de reuniões, as cadeiras eram dispostas em fileiras. William sussurrou a Helena que aquela sala era como as de um cinema, pela maneira como ficavam.

Na enorme tela à frente deles, a videochamada tinha início.

— Bom dia a todos — Kun cumprimentou, e Chang franziu as sobrancelhas ao notar que seu mentor estava nervoso. — Sei que é estranho estarem aqui para nos ouvir e que aos seus olhos somos alienígenas, mas nós vamos provar que somos iguais a vocês e que podemos trabalhar juntos.

— Iguais a nós? — perguntou um homem grisalho, que usava óculos e um terno preto. — Vocês são aberrações! Não darei nada a vocês. Estão perdendo o seu tempo.

— Senhor, tenho certeza de que se nos der alguns minutos podemos convencê-lo do contrário — falou Chang, e o homem torceu o nariz para sair uma risada debochada. — Nós viemos de um planeta chamado Shinden, somos os últimos sobreviventes de uma nação inteira. Estes aqui atrás de mim são os números, nossa maior esperança de vencer essa ameaça que também está presente no planeta de vocês.

— Stephen disse que a maior arma de vocês era o fato de serem em nove números. Por que só há seis aí? — perguntou outro senhor, sentado na terceira fileira.

Armas?

Aquilo já estava começando a irritar Helena. Ela nunca teve muita paciência e o modo como aqueles velhotes estavam agindo era incômodo.

— Infelizmente, os primeiros três números estão mortos. — Quem se pronunciou foi Robert, dando um passo à frente e ficando ao lado do companheiro.

— Eles não são o seu grande trunfo? Como podem estar mortos? — perguntou uma senhora de um modo impertinente.

Ela tinha um tique de ficar com a perna cruzada e a balançando impacientemente.

— Aparentemente não são tão fortes assim, já que não foram capazes de sobreviver aos perigos — comentou o homem com aparência asiática que estava ao lado da senhora.

Um silêncio se instaurou no lugar, e James olhou de canto de olho para Helena. A garota tinha o maxilar trincado, e sua expressão era de raiva. Já a conhecia havia tempo suficiente para saber que ela estava se segurando para não partir para cima daquelas pessoas arrogantes.

— Com todo o respeito, senhor, mas os perigos aos quais fomos submetidos não foram pequenos e poderia ter tirado a vida de centenas de seus melhores soldados, mesmo que eles lutassem em equipe — falou Alejandra com uma calma e tranquilidade que Helena jamais tinha visto transparecer na mentora.

Era um modo gentil e tinha certeza de que havia sido essa a intenção.

— Se tivessem algum respeito por nós, não estariam aqui agora nos fazendo perder tempo — ciciou a mesma senhora que balançava a perna, olhando diretamente para Alejandra.

Já chega.

Aquilo havia sido demais. Helena os ouvira falando aquelas idiotices por tempo demais. Agora não ouviria calada uma infeliz que não sabia nada além de humilhar Alejandra daquela maneira.

Sua expressão se tornou ainda mais raivosa e fechou os punhos, segurando-os de uma maneira firme. Sua vontade era quebrar a cara da mulher. A tal senhora tornou a falar, mas Helena já não ouvia nada que saísse daquela boca, apenas sentiu a raiva tomar conta de si.

– Quer saber o que aconteceu com os outros números? – perguntou Helena, e só se deu conta de que abrira a boca quando o silêncio se instaurou na sala e todos olharam para ela.

A asiática franziu o cenho ao perceber que a garota a interrompera, porém agora era tarde demais, Helena já tinha chamado a atenção de todos, mesmo que sem querer. A garota caminhou até Alejandra e lhe lançou um olhar de cumplicidade. Sua mentora sabia que Helena suportaria tudo, menos que a desrespeitassem.

– Como ousa me interromper, menina tola? – perguntou com raiva a mulher.

– Eu a interrompi porque você não sabe de nada do que está falando – retrucou Helena, sentindo o olhar severo de sua mentora. Respirou fundo e olhou novamente para a mulher, que estava abismada com sua "falta de educação", e voltou a falar, agora com mais calma: – Os outros números morreram lutando, deram suas vidas para que nós continuássemos vivos, assim como os demais mentores que perderam suas vidas também.

– Isso não interessa. Ainda assim, não conseguirão o que buscam aqui – gritou outro homem.

– Não interessa? – Helena repetiu, olhando para ele. – São pessoas que estão perdendo as suas vidas e vocês ainda têm a coragem de dizer que não interessa? O que não interessa é se são nosso povo ou de vocês que estão morrendo, mas o porquê de estarem perdendo as suas vidas. – A garota terminou de falar, e o homem estreitou os olhos sem dizer nada. Todos ali estavam com as atenções presas em Helena. No fundo, William sorriu, orgulhoso. – O que interessa é o que vocês estão dispostos a dar para mim... e para eles. — Apontou para todos os shindenianos ali. — Para que nós possamos salvar o mundo de vocês! Por acaso acham que estamos aqui porque queremos? — Obrigou-se a perguntar e todos ali apenas continuaram a olhá-la.

Sabia que precisava ter calma e falar com clareza se quisesse conseguir algo daqueles velhotes.

— Não foi uma escolha nossa também. — Continuou olhando para todos eles e depois para James e William. Eles se aproximaram dela. — Vocês temem por suas famílias, seus entes queridos, por seu lar. Acreditem, não estamos aqui para roubá-lo. Nós tememos por nossa família também.

Helena olhou para os dois à sua direita e para Alejandra à esquerda e sorriu.

— Eu não quero perder mais ninguém que amo e sei que vocês também não. — Helena se voltou para os representantes das nações. — Só que há uma ameaça eminente, quer vocês queiram ou não. Ficar aqui discutindo o porquê de não querer trabalhar conosco não vai fazê-la ir embora. Nós iremos lutar contra Kaguyan com ou sem o apoio dos humanos, mas vocês acham que é justo nós nos arriscarmos por um mundo que não é nosso enquanto vocês cruzam os braços e assistem?

— Helena está certa — falou William, chamando atenção de todos. — Passamos por muita coisa para chegar até aqui e perdemos pessoas a quem amamos. Durante muito tempo, nos escondemos nas sombras para não trazer a vocês um perigo maior. A Terra agora é nosso lar e queremos protegê-lo assim como vocês. E para isso precisamos de ajuda.

— Até onde estão dispostos a ir para vencer Kaguyan e salvar o seu planeta? — perguntou Helena, agora com mais certeza de que estava no caminho certo. — Porque nós iremos até o fim para enterrar a Rainha Vermelha.

A garota cruzou os braços e sorriu, satisfeita, ao observar a maioria deles mudar suas feições. As coisas pareciam estar melhorando.

— Vocês não estão vendo os sinais? — perguntou William depois de um silêncio de alguns instantes. — Pessoas sendo mortas, a catástrofe na cidade perto da ponte Bob Kerrey dias atrás. Como não estão vendo tudo que vem acontecendo?

— Não fomos nós, caso isso esteja se passando pela cabeça de vocês — completou Helena. Tanto Robert quanto Alejandra sorriram pelos seus protegidos estarem sendo tão convincentes. — Estamos do lado de vocês.

A garota olhou para William, que acenou em concordância, sabendo exatamente o que a amiga queria, e isso fez James bufar ao conferir a conexão entre eles.

Ela sorriu e levantou as mãos, deixando-as diante do corpo. Depois mirou nas garrafas e copos que continham água, dominando-a até que se formasse uma grande bolha de água em frente aos representantes, que estavam abismados com tal anomalia.

— Helena domina a água presente em qualquer lugar — explicou William, fazendo Helena olhá-lo e vê-lo dar uma piscadela divertida.

Ele, por sua vez, levantou as mãos e, dominando o ar presente na sala, transformou a bolha em um redemoinho de água. Era pequeno e contido, mas ainda assim impressionante aos olhos de quem nunca havia visto algo assim.

— William controla o ar.

Helena apontou para o amigo.

Will olhou para James com uma expressão de quem pede algo, e James revirou os olhos. Helena também olhou para ele, como se suplicasse, e então ele suspirou e cedeu. Andou alguns passos e lançou um pequeno raio na bolha, deixando todos os representantes ainda mais abismados. O redemoinho se dissipou por conta da estática causada pelo raio e se transformou em pequenas gotículas de água suspensas no ar.

— James domina o trovão — falou William, e James apenas acenou em concordância.

Os representantes estavam em completo silêncio com a demonstração dos números. Só faltava o grande final. William sorriu de canto para Helena, que cruzou os braços e levantou os ombros, e olhou para Dylan — que estava no mesmo lugar desde que haviam chegado — ainda com o sorriso presente em seus lábios.

— Dylan, você sabe o que fazer — falou Helena.

Dylan franziu a sobrancelhas para em seguida acenar positivamente de um modo desajeitado. Caminhou devagar até os outros e levantou as mãos trêmulas em direção às gotículas suspensas no ar. Ele as transformou em estacas de gelo e respirou fundo. Precisava fazer aquilo direito e se mostrar útil.

Os líderes mundiais quase pularam da cadeira com o susto no momento em que as estacas foram direcionadas aos papéis em cima da mesa. Dylan sorriu, satisfeito, e William soltou um grito em comemoração, mas logo assumiu a postura séria que tinha minutos antes.

— Número Sete domina o gelo — concluiu William quando Dylan parou ao seu lado novamente. — Os dois números mais altos... — Apontou para Elisabeth e Chang. — Vão mostrar a vocês a quais perigos o mundo de vocês estará exposto.

Chang acenou em concordância e caminhou para fora da sala. Assim que se retirou, Helena voltou a olhar para as representantes.

— Nós somos poderosos, cada um de nós treinou durante uma vida inteira para cumprir com o nosso dever. — A voz da garota de cabelos castanhos se fez presente mais uma vez. — E usaremos todo esse poder para deter o exército de Zekens que Kaguyan está formando.

Chang voltou instantes depois. Todos se calaram e ficaram por alguns segundos apenas observando o Zeken preso por correntes. Elisabeth caminhou até ele, ficando ao lado dos demais números e acenando para Helena.

— Isso é uma pequena amostra do perigo a que a Terra está exposta e do qual vocês nem ao menos têm conhecimento. Os chamamos de Zekens.

Elisabeth se posicionou em frente à criatura e acenou para o namorado. O que fariam a seguir não fora planejado com os mentores e seria perigoso. Os números haviam combinado antes de entrarem para a reunião que, se os mentores não conseguissem dar conta de convencer os representantes, eles teriam que tomar conta da situação. Era isso que Elisabeth faria.

Chang soltou as correntes do Zeken, e todos arregalaram os olhos ao vê-lo se mover ainda devagar. A criatura soltou uma risada diabólica e sorriu para os representantes, que acompanhavam tudo a distância.

— Humanos tolos, acham que vão conseguir vencer a Rainha Vermelha? — A voz grossa se tornou presente e o pavor estava estampado no rosto das pessoas ali.

Elisabeth soltou uma risada e a criatura se voltou para ela.

— É uma pena que você não estará vivo para ver sua rainha sucumbir.

O Zeken assumiu uma posição de ataque e correu na direção dela, que deu um sorriso de canto por uma provocação tão pequena ter dado certo.

Ele estava sem suas armas e por isso apostaria na luta corporal. Entretanto, Elisabeth fazia jus ao seu número e com maestria fez formar duas pequenas bolas de fogo na palma das mãos. Esperou que se aproximasse ainda mais e lançou as duas, acertando-o em cheio. O Zeken gritou, agoniando de dor, mas isso não desestabilizou nenhum deles. Eles sabiam muito bem a quem aquelas criaturas serviam.

Elisabeth tirou uma adaga que estava presa ao seu cinto, abaixo da jaqueta grossa de couro que usava, e, da distância em que estava, apenas atirou a arma no Zeken, acertando-o no meio da testa.

Assim que a pele da criatura começou a dar lugar ao sangue preto, Elisabeth apertou a mão em forma de punho e o fogo presente ali se dissipou e em segundos se apagou.

— Isso é apenas uma amostra do que vocês terão que enfrentar — disse Elisabeth, apontando para o Zeken morto. — Deixarão *isso* perto de suas crianças? De suas famílias? Vocês correrão esse risco?

— Nós, shindenianos, estaremos ao lado dos humanos nessa guerra — completou Helena. — E vocês, estarão ao nosso lado?

10

— Às vezes fico me perguntando onde foi que errei quando criei você, Helena! — exclamou uma Alejandra nervosa, que caminhava de um lado para o outro na sala de espera, junto dos demais shindenianos, assim que retornaram para a base militar em Nevada.

Depois da demonstração por parte deles, os representantes pediram um tempo para pensar. Por mais que parecessem um tanto convencidos, ainda era difícil saber qual seria a resposta deles.

— Dessa vez tenho que discordar de você, Alejandra — disse Kun, sentado em um dos sofás preguiçosamente e de braços cruzados. — Se não fosse pelos números, certamente não teríamos chances em convencer aquela *velharada*.

— Vocês agiram bem — completou Robert.

Helena encarou a mentora por alguns instantes.

— Ela desrespeitou você. Foi a gota d'água — disse a mais nova, sentando-se no braço do sofá, ao lado de William.

— Eu sei, querida. Ainda assim temos que ser cautelosos — comentou Alejandra. — Vocês deviam ter deixado que nós cuidássemos disso.

— Ale, vocês estavam hesitantes — retrucou Helena. — Não conseguiriam nada falando daquele jeito com eles.

— Eles precisavam de um choque de realidade — completou Elisabeth.

Alejandra suspirou e, aparentemente, desistiu de argumentar com os demais.

— Só nos resta aguardar um retorno deles — falou Tared, sério. — Estamos otimistas.

Helena olhou de canto para James, que também a encarava. Ele sabia que, por mais que sua explosão tenha sido causada pela raiva momentânea, o fato de Helena ser cheia de si e falar com clareza, tomando a frente na reunião, seria muito benéfico. Não tinha certeza de que conseguiriam o apoio deles, mas também acreditava que Helena havia os convencido, tanto com as palavras, quanto pelo temor a Kaguyan.

Ao que parecia, porém, apenas teriam resposta dos representantes no dia seguinte. Isso irritou Helena, que, para se acalmar e entreter, foi observar os cientistas trabalharem e hora ou outra trocar algumas palavras com eles para saber mais sobre seus avanços e até mesmo sobre suas famílias.

A cada humano novo que conhecia, sentia-se mais ativa e feliz. Mesmo que seu coração estivesse apertado com a ansiedade das respostas daqueles homens e mulheres, ainda assim estava animada.

Cogitar ter uma vida, uma família assim como o Sr. Tazuna descrevia, e se imaginar velhinha com netos correndo pelo quintal parecia ser algo distante de se alcançar algumas semanas antes, mas agora... tudo estava diferente.

Ao perceber que passara tempo demais com os humanos, resolveu seguir até o quarto de James. Desde aquele beijo, notou não ter falado mais nada com ele e isso a fazia se sentir mal.

Entrou no aposento sem precisar bater e, ao avistá-lo sentado no chão, franziu as sobrancelhas. James gostava de ficar sozinho, contudo parecia um tanto pensativo.

Helena sabia que teriam que conversar sobre o recente beijo entre os dois. Depois de refletir, percebeu que não havia como fugir do que seu coração insistia em lhe mostrar.

Deu risada sozinha ao perceber que todo o ciúme de Lorenzo, no fim, tinha fundamento. James realmente mudara e se tornara alguém que passara a admirar e se preocupar.

Caminhou devagar até James, que se remexeu no lugar ao notar sua presença. Ainda assim, manteve-se na mesma posição. Helena se sentou ao seu lado e respirou fundo.

— Oi — disse. James a olhou de canto de olho. Helena o sentia hesitante em conversar. — Você está bem?

— Sim. — A voz rouca dele foi direta, e então James se calou, ajeitando sua postura.

— Conheço você o suficiente para saber que há algo o incomodando — declarou Helena de modo gentil.

Estava feliz pelo avanço que tiveram naquele dia, e aquilo claramente repercutia no seu humor.

— Se me conhece tão bem assim, não arrisca dizer qual o problema? — perguntou o jovem James, ainda sem olhá-la.

— Quem consegue entrar em mentes e saber o que estão pensando aqui é você, James. — Tentou fazer graça, e ele enfim a olhou. — Não posso adivinhar, certo?

— Não é nada.

— Ei, me conte o que está acontecendo com você.

— Não está acontecendo nada, Helena — repetiu.

— James.

A garota sabia que estava o pressionando demais, no entanto já fazia um tempo que ele estava assim e começava a se preocupar.

— Sabe, era tudo tão fácil antigamente — falou, franzindo as sobrancelhas, inquieto, mas não a olhou. Não conseguia encará-la. — Eu não tinha que lidar com nada disso. Tudo se tornou mais complicado depois de...

— Depois de me conhecer? — concluiu, cortando-o, sem entender aonde ele queria chegar.

— Sim! — respondeu, levantando os braços. — Eu estava muito bem com a minha solidão.

— E o que mudou, James?

— O que mudou? Tudo mudou, Helena! — exclamou, encarando-a por fim. — Eu não consigo conter nem a porra das minhas emoções! Tudo que penso envolve você, tudo que faço envolve você. Não consigo fazer outra coisa que não seja pensar em você, droga!

Ela arregalou os olhos. Sabia que eles dois ainda teriam que se resolver, também vinha pensando muito nele. Entretanto, James sempre fora tão contido em suas emoções... Era um homem de poucas palavras. Imaginou que teria que ser ela a tomar a iniciativa de conversar e perceber que o garoto já estava tão intrigado com aquilo a ponto de explodir daquela maneira a deixou surpresa.

— O que eu significo para você, James? — Tomou coragem para questionar. — Preciso saber.

James fechou os olhos e mordeu o canto da boca; era como se quisesse falar, mas não tivesse coragem para tal. Ainda de olhos fechados, respirou fundo.

— Você não significa o meu futuro, porque é também o meu presente — falou. — Você significa o meu caminho.

Manteve-se de olhos fechados e só os abriu quando sentiu a pequena e delicada mão de Helena segurando o seu rosto.

— Também não paro de pensar em você, se é o que está se perguntando — falou Helena com um sorriso envergonhado. — Mas estamos no meio de uma guerra, James. E estou parecendo aquelas garotinhas apaixonadas sobre as quais li nos livros que Enzo comprava para mim. Não posso ser fraca agora.

— Isso não é ser fraca, Helena — salientou em um tom mais calmo, colocando uma mecha do cabelo castanho dela atrás da orelha. — Isso é o que nos tornam fortes, lutar uns pelos outros. Foi isso que Enzo nos ensinou, não foi?

— Você tem razão — concordou e respirou fundo, voltando a olhar para a frente. — Ele mandou você cuidar de mim, não foi?

Helena baixou o olhar ao lembrar do amigo, e James sorriu ao admirar a bela visão que era a garota ao seu lado.

— Eu já tinha assumido essa missão como minha muito tempo antes de ele me incumbir disso. É estranho dizer isso, mas... daria a minha vida por você.

A garota voltou a encará-lo ao se surpreender com tais palavras.

— Ninguém mais vai dar ou perder a vida. Se acontecer algo a você, não terei mais forças para continuar, James. Então, não invente de aprontar nada. Eu proíbo você.

Ele soltou uma risada anasalada com a expressão brava que ela fez. Era engraçado vê-la preocupada e ao mesmo tempo querendo parecer séria.

— Não irei a lugar nenhum. Não sem você.

Helena sorriu e inclinou o seu corpo a fim de capturar os lábios finos de James, que também se abaixou e saboreou mais uma vez como era beijá-la.

Ao se separarem, Helena sorriu.

— É bom mesmo, Número Quatro.

— Venceremos isso juntos, Helena.

Ela acenou concordando e escorou sua cabeça no ombro dele, voltando a observar suas mãos unidas mais uma vez.

Era revigorante ter momentos calmos ao lado dele.

Não soube dizer por quanto mais tempo havia ficado no quarto de James, apenas sabia que quanto mais estava ao seu lado mais não queria se ver longe. Era a primeira vez que sentia algo assim, mesmo com Lorenzo tão próximo e íntimo de si. Aquilo era completamente diferente. O que sentia por James era inexplicável, mas a cada vez que se pegava pensando nisso, mais se afogava naquele misto de sentimentos se misturando em um mar de calmaria e aconchego.

Era isso que ele era para ela. Avassalador como uma louca tempestade, porém ao mesmo tempo acolhedor e suave como uma garoa fina após uma tarde quente. Por esse motivo lutaria, dando tudo de si para não permitir deixar toda aquela sensação escapar de suas mãos.

Quando o conhecera, sentira-se atraída desde o princípio e isso a irritara. Nunca assumiria isso, mas James parecia ter uma áurea que a puxava. Por esse motivo fora arisca no começo com os novos companheiros, principalmente com ele, pois seu olhar profundo e nebuloso, mesmo transmitindo empatia para todos... para ela parecia exalar algo tão familiar.

Não se recordava muito de Shinden, mas acreditava que não tiveram tempo de se conhecer em seu planeta natal. Entretanto, estar com ele era como estar ao lado de alguém próximo e familiar.

— Precisamos ver o que aqueles velhos do conselho resolveram — murmurou, saindo de seus devaneios, enquanto James a apertava ainda mais em seu abraço e beijava seu pescoço com suavidade, causando arrepios inapropriados para o momento.

— Quando resolverem, alguém vem nos chamar — retrucou James, ainda sentindo o sabor da pele macia dela contra seus lábios. — Não fique pensando nisso agora.

— Isso é impossível.

Remexeu-se, engolindo em seco na tentativa de se afastar. Ele estava mais libertino nas caricias e, por mais que estivesse adorando senti-lo desbravar cada canto de seu pescoço, estava começando a ficar preocupada com seu controle quando James alcançou seu busto e começou a beijar carinhosamente a pele exposta pela blusa.

— James, por favor — sussurrou, fechando os olhos e mordendo os lábios com sofreguidão.

— Eu sei — resmungou James, levantando o rosto para alcançar seus lábios, beijando-os com um tremor estranho. — Eu sei... Só não consigo conter isso. Existe algo que me prende a você, Helena.

Ela o olhou assustada e com a boca entreaberta, fazendo-o apertar os olhos para se conter em não avançar sobre a garota.

— Desde que nos beijamos... — começou Helena, fazendo-o abrir os olhos. — Sei que me afastei, mas é porque não entendo o que está acontecendo direito... Estou com medo dessa dependência que estou tendo por você.

As palavras dela pareceram tiram um imenso peso das costas dele, que, com um suspiro, sorriu abertamente, fazendo Helena se sobressaltar. Nunca tinha visto o rapaz sorrir de forma tão bonita como naquele momento e isso fez seu coração saltar até a garganta.

— É bom saber que não é apenas comigo — ciciou, acariciando as maçãs do rosto dela com a ponta dos dedos, ainda sorrindo, mas mais contido.

— O que quer dizer? — Sua pergunta saiu automática.

Estava começando a se inebriar com a aproximação lenta dele.

Sempre era assim.

— Quero dizer que agora sei o que sinto e o que quero — disse ele, aproximando-se dela e lhe roubando um beijo casto.

— Seja mais específico, James — ralhou, não muito séria; estava na verdade contendo o sorriso que cismava em querer despontar após ouvir a confissão dele.

— Claro. — Ele sorriu de canto e mordeu a clavícula de Helena, sentindo-a se arrepiar mais uma vez. — Desde que a vi, já a quis, mas não era maduro o bastante para assumir isso. Agora tenho consciência do que desejo e para isso precisamos derrotar aquela desgraçada. Para poder viver com você sem preocupações.

— Está dizendo que... — começou, mas as palavras parecem fugir de sua boca assim que ele se levantou e estendeu a mão para ajudá-la a se levantar também.

— Você é minha — declarou James, sucinto, puxando-a assim que a garota agarrou sua mão, conduzindo-a até a porta do quarto. — Vamos atrás de Alejandra. Ela deve saber de algo sobre a reunião.

Por mais que quisesse que seu corpo se movesse, ainda não conseguia mandar tal exigência de seu cérebro até seus membros.

Você é minha, foi isso o que ouvira.

— James — chamou-o antes de ele cruzar a porta. — Então você também sente?

A pergunta parecia vaga, mas ele sabia o teor do questionamento.

— Essa energia que nos ronda e nos atrai? — perguntou, aproximando-se dela e a segurando pela cintura. — Sinto e sei que você também, por isso me prometa não se afastar de mim novamente. Fale comigo, olhe para mim... não me ignore como fez, porque isso é quase como sentir uma dor física.

— Desculpe — sussurrou, abraçando-o em seguida. — Eu estava com medo... Ainda estou.

Mais uma vez, ele sabia qual era o receio que rondava a cabeça da garota de cabelos castanhos e saber sobre sua preocupação o deixava ainda mais satisfeito.

— Estarei sempre aqui, não importa se meu número é o próximo ou não — garantiu, desfazendo o abraço e pegando em sua mão, levando-a até os lábios. — Vamos quebrar esse paradigma. Já chega de mortes — finalizou, beijando os nós dos dedos dela sem desviar os olhos da moça.

Ela sorriu, envergonhada, fugindo do olhar.

— Obrigada. Isso significa muito.

— Não vamos perder mais ninguém.

E foi com a última fala dele que Helena sentiu seu coração aquecer e sua ansiedade acalmar. Era disso que precisava, da certeza de que ele lutaria até o fim e faria de tudo para não deixá-la.

Porque sua vida sem Lorenzo já era difícil, mas seria impossível de continuar seguindo se o perdesse também.

11

Já havia se passado um bom tempo desde que os representantes da ONU pediram um intervalo para conversarem. Os ânimos não estavam os melhores entre os mentores e os números, que esperavam no laboratório junto de Morino, com exceção de James e Helena.

Desde que saíram da sala, William continuava com uma frustração crescente. Não conseguia entender o motivo de tanta frescura daqueles humanos para aceitarem lutar por uma causa que envolvia a eles também.

Olhou de esguelha para Dylan, que estava mais afastado, observando os monitores junto a um cientista, e estreitou os olhos ao vê-lo conversando com ele apontando pontos na tela e dialogando como um perfeito entendedor das abobrinhas que o cientista falava. Por mais que tentasse para passar o tempo, não conseguia entender nada que Jimmy dizia sobre as pesquisas nos Zekens de Kaguyan. Saber sobre DNA e outras coisas parecia algo tão difícil, mas Dylan estava ali, tão sereno, e até mesmo debatendo sobre os resultados, achando fascinante tudo o que aquele humano dizia.

Tudo aquilo deveria realmente ser impressionante para ver o cara que não ligava para nada e só queria saber de farra se empolgar tanto.

Suspirou, cansado, ao ver que perdera o amigo para a ciência, então se voltou para Elisabeth a fim de puxar assunto, contudo logo desistiu quando viu Chang se aproximar e a puxar com um olhar malicioso para fora da sala.

Revirou os olhos com a cena e se voltou para os mentores, mas assim que se aproximou acabou voltando ao ouvir Alejandra e Robert discutindo sobre o passado em Shinden junto de Erik e Kun, que pareciam se divertir com breves risadas e recordações de algo que acontecera.

Dessa vez, bufou e cruzou os braços com um beiço digno de uma criança. Estava cansado de esperar e mais ainda por não ter ninguém para conversar.

— Que merda, não há nada para fazer. E esses velhos não se resolvem — vociferou baixo, saindo do laboratório, porém foi parado por Morino.

— Aonde pensa que vai?

— Deitar — disse, dando de ombros. — Tenho certeza de que quando aqueles velhos resolverem alguém vai me chamar.

— E é só isso o que tem para fazer garoto? — questionou Morino, levantando uma sobrancelha.

— E o que mais eu faria?

Não soube dizer o que aquele sorriso estranho no rosto do general significava, mas assumia ter sentido um frio na espinha.

— Venha comigo.

Morino se virou e o chamou com a mão.

Engoliu em seco, ponderando se resolvia segui-lo ou não, mas foi só olhar para trás que logo mudou de ideia. Preferia qualquer coisa a ficar naquele laboratório completamente excluído de todos. Nem mesmo James e Helena estavam ali para conversar com ele.

Seguiram em silêncio por entre alguns corredores até alcançarem um elevador amplo. Assim que entraram, viu Morino ajeitar seu casaco verde-musgo com diversos emblemas do país e algumas estrelas sobre o peito.

— Notei uma certa moça olhando de forma interessada para você.

— Quem?

William estreitou os olhos, virando-se para vê-lo melhor, e conferiu o sorriso do homem crescer em diversão.

— Quem mais? A filha de Tared, claro.

— Lia? — A compreensão passou pelos olhos de Will. Ele desviou o olhar, encabulado. — Deve ter sido impressão. Apenas conversamos no avião vindo para cá... Ela parece ser legal.

— Não duvido. — Morino acenou, saindo do elevador assim que as portas se abriram. — Apenas não banque o idiota quando ela começar a dar bola a você.

Will estacou no lugar com os olhos arregalados.

— Me dar bola? Está brincando, não é?

Morino parou de caminhar e olhou para trás suspirando com certa frustração.

— Sim! Estou brincando. Agora vamos — disse, revirando os olhos com a estupidez do outro. Em seguida, o viu passando por ele mais rápido que um foguete. — Shindenianos — murmurou, entediado.

Alcançaram um corredor que emitia vários sons de disparos, uns altos e outros bem abafados. Aquilo fez William o olhar com curiosidade.

— Onde estamos?

— No lugar favorito da menina Vesryn — respondeu, alcançando uma porta vermelha e a abrindo, dando a William uma melhor visão do que havia ali dentro.

No entanto, não esperava ver o shindeniano petrificar no lugar enquanto admirava o local até pousar seus olhos na única figura ali no meio daquele grande salão empunhando uma AK-47 e disparando uma saraivada de disparos perfeitamente sincronizados no centro da cabeça dos manequins de aço.

Os tiros passaram através da cabeça dos bonecos pelo simples fato de a garota disparar enumeras vezes no mesmo lugar, perfurando as camadas do aço a cada segundo. A mira dela era impressionante, coisa que causava imensurável orgulho ao general e grande admiração ao rapaz escorado na porta.

— Desde quando ela...

— Atira? — Morino completou, olhando-o de esguelha e o vendo assentir sem desviar os olhos da moça. — O pai dela também tem poderes assim como vocês e acredito que você já saiba sobre isso também.

— Lia comentou. E disse que se sente deslocada.

— Verdade. — O general anuiu, observando Lia carregar a arma e mudar de posição, tomando uma distância maior antes de voltar a atirar. — Ela é filha de um shindeniano com uma humana. Nascer com a característica de ambas as raças já era uma consequência.

— Ela tem talento — comentou William, observando a maestria da jovem.

— De fato. — Morino empurrou o ombro do shindeniano. — Lia tem um segredo para saber atirar tão bem assim — disse, sorrindo de canto. — Por que não pergunta para ela como faz isso?

— E por que eu faria?

— Porque sei que despertei sua curiosidade. Além do mais, você não tem nada melhor para fazer. — William suspirou, contrariado, vendo a façanha presunçosa do general, que agora lhe dava as costas e acenava com o dorso da mão. — Vê se não banca o idiota quando ela der bola a você, garoto.

Mais uma vez escutou a mesma falácia do general, mas dessa vez não conseguiu conter o rubor que tomou seu rosto.

— Ah, vá se catar — resmungou, trincando o maxilar em irritação.

Não sabia ao certo como se aproximar de Lia, mas, vendo que não tinha outra escolha, achegou-se em passos tímidos, ainda atento aos seus movimentos mínimos ao realizar os disparos.

— Morino arrastou você até aqui embaixo?

Quase grudou no teto da sala ao ouvi-la falar de forma tão descontraída, ainda o pegando de surpresa.

— Na verdade, sim, mas... — Will suspirou, dando mais alguns passos para ficar ao lado dela. — Não tenho mais nada para fazer! Aqueles velhos não se decidem logo e já estava ficando frustrado.

Ela riu baixinho, abaixando sua AK-47, e pegou mais um pente com balas.

— Se esse é o caso... — disse, encaixando o pente novo e estendendo a arma para ele. — Se livre um pouco dessa tensão.

William olhou dela para a arma com certo assombro.

— Posso?

Lia nada disse, apenas alargou o sorriso e deu espaço em um convite mudo para ir em frente. Logo William se pôs no lugar que antes ela assumia. Respirou fundo e, assim que travou sua mira, iniciou a chuva de tiros, segurando com força a arma para conter o recuo dos tiros que lançava.

Todavia, nenhum deles foi tão preciso como os dela.

Seus manequins estavam completamente furados com as balas, mas não havia perfuração na parede detrás como Lia tinha conseguido.

— Você foi bem — Lia elogiou, aproximando-se. — Melhor que alguns soldados aqui da base.

— Mas não como você — rebateu, entregando a arma a ela. — Você é perfeita.

Tal comentário fez a moça virar de costas com a intenção de guardar a arma na pequena mesa de metal próxima a eles, porém a real intenção foi esconder o rubor em suas bochechas.

— Obrigada. — Permaneceu de costas e com a cabeça baixa. — Não posso me vangloriar já que tenho facilidade para isso.

— Então esse é o segredo?

— Segredo?

— Sim. Foi o que Morino falou.

Ao ouvir isso, sorriu e se voltou para ele, no entanto recuou dois passos ao encontrá-lo tão próximo.

— Bom... eu tenho os sentidos apurados, lembra? — disse, vendo William anuir. — Pois bem, meus olhos são um pouco mais diferentes. Posso ver através de paredes e amplificar o raio de visão.

William sorri abertamente.

— Olhos microscópicos.

— Isso mesmo — concordou, animada.

Logo seu sorriso se desfez ao sentir o celular vibrar dentro da calça.

— O que houve? — A pergunta dele soou preocupada.

— Precisamos ir — respondeu, guardando o celular no bolso e o olhando com determinação. — A reunião acabou.

12

— É preciso que vocês entendam o porquê de toda a nossa demora. — A voz soou pelo microfone na chamada de vídeo.

Finalmente, a grande hora havia chegado, mas nenhum dos jovens ali podia dizer que estava tranquilo com a situação. A preocupação era quase palpável, e torciam para receberem uma resposta positiva, entretanto o olhar duro de uns e o tedioso de outros, mesmo que apenas pela grande tela disposta na sala, deixavam-nos ainda mais apreensivos.

Um senhor, representante italiano, iniciou a conversa com um pouco mais de carisma do que os outros:

— Nossa demora procedeu pelo fato de estarmos impressionados com os dons que vocês demonstraram ter. Ainda assim, ficamos preocupados com o que vai acontecer depois da guerra.

— Desculpe. — Kun tomou a frente. — Não consegui entender a dúvida de vocês.

— Queremos saber o que vai acontecer quando a guerra acabar. Para onde vocês vão?

— Após tudo acabar, vamos viver como cidadãos normais. Vamos nos misturar e não chamar atenção — respondeu Kun, tragando mais uma vez. — Não temos para onde ir, a Terra é nosso lar, e pretendemos viver em paz entre os humanos.

Uma senhora se levantou e olhou fixamente para cada um com o olhar sério.

— Como podem nos garantir isso?

— Número Um e seu mentor viviam na Austrália, Número Dois e sua mentora foram vistos pela última vez na Rússia. Nós vagamos por todo o mundo – retrucou Alejandra, mantendo uma batalha silenciosa com a senhora que se levantou. – Vocês nunca ouviram falar de nós, não é?

– Estão dizendo que vão continuar anônimos? – A mesma mulher tornou a perguntar, mas, antes de Alejandra conseguir responder com mais um de seus cortes, sentiu o microfone ser puxado de sua mão e Robert assumir sua posição.

– Vamos ser esquecidos pelas pessoas, logo não será difícil iniciar uma vida normal. Isso é o que mais queremos.

– Entendo. – A senhora se sentou e cochichou algo no ouvido de outro representante para, finalmente, todos se levantarem e os olharem com seriedade. – Nós votamos em ajudá-los – disse por fim, dando lugar a outro senhor.

– Então estão dizendo que estão dispostos a entrar nessa batalha? – perguntou Chang, aproximando-se do auditório.

– Correto, rapaz – respondeu um homem gordo com aparência ocidental, ajeitando a roupa para ir embora.

– Agradecemos a compreensão – disse Helena.

A mesma mulher que torrara a paciência dela respondeu:

– Sabemos o quanto isso vai ser perigoso, mas precisamos fazer isso para proteger os nossos, certo? – perguntou retoricamente. Helena forçou seu melhor sorriso falso. – Cuide bem de nossos soldados.

– Não se preocupe. Sacrifícios serão necessários, mas ainda acredito que cada um deles fará seu papel com maestria e dedicação para que possam voltar para casa sãos e salvos.

– Estamos contando com isso, porque agora é oficial. Nesse momento, estamos em uma guerra. Logo vamos colocar aquela alienígena para fora daqui.

As palavras da mulher fizeram a concepção de Helena quanto a ela mudar.

– Que assim seja.

13

— Porque não colocaram Alejandra para treinar os humanos? — perguntou Helena com os braços cruzados e sobrancelha erguida para um Chang, que suspirava de um modo preguiçoso, escorando-se mais no sofá em que estava sentado.

Chang havia acabado de contar aos demais que ele e Kun foram requisitados por Morino para fazer o treinamento das tropas enviadas pelos representantes.

— Porque Kun considera o modo de treinamento aplicado por ela "severo e antiquado" demais — respondeu, fazendo aspas com as mãos.

— Ela os deixaria aptos em questão de dias — argumentou a protegida de Alejandra, revirando os olhos, para logo ver sua mentora chegar junto de Kun, Erik e Robert na grande sala que fora destinada a eles durante sua estadia na base.

— Meu treinamento é severo e antiquado, Kun? — Ele apenas deu de ombros para a mentora ao se sentar em um dos sofás disponíveis. — É só você ver qual é o número mais forte daqui e perceberá que meus treinamentos são eficazes. Garanto que a minha protegida acaba com o seu em um minuto.

— Ale...

Helena olhou para ela, suplicando que não entrasse mais uma vez naquela discussão desnecessária.

— Você tem razão, Alejandra. — Kun riu, dando de ombros. — Chang é preguiçoso demais para entrar em uma luta dessas.

E todos os presentes não contiveram uma risada discreta e um sorriso contido, enquanto Chang resmungou algo. Apesar de estarem em uma guerra, era bom terem momentos tranquilos e descontraídos como aquele. Nem mesmo Helena, com aquela postura marrenta, conseguiu conter um sorriso de canto ao ver que todos sorriam. Ele se intensificou quando seus olhos esmeraldinos pararam em James, que a encarava sem desviar a atenção e também mantinha um pequeno repuxar de lábios.

— Pois bem, Kun e Chang ficarão com os humanos — disse Alejandra e apontou para os demais. — E vocês, quero todos no campo de treinamento em uma hora.

◘

Depois que os representantes deram suas respostas positivas quanto a ajudá-los contra Kaguyan, dia após dia mais homens chegaram à base. Os países enviaram a quantidade que dispunham para auxiliar, e aquele lugar ficava mais cheio a cada avião que aterrissava. Contudo, eram treinados para uma guerra entre humanos e uma das condições impostas pelos representantes era de que recebessem suporte por parte de Chang e seu mentor. Os shindenianos restantes também ocupariam o tempo com seus treinamentos e aperfeiçoamentos dos poderes, instruídos por Alejandra.

Naquele momento, Helena, James, William, Dylan e Elisabeth já estavam posicionados em um círculo no meio do campo de treinamento. Em uma clareira ao lado da base, do lado oposto em que os humanos eram treinados, havia água escorrendo em um dos lados e seu chão era rochoso. Seria o lugar perfeito para o treinamento deles.

Alejandra se retirou por alguns instantes e os cinco se entreolharam e se mantiveram em suas posições. Ela não demorou a retornar e trouxe junto dela Erik, Robert e Lia. Todos estavam com uma arma na mão — semelhante à tecnologia que os Zekens tinham — e Helena não pôde deixar de se perguntar como sua mentora conseguira aquele armamento.

— Pois bem, quero que lutem entre si e desviem dos nossos ataques — disse calmamente, ignorando as expressões desgostosas dos números. — O primeiro que cair no chão vai ter que pagar trezentas flexões.

Posicionou-se, destravando a arma e apontando para eles, mas como ninguém se mexeu apenas ergueu a sobrancelha, tediosa.

— O que estão esperando? Mexam-se!

Era inevitável não sentir a tensão que se instaurou ali, afinal era um duelo entre aqueles que eram a esperança de todos. Naquele momento a responsabilidade pesou sobre seus ombros.

— Caramba, era assim que ela treinava você, Helena? — perguntou William com apenas um fio de voz, olhando de canto para a garota, ao ver a treinadora se afastar.

— Alejandra está sendo legal com vocês. Está avisando que vai atacá-los. Nunca tive nada parecido com isso — respondeu no mesmo tom. — Já que estamos aqui, que comece!

Após terminar de falar, Helena correu em direção ao centro do círculo firmado pelas posições deles e deu um soco, mostrando sua força monstruosa, transformando aquela parte em apenas destroços.

— Avise antes, Helena! — gritou William, esquivando-se dos pedaços de terra que voavam por todos os lados.

— O inimigo não vai avisar quando for nos atacar, idiota! — ralhou James, enquanto repetia o mesmo movimento de Will, assim como Elisabeth e Dylan.

Helena sorriu e começou a correr em direção a Elisabeth. Fazia tempo que queria saber quais as cartas na manga de Elisabeth, além de ser capaz de fazer bolas de fogo. Elisabeth, por sua vez, saltou para trás alguns passos e retirou de suas costas uma espécie de leque — que estava acomodado ali — e isso intensificou ainda mais o repuxar de lábios de Helena.

Era hora de conhecer todos os poderes deles.

Elisabeth abriu o leque e fez um movimento de vai e vem com ele. Em questão de segundos, a ferramenta começou a pegar fogo, obrigando Helena a recuar e desviar dos ataques fumegantes que saíam do leque.

James olhou para as duas e se voltou para Dylan e William. Seriam eles os seus alvos.

Quatro correu até William — que sorriu pela primeira vez desde que chegaram ali — e os dois travaram um duelo corporal com socos e chutes em uma velocidade espetacular. James era ágil e sabia que o amigo não era assim. Entretanto, William recebeu várias dicas de Helena desde que se conheceram e, com maestria e certo deboche, desviou de um ataque por parte de James e o acertou no canto da boca, fazendo-o recuar alguns passos com a mão no local atingido.

Dylan observava Helena e Elisabeth duelarem em um lado e William e James no outro, sentindo-se um completo inútil. Era hora de agir e demonstrar que também sabia algo.

Então correu em direção aos dois meninos, dominando a água presente no local, transformando-a em gelo para logo lançar sobre eles um ataque combinado de estacas. Ambos desviaram, e William sorriu, correndo na direção de Dylan.

Os três estavam prestes a se atacar quando tiros começaram e uma Alejandra séria se fez presente.

— Mexam essas bundas daí! — gritou ela. — Movimentem-se! Acham que os Zekens vão ser tão bonzinhos como eu?

Alejandra foi obrigada a desviar quando sua protegida lhe lançou bolas de água, fazendo-a sorrir. Sabia que Helena não estava a atacando para machucar, apenas para "calar-lhe a boca", pois foi recebida com um sorriso por parte da garota.

Elisabeth correu até William e lançou bolas de fogo, que foram ricocheteadas pelos redemoinhos de ar que ele lançava. Era uma visão bela; todos os números dando o seu melhor para aperfeiçoar seus poderes.

Lia também começou a atirar, a pedido de Alejandra, e tentava ao máximo ser gentil e não atingir nenhum deles de modo sério. Sabia que era algo necessário, já que todos precisavam daquilo. De certa forma, ela também.

James lançou um raio sobre o gelo recém-feito de Dylan, obrigando-o a recuar alguns passos para não ser atingido pela descarga elétrica que o ataque de James proporcionaria.

Helena desviou dos ataques que Elisabeth e William lançavam entre eles e correu para onde Dylan se encontrava. Preparava-se para atacá-lo pelo lado esquerdo. No mesmo instante em que acertaria um soco, viu o garoto desviar e acertar um chute no lado esquerdo do corpo dela.

— Como você me viu chegando? — perguntou enquanto se recuperava do chute.

— Não sei, apenas vi — Dylan falou, e Helena franziu o cenho ao ver que as veias ao redor dos olhos dele estavam saltadas, deixando a íris ainda mais clara.

— Você desenvolveu um novo poder! — gritou William, chegando perto e sorrindo para o garoto de cabelos compridos. — Que demais!

— Estou conseguindo ver todos os seus pontos vitais. Eles brilham — disse com a testa franzida, olhando para os companheiros.

Elisabeth e James travaram uma luta entre si enquanto os outros três voltavam a se atingir.

William retirou a grande espada e Helena saltou alguns passos, lembrando-se da última vez que a vira. Era uma das cicatrizes mais presentes em seu corpo e com certeza não queria mais uma.

Will deu uma olhada significativa para Helena e se voltou para Elisabeth, que já retirava a grande adaga que estava embainhada ao cinto. O tilintar das armas pôde ser ouvido na batalha rápida travada pelos dois, mas tiveram que desviar quando os mentores voltaram a disparar tiros no lugar em que estavam.

— Precisamos tirar aquelas malditas armas deles — disse Elisabeth, ofegante, por conta do ataque intermitente dos mentores.

14

Alejandra era sábia e Helena tinha certeza de que ela não mandaria que eles simplesmente ficassem se atacando até que um deles caísse no chão e os outros já não tivessem mais forças.

Claro, era isso. Ela queria que todos trabalhassem juntos.

Helena sorriu enquanto desviava dos ataques, e se voltou para os demais números.

— Devemos nos unir e usar nossos poderes para detê-los — disse ela, sem deixar de se mover. — É o que ela quer.

— Foi Alejandra quem mandou a gente se atacar! — resmungou um William ofegante.

— Ela é mais inteligente do que você pensa. Sempre tem uma charada — contrapôs Helena, parando de se mover. — Dylan, quando der o aviso a você, descongele a água que há aqui e congele sobre os pés deles. James irá lançar um raio para eletrocutá-los, um leve choque, ok? — falou séria, recebendo um aceno dele. — Elisabeth e Will, vocês correm ao meu lado para distraí-los.

— Acha que eles vão cair em algo tão simples? — perguntou Dylan, curioso.

— Eles não esperam que a gente faça algo tão simples.

Helena piscou, divertida, e correu em direção a eles; Elisabeth e Will a acompanharam.

Correram até os mentores. Eles não paravam de atirar, forçando-os a desviar. William estava a ponto de ser atingido. Eles eram um time, então Helena correu até o amigo e se jogou na frente, sofrendo o ataque na altura da barriga.

Não doeu tanto, já era acostumada com aquele tipo de dor. Ainda assim, caiu no chão. Todos pararam seus movimentos e ela revirou os olhos.

— Continuem! — berrou e os dois obedeceram. Ao chegarem a uma distância considerável, Helena se virou para Dylan e James. — Dylan, agora!

Ele acenou rapidamente e com as mãos firmes alastrou o gelo até os pés dos mentores e de Lia, imobilizando-os.

James lançou um pequeno raio ali e um choque se fez presente, fazendo todos se contorcerem de leve e soltarem as armas.

O sorriso se apropriou dos rostos deles.

Helena se levantou, dominou um pouco de água e colocou na ferida, fazendo uma pequena cicatriz se formar ali.

— Era isso que você queria? — perguntou para Alejandra, que sorriu, debochada.

— É, não foi uma vergonha total — respondeu de um modo descontraído assim que Dylan desfez o gelo. — Mas você ainda irá pagar as flexões.

Helena levantou uma sobrancelha e cruzou os braços.

— Por quê? Nós vencemos.

— Porque foi a primeira a cair e por ter mandado James me dar um choque — resmungou Alejandra, de modo sério, porém estava orgulhosa de Helena.

Ela era uma líder nata.

Apesar de seu orgulho, sabia que eles tinham capacidade para mais, tanto individualmente quanto em grupo. E era um gosto particular da mentora pressionar sua protegida ao máximo. Sabia que um dia agradeceria.

— Que seja.

Helena suspirou e encarou Alejandra.

Jamais a desobedeceria em um treinamento, porque sabia que ela não dava ponto sem nó. Helena se abaixou e se posicionou, respirando fundo até que a mentora acenou positivamente, indicando que poderia começar seus movimentos.

— Um, dois, três... — começou a contar Alejandra, e a garota manteve uma postura invejável.

James franziu o cenho, aquilo não era justo. Eles eram uma equipe, foi isso que aprendera com Enzo. Não deveria ser apenas Helena a cumprir a pena por ter caído, afinal ela salvara William.

Então também se abaixou, ficando ao lado dela, fazendo as flexões que Alejandra havia imposto à garota. William sorriu assim que recebeu uma encarada dele, e fez o mesmo. Elisabeth e Dylan se juntaram a eles. Todos os números cumpriram o que a mentora de Helena havia proposto.

Mas, dessa vez, agiram como um só.

Erik caminhou até Alejandra, colocando uma mão sobre o ombro dela, e com a outra secando as lágrimas que escorriam por ver o seu protegido enfim agindo como um número digno.

Robert apenas sorriu e cruzou os braços, observando Alejandra contar até trezentos. Surpreendeu-se quando a loira começou a bater palmas e se curvou levemente para eles enquanto se levantavam.

— Dispensados — disse.

Em seguida, Alejandra caminhou para fora da enorme clareira de treinamento, seguida por Erik e Robert.

— Mas que diabos acabou de acontecer? — perguntou William, atirando-se no chão, respirando rápido e todo suado.

— Ganhamos o reconhecimento da general — respondeu Elisabeth, aceitando a garrafa d'água que Lia lhe entregava.

— Como você aguentou todo esse tempo?

Dylan olhava para Helena um tanto receoso. A garota deu de ombros.

— Isso me fez ser quem eu sou — disse ela, caminhando para fora da clareira. — Preciso de um banho.

Após a garota se retirar, sendo observada por James, ele seguiu o mesmo caminho que havia pouco fora percorrido por ela.

Dylan olhou para Lia, levantando uma sobrancelha ao ver que era observado.

— Você desenvolveu um novo poder ocular? — perguntou, curiosa.

— Acho que sim. — Ele se sentou ao lado de William e começou a olhar para as mãos. — Minha visão melhorou muito.

— Entendo. Você pode me mostrar como funciona?

Dylan lançou um olhar para William.

— Sente-se — disse, acomodando-se melhor no chão.

Lia demorou alguns segundos para entender, mas logo se posicionou diante deles, cruzando as pernas ao se acomodar.

— Dylan é um idiota. — William fez graça. — Mas é um cara legal.

Lia riu quando Dylan revirou os olhos para Will.

Dylan se concentrou em explicar como estava fazendo aquilo. Lia havia visto quando ele se defendera do ataque de Helena e reparara nas veias saltadas ao redor de seus olhos. Já tinha visto isso em seu pai uma vez e aquilo a deixara intrigada. Se os dois eram do clã Vesryn — assim como ela — e conseguiram realizar tal feito, teria que ao menos tentar também.

Elisabeth sorriu com a interação dos três e apenas partiu em direção à base.

◘

A alguns cômodos longe dali, James caminhava em direção ao quarto de Helena. Ele bateu na porta, que estava levemente aberta. Era como se ela o esperasse. Ao abri-la, viu Helena sentada na beirada da cama, tomando água e secando o suor com uma pequena toalha.

— Sabia que viria — disse sem olhá-lo.

— Como sabia?

Ele se sentou ao seu lado, recebendo a garrafa de água dela.

— Você irá dizer que não devo receber o ataque pelos outros novamente.

— E adiantaria pedir isso? Sei que você não vai me obedecer.

— Era o que Lorenzo dizia.

Suspirou, fechando os olhos.

— Por isso estou aqui, para tentar colocar juízo na sua cabeça no lugar dele.

James se aproximou mais dela, passando um dos braços pelas costas dela e a puxando para si.

— Sinto tanta falta dele — disse baixinho, e James soube que Helena se continha para não chorar em sua frente.

— Eu também — confessou.

Mesmo James sabendo que teria que seguir em frente por ele, por Helena e por todos, ainda parecia injusto estar ali e não ter Lorenzo com eles.

— Será que se tivéssemos acesso a tudo isso antes... — Helena começou a falar, mexendo os braços, referindo-se à base. — Ele ainda estaria vivo?

— Helena. — James levantou o rosto dela e o acomodou em suas mãos, passando o polegar levemente pela única lágrima que escorria sob a pele alva dela. — Nada acontece por acaso. Aprendi isso com ele. Acha que estamos aqui por acaso? Juntos?

Ela negou com a cabeça, ainda com o rosto encaixado nas mãos dele.

— Então, se você também sabe que estamos juntos por um motivo, você deve acreditar que Lorenzo cumpriu com o seu dever. Nós iremos vencer essa guerra e vingá-lo.

James observou por alguns instantes as feições dela se aliviarem, mas ainda assim não soltou seu rosto. Queria ficar cada vez mais perto. Era como um ímã que levava o seu corpo até o dela e, quanto mais juntos, mais difícil de se separar.

— James... — falou em um sussurro antes de sentir os lábios finos dele sobre os seus.

Ele levou uma das mãos até a cintura dela, trazendo-a ainda mais para si, e a outra até a nuca, deixando um carinho singelo ali. Helena, por sua vez, agarrou os cabelos rebeldes de James.

A sensação de estarem ali era revigorante. Era como se todas as situações difíceis pelas quais haviam passado até então fossem compensadas pelo conforto que sentiam nos braços um do outro.

— Helena — chamou ele ao separar a luta que suas línguas haviam travado, deixando um beijo casto no pescoço dela, sorrindo ao sentir o arrepio na pele dela. — Você não sabe como é difícil me conter perto de você.

— Eu sei. — Ela se afastou um pouco. — Também sinto, James.

Ele sorriu de canto e lhe roubou mais um beijo rápido.

— Nos vemos depois.

Ele se levantou e saiu do cômodo, deixando Helena com um sorriso no rosto.

15

O homem grisalho suspirou quando estava prestes a entrar no grande salão em que a Rainha Vermelha se encontrava à sua espera. Desde que soubera da morte de Lorenzo, sentia-se inquieto, irritava-o o modo como o rapaz, junto de James, tinha escapado quando ele já os tinha em suas mãos. Tal situação complicara sua relação com Kaguyan, visto que ela já vinha insatisfeita com seus feitos, e isso só piorara após a informação de que James ainda estava vivo.

— Duran. — Escutou a voz fina dela e a olhou, mantendo sua postura. — Alguma novidade?

— Sim, minha senhora. — Curvou-se levemente. — Há pistas convincentes de que estão em Nevada.

— O que há lá para que tenham se dado ao trabalho de ir tão longe?

A rainha ergueu uma sobrancelha.

— Meus informantes não conseguiram mais informações, minha rainha.

— Malditos! — Ela se levantou do trono em um rompante, caminhando alguns passos. — Você não consegue fazer nada direito, Duran!

— Mandarei alguns homens para investigar e...

— Não — Kaguyan o cortou, virando-se para ele. — Você irá. E só volte quando tiver algo decente para me apresentar.

Após terminar de falar, sentou-se novamente e respirou fundo, bebendo algo que parecia ser um licor de cor vermelha, dentro de uma taça de vidro. — Está dispensado.

— Sim, minha rainha.

Duran se levantou e seguiu para longe dali o mais rápido possível. Sabia de todos os seus atos tão bem quanto as noites em claro que passava. Era inevitável, no entanto, não se sentir ameaçado toda vez que aquela desgraçada estava de mau humor.

▫

Elisabeth saiu de seu banho apenas de roupão e usando uma toalha para secar os cabelos úmidos, mas parou seus movimentos ao ver Chang deitado na cama de um modo preguiçoso, observando o teto.

— Não sabia que tinha voltado — disse ela, sentando-se na beirada da cama e deixando um carinho sobre o ombro dele.

— Não quis atrapalhar o seu banho — respondeu, puxando-a para se deitar junto de si, deixando um beijo na testa dela.

— Não ia atrapalhar. — Elisabeth sorriu, divertida, arrumando seu corpo sobre o dele. — Estou com saudades.

— Nem fale. Nunca pensei que vir para cá seria tão problemático — completou Chang, colocando o braço dele atrás da cabeça para poder olhá-la melhor e logo sorriu, malicioso. — Temos algum tempo até a reunião para a qual Kun nos convocou.

A loira sorriu e ficou de pé, desfazendo o nó do roupão e o deixando deslizar em seu corpo. O sorriso de Chang se intensificou.

— E o que planeja para ocupar o nosso tempo até lá?

Ela mordeu o canto da boca fingindo inocência e sorriu ao ver Chang também se levantar e começar a tirar a roupa que usava.

— Você não presta.

Elisabeth apenas soltou uma risada quando ele a pegou no colo e a acomodou na cama, beijando-a fervorosamente.

▫

Kun convocou o grupo para uma breve reunião no início da noite, antes do jantar. Chang e Elisabeth chegaram atrasados. Helena arregalou os olhos ao ver o chupão que Elisabeth tinha no pescoço e que o cabelo loiro-escuro, sempre tão bem-arrumado, encontrava-se em um coque frouxo. Com um tom de vermelho nas bochechas, ela apenas sorriu de leve e se virou para Kun.

— Agora que estamos todos aqui — disse ele, olhando para os dois últimos que chegaram. — Precisamos conversar sobre um assunto sério.

Alguns estavam de pé, outros sentados nos sofás da sala, e Helena franziu o cenho ao ver que Alejandra não parecia feliz com aquilo.

— Recebemos pistas de que Zekens foram vistos na Itália — Robert pronunciou primeiro. — Há a possibilidade de que eles saibam o que estamos fazendo aqui e isso não é nada bom.

— Se Kaguyan descobrir sobre a nossa aliança com as nações humanas, pode nos atacar agora e não estamos prontos para isso ainda — alertou Kun.

— O que faremos? — Chang perguntou com um modo sério.

— Enviaremos Helena, James, William e Dylan para uma missão de reconhecimento — explicou Kun. Uma bufada da mentora da garota pôde ser ouvida. — Vocês sairão depois de amanhã.

— Que fique claro: é apenas uma missão para sabermos o que está acontecendo lá. Não deverão fazer nada de modo impulsivo nem sermos descobertos — salientou Robert.

— E vocês resolvem mandar justo Helena, que é a mais impulsiva deles — resmungou Alejandra. — E ainda junto de James, que está apaixonado e não está pensando com a cabeça de cima!

— Já discutimos isso, Ale. — Robert acenou para ela de um modo firme. — Não podemos mandar Chang, porque está ajudando nos treinamentos, e Elisabeth também ajudará nisso a partir de amanhã.

Alejandra apenas revirou os olhos e encarou Helena.

— Ai de você se não terminar essa missão e não voltar sã e salva para essa base, mocinha.

Helena apenas sorriu e acenou em concordância, vendo sua mentora sair a passos largos para longe dali. Em seguida, sentiu o calor da mão de James sobre a sua enquanto estavam sentados lado a lado no sofá.

Ela sabia que tudo ficaria bem, desde que permanecessem juntos.

16

O grande dia da missão havia chegado e não havia pessoa mais nervosa que Dylan. Desde o ataque massivo dos Zekens que tirara a vida de Lorenzo, não estava confiante de suas habilidades. Treinava com Helena e William, mas ainda sentia aquele receio e medo que sentira no meio de toda aquela confusão.

Podia se lembrar claramente das explosões, pessoas morrendo, os cães e toda a desolação criada pelo exército de Zekens. Escondia-se de todos, até mesmo de seu mentor, porém ficara traumatizado desde aquele dia. Por isso estava se esforçando tanto. Não queria ter que passar por aquilo outra vez... Não queria ficar travado e não fazer nada.

Como um completo inútil.

Desde sempre, afeiçoara-se com os humanos e havia achado a forma fácil de viver deles tão atrativa que diversas vezes se imaginara ser um deles. Por mais que Erik o alertasse, sentia-se forte o suficiente por ser um número alto e ainda controlar a água em estado sólido. Poderia perfurar qualquer um que se metesse com ele com uma lança de gelo. Poderia congelar pessoas de dentro para fora e até mesmo manipular seu elemento no ar. Do que tudo isso valeria se travasse mais uma vez, no entanto?

Seria um alvo fácil.

Independentemente da ordem da morte dos números, sabia que sua sobrevivência era questão de sorte. Suspirou, determinado, enquanto esperava os outros chegarem até a plataforma de embarque aéreo. O ambiente estava vazio e apenas o bater impaciente de seu pé no chão quebrava o silêncio.

— Não vou fraquejar de novo — murmurou para si, observando o pequeno avião que os transportaria até a Itália.

Cruzariam o Atlântico para ir atrás de uma pista. Aquilo parecia perigoso, mas nada poderia contestar ali. Graças à sua atitude covarde, não se sentia com voz ativa para indagar alguma coisa, principalmente para a general Alejandra.

Ouviu passos pesados cobrirem o silêncio e mirou o corredor. Dali, pôde ver as figuras de William, James, Helena, Morino e mais dois humanos que não conhecia.

— Chegou cedo, Dylan — Morino o saudou com um balançar de cabeça.

— Estava ansioso — respondeu, fitando os humanos com uma sobrancelha arqueada.

— Ansioso em uma missão de reconhecimento? Vocês não vão fazer nada de mais! Apenas buscar informações, catalogar e voltar para a base.

— Ainda assim, podemos enfrentar problemas por lá.

— Se não fizer besteira, tenho certeza de que nada vai acontecer. — Morino voltou a falar com uma leve irritação.

— Ele está certo, Morino. — Helena apareceu, caminhando até Dylan. — Não podemos prever o que pode acontecer. Precisamos estar preparados.

O capitão suspirou alto e em seguida soltou o ar devagar. Precisava arrumar paciência para lidar com os shindenianos.

— Escutem todos: um dos maiores objetivos da missão é não entrar em combate, entenderam? — Olhou para cada um com o cenho franzido. — É vital que não sejam rastreados. Lembrem que são vocês que estão indo atrás deles, e não o contrário. Não podemos deixar nada para trás que os faça vir até esta base. Será que fui claro?

— Sim, senhor. — Todos responderam em uníssono.

— Ótimo. — Balançou a cabeça, satisfeito. — Dentro da aeronave estão suas mochilas com os comunicadores para falarem entre si e conosco na central. Vocês serão turistas por lá e ficarão apenas uma noite. Ou seja, têm apenas hoje para coletar dados da localização que deixei para vocês e reportar.

— E onde vamos passar a noite? — perguntou William, coçando os olhos, ainda com sono.

— Ficarão no hotel Paladim, mas não estraguem o disfarce. Seus nomes falsos estão nas bolsas e o avião pegará vocês no mesmo local em que caírem às oito da manhã — Morino disse tudo, fitando-os com uma expressão de morte.

— Acordo cedo para ir e acordo cedo para voltar... isso é um saco — resmungou William, caminhando até o avião, passando ao lado de Helena e Dylan, que o olharam com o canto dos olhos, sorrindo.

Sabiam que ele logo receberia uma bronca.

— Número Seis! Eu ainda não o dispensei.

— Então dispense logo, faça o favor. Quanto mais rápido a gente for, mais rápido voltamos e posso descansar. Aqueles treinos com a velha louca estão me matando!

— Volte agora mesmo aqui — vociferou Morino com os olhos repletos de ira.

Estava a ponto de meter uma bala na testa daquele moleque insolente.

William suspirou, derrotado, e voltou a ficar ao lado de James.

— Para concluir os detalhes — disse, censurando William com o olhar. — Estes são Hamilton e Zander. Hamilton é um soldado de elite e levará vocês até o lugar indicado para a espionagem, e Zander é o piloto de vocês. Alguma dúvida?

— Não, senhor. — Mais uma vez respondem todos juntos em um timbre alto.

— Certo. Agora estão dispensados.

Com a ordem dada, todos seguiram até o avião. Antes mesmo de chegarem até ele, sentiram a plataforma em que estavam começar a subir e o teto de aço abrir para que a aeronave submergisse no meio do deserto.

O vento forte batia contra o rosto de todos ali carregando poeira e fazendo William até mesmo engolir um pouco.

— Ah, mas que merda!

A escotilha do avião foi aberta e todos entraram com rapidez para fugir dos chicotes fortes que o vento dava em suas peles.

Helena se acomodou em uma das cadeiras grudadas à parede do avião e colocou a mochila em seu colo, não se preocupando em colocar o cinto. James se dirigiu até seu lado e se acomodou ali, recebendo um sorriso tímido da garota; coisa que não passou despercebido por Dylan.

Todos se acomodaram, e o avião se pôs a se movimentar e levantar voo.

A viagem deu tempo o suficiente para William cochilar e Dylan puxar conversa com o tal Hamilton. Com ele, descobriu que o exército estava unindo forças até mesmo com as Coreias para disporem de uma força maior de armas bélicas. Tal informação não o agradou. Sabia o quanto o planeta poderia sofrer se fosse alvejado com bombas atômicas. Aquilo destruiria grande parte da superfície e traria uma era de fome e escassez se os recursos se limitassem.

Como os humanos podiam pensar em uma coisa dessas?

A indignação começou a assolá-lo, mas logo lembrou que em Shinden o mesmo acontecera. O planeta inteiro fora devastado por conta da escolha de uma única pessoa poderosa o suficiente para não ser contestada.

Talvez a tirania e o poder estivessem presentes no íntimo de todos os grandes líderes, afinal. Bastava ele e os outros lutarem bravamente para os humanos não precisarem apelar para algo tão devastador.

Mais algumas horas se passaram e começaram a sobrevoar a cidade de Candela.

— Estamos próximos do ponto de queda. — Ouviram a voz de Zander pela primeira vez, alertando-os.

— Ponto de queda? — questionou Dylan, olhando confuso para Helena à sua frente, que lançou um sorriso faceiro em sua direção.

— Vamos saltar — disse simplesmente.

— E onde estão os paraquedas? — perguntou ele, olhando para os lados, não vendo nada pendurado nas paredes do avião.

— Paraquedas chamam muita atenção no céu — respondeu James, levantando-se e estralando o pescoço.

— Estão supondo que vamos pular sem paraquedas? — A voz de Dylan deu uma leve falhada quando se imaginou fazendo tal feito.

17

— Supondo não, nós vamos — corrigiu Helena, seguindo até Hamilton. — Não precisa ter receio. William vai tomar cuidado na hora do pouso.

O rapaz anuiu em concordância e se posicionou ao lado de James, que já estava diante da plataforma, apenas esperando para descer.

— Vocês estão brincando!

Helena revirou os olhos, entediada, e se aproximou dos demais.

— Levante logo. Precisamos ser precisos para cair em cima do hotel.

— Vamos pousar já em cima do Paladim?

— Mais que droga, Dylan! Venha logo, cara! — ralhou William, perdendo pela primeira vez a paciência.

Era ele quem tinha medo de altura ali, mas ainda assim precisava se conter, pois, além de ter que engolir seu receio, ainda fora ele o designado a segurar Hamilton e garantir que o humano não quebrasse nada.

Coisa que estava rezando para não acontecer.

Dylan, a passos lentos, aproximou-se dele e se posicionou ao lado de James. A plataforma foi aberta e um vento forte invadiu o interior do avião.

— Estão prontos?

Todos assentiram, com exceção de Dylan.

— Então vamos.

Helena saltou em queda livre, seguida de William, que segurou Hamilton fortemente e pulou em um salto de fé.

— Ah, cara... — Dylan se lamuriou, encolhendo o corpo. — De que adianta treinar tanto? Eu vou morrer aqui!

— Deixe de drama, nem estamos muito longe do teto do hotel — resmungou James, batendo em suas costas com força, fazendo Dylan cair em queda livre do avião. — Amadores... E se dizia o fodão da equipe — murmurou para si mesmo antes de saltar.

Lá embaixo, Helena caiu na enorme piscina — previamente escolhida pela equipe da base — no terraço do hote com precisão, dando uma meia cambalhota dentro da água para ajudar a comprimir o impacto. Depois, olhou para cima e viu William caindo de forma desengonçada. Aquilo a preocupou, não por ele, mas pelo humano.

Assim como imaginava, Hamilton acabou se desprendendo do agarre de William e continuou caindo em completo desespero. Por esse motivo, Helena nadou em sua direção e se posicionou. Dominando a água, não demorou para alcançá-lo e segurá-lo em meio ao líquido, descendo devagar até chegar à superfície da piscina.

— Você está bem? — perguntou, preocupada, porém, antes que o rapaz respondesse, ouviu um baque alto alguns metros de distância e notou Will se remexendo na água. — Céus! Que queda horrível! Imagine o que teria acontecido com o humano se tivesse continuado com você! Por que não disse que tinha medo de altura?!

— Foi mal — respondeu ele em um fio de voz, respirando descompassadamente.

Ela balançou a cabeça em negativa.

— Você é terrível, Will.

— Ah, qual é? Eu só... — Não terminou de falar, pois mais um baque alto se fez ouvir e os dois miraram Dylan respirando descompassadamente. — Depois fale da minha queda.

Ela revirou os olhos, ouvindo um som abafado próximo de si. Ao se virar, deparou-se com seu moreno retirando o excesso de água do rosto e dos cabelos.

— O que houve aqui?

— Parece que temos que treinar pouso para os dois no próximo treinamento — disse, referindo-se ao estado deplorável de William e Dylan.

Assim que desceram até o saguão do hotel, foram recebidos por uma recepcionista disfarçada da base, que lhes deu toalhas e os conduziu para seus respectivos quartos. Cada um teria a autonomia do seu próprio, coisa que fez William comemorar.

Seus pertences já se encontravam em seus respectivos cômodos. Assim que se organizaram seguiram com Hamilton até o local indicado, no qual haviam recebido o alerta de movimentações estranhas de supostos Zekens. O hotel havia sido escolhido estrategicamente para ser próximo do lugar. Não demoraram até chegar a uma espécie de estação de metrô abandonada.

Colocaram os comunicadores e testaram entre si para confirmar o funcionamento. Com um aceno de cabeça, entraram no lugar que dispunha de uma escada com corrimão enferrujado, que os levaria até o subsolo.

— Que lugar limpo, hein? — murmurou William, fazendo careta ao ligar a lanterna e se deparar com uma infestação de ratos.

— Silêncio. Logo chegaremos às ramificações dos túneis e teremos que nos separar — sussurrou Hamilton para todos o ouvirem. — Fiquem atentos. Se houverem muitos, se afastem e nos comuniquem.

— Ei, quem disse que você é o líder da missão? — falou Dylan, apontando a lanterna na cara de Hamilton.

— Ninguém. Apenas estou seguindo o protocolo.

— Sei.

James olhou de canto de olho para o tal Hamilton e estreitou os olhos. Não tirava a razão de Dylan. Todos ali sabiam o que fazer, não precisavam ser lembrados a todo o momento. Ainda mais por um mero humano.

— Vamos continuar — disse, tomando a frente e sendo seguido pelos demais.

Sua lanterna iluminava grande parte do caminho e por isso Helena não precisou ligar a que tinha em mãos. Seguiram por mais alguns corredores de tijolinhos até chegarem ao local das ramificações. Três túneis para dividirem entre si. Dylan engoliu em seco ao contar mentalmente e constatar que em um dos túneis alguém iria sozinho. Torceu e rezou para o felizardo não ser ele.

— Vamos nos dividir. — Helena os encarou. — Eu vou com Dylan, um de vocês vai com o humano.

A escolha da garota fez James a olhar, intrigado. Jurava que ela iria consigo, mas ao vê-la fazendo uma expressão de compreensão para Dylan acabou acatando sem falar nada.

Ela só estava tentando ajudar como sempre. Helena sendo Helena.

— Eu vou sozinho e Will vai com Hamilton.

— Melhor não. Deixe eu ir com você — contestou Hamilton, contudo, assim que sentiu a mão pesada de Will repousar e apertar seu ombro de forma ameaçadora, acabou engolindo a saliva e sorriu, sem graça. — Não é que eu duvide de suas capacidades, sabe?

— Sei. Por isso você pode se redimir indo comigo.

William mirou sua lanterna para o túnel da esquerda e seguiu em diante.

Helena riu ao ver o soldado fazer o sinal da cruz antes de seguir Will. Em seguida, seus olhos pairaram em James, que ajeitava a bolsa nas costas.

— Você vai ficar bem?

Ele sorriu e lhe roubou um selinho rápido. Já era de seu conhecimento que Dylan, além de William, também sabia da relação entre os dois.

— Nem precisa perguntar — respondeu, colocando uma perna em cima do pequeno degrau para subir até o túnel do meio. — Tome cuidado.

Ela acenou positivamente ao vê-lo adentrar o túnel.

— Vamos?

Dylan anuiu em concordância e passou a segui-la entre o terceiro e último túnel disponível. Caminharam por um bom trecho em silêncio, apenas constatando que o lugar era a casa de todos os ratos da cidade.

— Por quê? — Ela ouviu o companheiro indagar um pouco mais atrás.

— Por que o quê?

— Por que quis vir comigo, e não com James?

— Porque seria você quem seguiria sozinho se eu fizesse isso.

— Não precisava ter feito — comentou, tentando manter seu orgulho, por mais que seu consciente gritasse um "precisava, sim!"

— Tem razão. Sei que você é capaz, Dylan. Você é forte. Apenas precisa parar de travar nos momentos mais inoportunos.

As palavras dela o fizeram baixar os olhos e suspirar.

— Desculpe.

— Não há nada para você se desculpar. Apenas se dedique cada vez mais. — Ela o fitou. — Você já é forte. Só precisa trabalhar mais nisso.

— Obrigado.

— Agora bem que você poderia facilitar nosso trabalho e ver através das paredes onde aqueles desgraçados estão.

Dylan concordou e se concentrou em seu novo dom ocular. Passou alguns minutos olhando para todos os cantos até que os encontrou.

— Estão mais à frente. Tivemos sorte de pegar o túnel premiado.

— É sempre assim — respondeu, divertida, seguindo.

Passaram por mais duas ramificações até encontrar o túnel que levava para o covil dos vermes da Rainha Vermelha.

Seguiram a passos lentos e cautelosos até verem as criaturas entretidas entre si. A maioria lutando. Mais adiante, viu um grupo de Zekens usando o elemento de seu falecido irmão. Todos lutavam com o estilo pedra e tentavam acertar seus companheiros de forma bruta e sem cuidado.

Aquilo fez seu sangue ferver.

Como ousavam usar o poder de Lorenzo?!

Começou a respirar mais descompassadamente. Estava convicta de que desceria e mataria todo mundo, mas foi o braço de Dylan a barrando que a fez parar.

— O que foi?

— Sei o quanto isso é difícil, ainda mais para você, que o amava tanto, mas não pode misturar sentimentos com o objetivo da missão.

Ela suspirou alto, contendo sua vontade de passar por cima dele. O garoto estava certo. A cada instante que se passava, mais daqueles bastardos brincavam de quebrar coisas e se atacar. Parecia que cada movimento era uma blasfêmia.

— Temos que relatar a missão e encontrar os outros — dizia Dylan, sentindo-a distante. — Helena — murmurou de novo. — Precisamos ir rápido.

— Certo...

Mesmo hesitante, seguiu a orientação de Dylan. Retirou de sua bolsa uma câmera profissional e a direcionou até os vermes à frente. Ele narrava os acontecimentos em um gravador, captando todas as novas ações suspeitas. Assim que terminaram, o garoto guardou suas coisas e cutucou o comunicador no ouvido a fim de acionar os outros.

— Vamos embora.

A vontade de Helena era de destruir tudo ali e matar o quanto de Zekens fosse possível, mas logo sentiu seu braço ser puxado e a voz de Dylan a chamando para partirem.

Aquilo era tão frustrante. Queria fazer algo por ela... por todos...

Por Lorenzo.

18

– Estou dizendo, James! Eles estavam controlando o elemento rocha! – exclamou alto, dentro do seu quarto de hotel, em pura fúria. Todos os que estavam ali nunca a tinham visto em um ataque de fúria como esse, mas James se manteve austero e caminhou até ela, abraçando-a de forma carinhosa afagando seus cabelos. – Eles conseguiram pegar o elemento dele... – Sua voz estava embargada.

– Eu sei...

James a acalentou, apertando-a ainda mais. Lembrava-se de ter visto um daqueles Zekens com uma pedra brilhante em cima do peito de Lorenzo assim que acordara. Deveria ter sido aquilo que sugara ainda mais suas forças... Caso contrário, ele teria resistido.

Assim como a garota, também sentiu raiva de toda aquela situação, contudo não poderia explodir ou se exaltar. Tinha que manter a calma. Nesses momentos, já bastava um estar enfurecido. Dois causariam a terceira guerra mundial.

– Só queria dizer... – Dylan começou, chamando a atenção de Helena e James, deixando-o um pouco nervoso. – Eu sei que está sofrendo, Helena, mas precisamos ser realistas. Viemos para cá só para isso? Descobrir que o elemento do Três foi sugado? Isso não está fazendo sentido... Não obtivemos nenhuma informação sólida que pudéssemos usar a não ser o número exorbitante de Zekens lá embaixo, nos subterrâneos da cidade. Que proveito podemos tirar disso?

– Dylan tem razão. – Hamilton se adiantou e continuou, coçando o queixo: – A forma como a informação chegou na base também foi um tanto suspeita. Tudo pareceu fácil demais.

Os olhos esmeraldinos de Helena, antes chorosos, agora estavam nebulosos; James se preocupou. Olhou para William, que prontamente entendeu e levou Dylan e Hamilton dali. Os dois precisavam ficar a sós.

Assim que a porta bateu, Helena se desvencilhou dos braços de James e passou a caminhar até sua mochila, apanhando uma muda de roupas.

– Aonde pensa que vai? – perguntou, vendo-a o ignorar e caminhar até o banheiro, mas, assim que alcançou a maçaneta prateada, uma corrente elétrica atingiu sua mão, fazendo-a se afastar automaticamente.

– Droga, James! – esbravejou, irritada. Seu corpo foi abraçado mais uma vez. Sabia o que ela faria e não podia permitir isso. A missão era clara, e não a deixaria sair daquele hotel. Logo, sentiu-a relaxar e retribuir o gesto de forma sôfrega. – Preciso fazer alguma coisa.

– E nós vamos, mas tudo tem seu tempo. Não podemos colocar nada a perder agora – sussurrou em seu ouvido.

Depositou um beijo casto na pele macia de seu pescoço. No entanto, não conseguiu se recriminar e parar apenas ali. Fazia tempo que a queria só para si, porém tinha que dividir sua atenção com o restante do pessoal na base e isso o irritava.

Queria ter mais tempo com o corpo dela junto ao seu como agora, sem correr o risco de ninguém vir chamá-los. Acariciou a cintura fina dela com delicadeza e logo continuou o percurso com as mãos descendo, até chegar em seu bumbum durinho.

Como sonhava em tocá-la de verdade.

Não resistiu e apertou bem ali, causando um arrepio na garota e um inspirar forte.

– James.

– Desculpe. É que preciso tanto de você – ciciou em seu ouvido, mordendo o lóbulo da orelha delicada, arrancando suspiros longos.

– Eu também preciso – disse ela com uma necessidade explícita em seu olhar.

Agarrou-a com mais firmeza. Já haviam "brincado" em seus aposentos na base. As carícias haviam avançado e arrancado sonhos eróticos um com o outro havia bastante tempo, mas nunca consumavam... nunca conseguiam.

Ninguém iria detê-los dessa vez.

Ele a pegou no colo e a conduziu até a cama, beijando seus lábios finos com uma fome lasciva. Queria tudo que ela pudesse lhe dar.

James a deitou com cuidado. Sem se demorar, retirou sua própria camisa, fazendo-a se deliciar com a visão de seu abdômen definido repleto de arranhões e cortes devido aos treinos e lutas. Ela estava se envolvendo em uma nebulosa e excitante situação.

James era lindo e isso nunca negara desde que o vira pela primeira vez.

Ela sorriu, sabendo que algo incrível estava para acontecer.

Entregaram-se à paixão, consumando o amor que sentiam. Transformaram o afeto em algo carnal, palpável. Tornando-se um só, finalmente.

◘

Na manhã seguinte tudo parecia bem e pronto para partirem. William havia acordado no horário, o que foi um grande milagre.

Will e Dylan desceram até o saguão para falar com a recepcionista enquanto Helena e Hamilton subiam até o alto do prédio pelas escadas para fugir da obrigação de levar os pertences dos outros. Tal missão foi realizada por James, que rosnava de minuto a minuto enquanto começava a subir com sua mochila, mais a de William e Dylan.

No entanto, assim que chegou no meio do caminho, ouviu uma alta explosão no topo. Quando olhou para cima, precisou se jogar nos degraus da escada para se proteger da onda de calor que desceu pelo abismo das escadas. O prédio inteiro estremeceu, e o concreto começou a rachar e se desfazer.

Ouviu gritos ecoarem por todos os andares e o fogo começar a se espalhar.

Precisava sair dali, mas muito mais do que isso... precisava encontrar Helena.

A última coisa que ouviu dela era que estava subindo. Tal recordação fez seu sangue gelar e forçar seus olhos a olhar para cima, usando os braços para se proteger do calor excessivo.

Estava com medo. Estava em pânico.

Tudo porque ela não estava do seu lado naquele momento.

19

Era desolador não saber o que fazer, e não poder se mover destruía seu consciente. James precisava ir até ela. Precisava salvá-la, mas as chamas a cada lance de escada que subia se tornavam mais ardentes, impossibilitando-o de alcançar o terraço do prédio.

As paredes queimavam ao seu redor e, por mais que soubesse que sua salvação era descer dali, não queria parar de tentar se aventurar mais acima.

O fogo o feria, e suas roupas estavam esturricadas. Sua face estava manchada de preto devido ao crepitar da madeira das portas. Logo seus pulmões começaram a fechar devido à quantidade de fumaça que engolia. A tosse corrosiva aflorava e não demorou muito para James cair nos degraus da escada com as mãos no pescoço, sufocando com a grande quantidade de fumaça.

No entanto, ele ainda sentia...

Seu corpo vibrava e seu coração parecia dividir espaço com mais um batendo forte dentro do seu peito. Era estranho, não conseguia assimilar, porém sabia que aquela agonia que estava sentindo, aquele desespero... aquele medo, não provinha apenas dele, mas de Helena também.

Seu corpo pesava e a gravidade parecia o puxar cada vez mais para baixo. Seus olhos lacrimejaram com a ardência das chamas, ainda assim aquele medo e aquela ânsia em seu coração o faziam não conseguir continuar parado ali. Precisava continuar.

Sua mulher gritava por ele. Ele sabia... sentia. Helena estava com medo e sufocava assim como ele.

Fechou os olhos com força quando apoiou as mãos nos joelhos ao se inclinar um pouco, para em seguida se colocar de pé mais uma vez. Não se permitiria fraquejar, precisava chegar até ela.

A passos e tropeços, continuou a subir com um braço em frente ao rosto para conter a ardência das chamas e o outro segurando no corrimão. Queria correr, ultrapassar aquelas chamas e alcançar a última porta no topo da escada, todavia suas forças se esvaíam e sentia o cansaço de ambos.

— Estou chegando... Helena — murmurou, trincando os dentes ao desviar de um toco de madeira e ferro que caiu do andar de cima.

Logo que desviou, uma nova explosão se fez ouvida, quase estourando seus tímpanos e o jogando para trás.

Ele rolou vários lances de escadas e só parou quando seu corpo bateu com violência na parede próxima a um extintor, que, com o impacto, caiu do suporte da parede e se chocou contra sua cabeça.

— Porra! — gritou dolorosamente, frustrado por perder todo seu esforço.

Não conseguia se mover dali. Seu corpo protestava devido à queda e sua cabeça latejava. Começou a se desesperar assim que não conseguiu mais sentir aquela segunda onda de sensações que aflorava seu peito. Era como se tivesse perdido os vestígios dela de dentro de si.

Tentou de todas as formas se levantar, mas tudo que conseguiu foi cambalear e cair desmaiado no chão.

— O que está fazendo?! — gritou Helena. Ela via um homem de cabelos brancos e olhos escuros sorrir, sarcástico, em sua direção ao segurar Hamilton pelo pescoço e o levantar sem qualquer esforço. A facilidade que o homem demonstrava ter era semelhante à sua ao erguer objetos pesados. Humanos não seriam capazes disso, a não ser que ele fosse... um shindeniano. — Solte-o agora! — berrou, preparando-se para correr em sua direção, mas, antes que fizesse qualquer movimento, Zekens se colocaram ao seu redor, apontando suas armas para ela.

— Você é Número Cinco, não é? — proferiu o desconhecido, desviando seu olhar sádico do humano, que se debatia tentando se soltar enquanto sufocava, para a garota que agora estava arfando devido à adrenalina começando a borbulhar sob sua pele. — Ouvi falar de você.

— Eu mandei soltá-lo! — vociferou mais uma vez, metralhando-o com o olhar.

— Ou o quê? Vai esguichar água em mim? — desdenhou ele, abrindo ainda mais o sorriso. — Ou me socar com sua superforça? Garanto que será inútil... — Seus olhos se tornaram mais escuros e ameaçadores que antes. — Você não é a única com uma força poderosa por aqui.

Assim que falou isso, elevou um pé e em seguida o bateu no chão do terraço, fazendo toda a estrutura estremecer e uma rachadura perigosa começar a correr por toda a extensão.

Helena arregalou os olhos e tentou se afastar, mas acabou se desequilibrando e caindo no concreto desalinhado.

— Você é louco?! Pode nos matar! Todos nós! — gritou, esbaforida, segurando-se como podia no chão e rezando para não ceder.

Sabia que James, William e Dylan estavam prestes a subir, e, se o chão cedesse, poderiam ser soterrados.

— Acontece, criança, que minha intenção é essa, mas não me incluo na lista de mortos.

— O que está falando? — perguntou, desesperada, quando viu um Zeken carregando uma arma grande ao caminhar até a porta das escadas.

— Sei que os outros números logo estarão aqui, por isso precisamos nos prevenir, não é?

Seu rosto empalideceu assim que viu a arma ser disparada e um fogaréu alto se estender para dentro das escadas.

Aquilo só poderia ser uma brincadeira.

Mesmo que se forçasse a pensar em algo para contornar a situação, seus pensamentos foram deturbados no momento em que ouviu o bater de asas mecânica. O barulho de metal se aproximou rapidamente deles, e ela reconheceu um helicóptero de carga sobrevoar ao redor do terraço do hotel.

— Mas o que...

As palavras fugiram assim que viu um armamento surgir por baixo da cabine do piloto e logo uma chuva de balas começar a ser disparada por todas as janelas do prédio. Precisou tapar os ouvidos devido ao barulho ensurdecedor.

O helicóptero começou a contornar o prédio e descer de acordo com a localização das janelas. Sua intenção era matar todos daquele hotel.

— Helena, não é? — Ouviu a voz do homem invadir seus ouvidos. Dessa vez, viu Hamilton a olhar, angustiado e com medo, enquanto seu corpo era jogado no chão e o grisalho pisava em suas costas como se fosse um verme. — Lembro que foi esse o nome que Número Três lamuriava enquanto retirava seu poder.

A garota soltou o ar que até então não tinha notado que prendia e trincou o maxilar.

Ele estava falando de Enzo!

Aquele maldito estava desmerecendo a memória dele!

Seu ódio crescia cada vez mais. Seu coração retumbava em seu peito com tamanha força que quase podia senti-lo pressionando suas costelas.

Com a adrenalina a mil e sangue nos olhos, levantou-se e se curvou pronta para atacá-lo, mesmo sendo alvo na mira dos Zekens ao seu redor. Por mais impulsiva que estivesse sendo, não poderia deixar que aquele desgraçado profanasse as memórias de Lorenzo e muito menos se safasse da chacina que estava orquestrando.

No entanto, algo ainda a travava. Algo que a impedia de correr até aquele homem e matá-lo com suas próprias mãos; esse empecilho era o bendito humano que ele esmagava com sua bota.

Por mais que quisesse ignorá-lo, visto a quantidade de vidas que estavam sendo perdidas enquanto o helicóptero atirava, era difícil. Só mais uma vida... talvez não fizesse diferença.

Hamilton seria seu sacrifício. Ele morreria por uma boa causa; o vingaria no momento em que arrancasse o coração daquele homem do peito. Estava disposta a ignorar o apelo silencioso do soldado para que sua vida fosse salva apenas para destruir aquele seguidor da Rainha Vermelha.

Estava sendo fria?

Tornando-se alguém sem coração?

Talvez...

Se fosse o contrário, sabia que Lorenzo não se importaria. Sabia que seu irmão sacrificaria mil vidas a fim de vingá-la.

Mordeu os lábios, pronta para correr na direção do homem, porém retrocedeu quando ele soltou uma gargalhada estrondosa e macabra.

— Acho que sei no que está pensando... — murmurou o desconhecido, contendo o riso. — Está em um dilema entre me atacar e deixar seu amigo morrer ou ficar à mercê de mim para salvar este humano. — Ele riu mais uma vez assim que viu a face da garota se contorcer. — Não se preocupe, querida, posso resolver isso para você. Até porque... — Ele a olhou com um sorriso sarcástico. — Não temo a sua força. Na verdade, estou curioso e empolgado.

Nesse momento, Helena arregalou os olhos e prendeu a respiração assim que o grisalho levantou seu pé a uma altura considerável e desceu de forma rápida, forte e fria sobre a cabeça do rapaz.

Seu crânio explodiu e se espalhou pelo chão, sujando-o com seu sangue e fluidos. Seus olhos saltaram das órbitas e sua pele carimbou o concreto.

Tudo aconteceu em câmera lenta diante de Helena.

Aquilo era surreal. Aquele homem conseguia ser pior do que os Zekens.

Ele era mais forte, inteligente e sádico. Não restavam dúvidas. Aquele ser era um shindeniano.

Podia se culpar pela morte de Hamilton, mas não conseguia associar tamanha crueldade. Ela viu o homem grisalho limpar sua bota ensanguentada na camisa do morto enquanto ria da forma como sua cabeça explodira. Foi quando os olhos frios daquele homem a miraram que ela soube — aquela não seria uma luta contra meros Zekens, com os quais aprendera a lidar, mas contra um dos seus. Um shindeniano evoluído com força e habilidades em níveis elevados. Pelo porte e postura semelhante aos que sua mentora dispunha, estava diante de alguém com alto grau de experiência em batalha... No nível de um general, talvez.

— A propósito, seus amigos já me conhecem, mas me chamo Duran — apresentou-se, coçando a nuca de forma despojada. Um sorriso maroto se fez presente em suas feições enquanto desembainhava uma espada comprida de suas costas, semelhante a que William usava. — Não se preocupe. Sei o quanto deve ser orgulhosa... — Ele se posicionou, girando a espada de forma ameaçadora. — Prometo não ser rápido e muito menos indolor com você... Vou fazer você implorar para ser morta.

Aquelas palavras soaram como uma promessa mortal. Pela primeira vez em toda sua vida, Helena sentiu medo. Temeu seu fim chegar tão logo e não poder fazer jus à promessa que fizera a Lorenzo de sobreviver e acabar com a ameaça da Rainha Vermelha, vingando seu nome.

Seu corpo entorpeceu e pressentiu o perigo...

A última coisa que ouviu foi outra explosão da arma daquele Zeken contra as escadas e sentiu o prédio estremecer. As rachaduras aumentaram e seu equilíbrio começou a ser comprometido no momento em que esquivou de forma desajeitada da lâmina de Duran, que quase cortou sua garganta.

Se aquele seria seu fim, ao menos desejava ser de forma mais honrosa, e não com tanto sangue e desolação em suas mãos.

20

— James, levante!

Sua cabeça ainda latejava, e seu corpo reclamava a cada movimento forçado que fazia. Abriu os olhos a tempo de ver William soltar seu braço e o jogar contra a parede. Em seguida, uma base de concreto e ligas de ferro caiu ao lado deles. Por um triz, não foram atingidos. Tal constatação o fez despertar e olhar para o amigo, que se encontrava arfante ao seu lado, também escorado na parede.

Ambos começaram a descer as escadas, mas William estava com um dos braços ocupados segurando o corpo desacordado de uma mulher que sangrava muito por uma ferida feia em sua testa.

No meio do caminho encontraram Dylan, que respirava de forma descompassada ao segurar um homem pelos ombros e dar a mão a uma garotinha assustada com os fortes estrondos nos andares de cima.

— Nós procuramos você por toda a parte. — Ouviu Dylan ciciar, cansado. — Onde estava? Cadê Helena?

Helena!

O nome dela ecoou em sua mente e logo se lembrou do que estava fazendo.

— Helena! Está lá em cima! — disse, exasperado, olhando para o alto das escadas. Arregalou os olhos ao ver o quão longe estavam. — Está no terraço! Precisamos voltar.

— Não, James! — William o deteve assim que ele fez menção de subir. — Não há mais nada lá em cima! Tudo desabou. Este andar está comprometido. Precisamos sair daqui.

— Me solte! Ela precisa da gente! Precisa de mim!

— Se você subir, vai morrer! — Dessa vez foi Dylan quem se pronunciou, mas logo precisou se segurar contra a parede, apertando a mão da garotinha, que chorava, desesperada, ao seu lado, assim que um forte tremor assolou o prédio. — Tudo está em chamas lá em cima. O último andar não existe mais! Tudo está desmoronando em escala. Por isso precisamos sair daqui!

— Não! — James trincou os dentes, sentindo seus olhos lacrimejarem. — Ela ainda está lá!

— James — chamou William com a voz pesarosa. — Eu acredito em você, mas se formos até lá essas pessoas vão morrer. — Referia-se à mulher que segurava, o senhor que Dylan apoiava e a garotinha, que ainda chorava, agarrada às pernas de Dylan. — O helicóptero passou alvejando as janelas com tiros! Muita gente morreu e muita gente ainda vai morrer porque não há como tirar todos. — Ele se aproximou de James e o puxou pelo ombro. — Nós procuramos por você e por Helena... Estávamos quase desistindo quando resolvi me forçar a subir mais um lance de escada e o encontrei. O lance seguinte estava impossível de alcançar e por pouco tudo não desmoronou sobre a gente. Você estava desacordado até agora.

— Ela precisa de ajuda...

— Nós e eles também — disse William, olhando para os humanos. — O que ela diria se soubesse que você escolheu se matar a sair do prédio para viver mais um dia para procurá-la? — Seu aperto no ombro do amigo se intensificou, fazendo James olhar no fundo de seus olhos. — Não vamos abandoná-la. Vamos voltar por ela! Vamos encontrar nossa amiga.

— Minha mulher — corrigiu James com o semblante sério. Ao ouvi-lo, o outro arregalou levemente os olhos, mas logo compreendeu e anuiu. — Não vamos descansar até encontrá-la.

— Não vamos. Estou com você.

William assentiu sorrindo.

— Ninguém mais fica para trás — complementou Dylan, determinado.

James os olhou com cumplicidade e concordou, por fim. Precisavam sair dali.

O prédio tremia e cada vez mais destroços caíam dos andares remanescentes. Todas as vezes precisavam se escorar nas paredes para não serem atingidos. Todavia, o que mais era angustiante era ouvir cada vez mais gritos pedindo por ajuda.

— William — James o chamou. — Você está mais inteiro. Me dê a mulher e desça os andares à nossa frente, abrindo as portas para os apartamentos. A cada humano que conseguir guiar até nós para sair daqui é um peso a menos que vamos carregar na consciência.

William o fitou, agradecido.

Ele entregou a mulher ao parceiro e iniciou sua corrida escadas abaixo. Enquanto isso, os demais continuaram descendo no ritmo que conseguiam. O corpo de James doía e pôde ver um corte horrível na perna de Dylan, colocando o peso do seu corpo na perna direita, a qual estava boa. Por esse motivo, não podiam correr, porém também não podiam se demorar. Mais estrondos balançavam as estruturas e as rachaduras corriam cada vez mais rápido pelas paredes.

Minutos depois, viram Will surgir com uma fila de pessoas chorosas e assustadas. Todas feridas e abaladas com os acontecimentos.

Will colocou ordem no falatório e ajudou todos a descer. Alguns rezavam no meio do caminho, outros lamuriavam promessas que cumpririam se saíssem daquele pesadelo.

Tal coisa fez James pensar o quanto os humanos estavam perdidos. Aquilo tudo acontecera por culpa deles. Dylan havia os alertado o quanto aquela missão estava simples demais. Deveriam ter dado mais ouvidos a Dylan. Agora, estava ali, ajudando humanos a saírem de toda aquela bagunça e, ainda por cima, *sem ela.* Assim que alcançaram a rua, correram o máximo que podiam e da forma como podiam, ouvindo sirenes e gritos das pessoas atrás das barricadas que as impediam de invadir o espaço seguro longe do prédio.

No momento em que cruzaram a faixa amarela, ouviram um barulho estrondoso atrás deles. No exato momento em que se viraram, toda a estrutura de concreto, vidros e ferro se despedaçou no chão como um castelo de areia.

Aquilo trouxe mais angústia ao coração de James, que, a essa altura, não conseguia mais conter ou esconder as lágrimas que insistiam em transbordar de seus olhos. Sentiu o toque reconfortante de seu amigo, mas aquilo não amenizou em nada o turbilhão que estava sentindo.

— Nós vamos encontrá-la. — Ouviu William dizer com a voz embargada também.

Aquilo era tão injusto.

Por que tudo tinha que lhe ser tirado assim?

Sua respiração se tornou sôfrega e a sensação de fraqueza o assolava, porém um batucar forte em seu peito ressurgiu e sentiu aquela mesma sensação de antes... Como se seu coração dividisse espaço com um outro.

Foi quando soube. Por algum milagre, ela estava viva. Fosse onde fosse, a encontraria.

— Nós vamos — proferiu, enxugando o rosto e mirando os destroços do prédio com ódio. — E vamos matar lentamente quem fez isso.

— Precisamos ir. — Ouviram a voz de Dylan um pouco mais atrás com o celular no ouvido. — Já contatei Morino. Ele está enviando um avião para nos buscar.

— Reportou o que houve? — perguntou William, adiantando-se até ele.

— Sim. Ele vai mandar sondarem tudo que envolveu esse ataque — disse, voltando-se para James, que o olhava sério.

Retornar à base sem Helena não fazia sentido. Estar sem ela era como deixar uma parte de si na missão. Era assim que James se sentia horas depois, incompleto.

Quando o avião pousou na plataforma da base, sentiu seu coração se apertar. Assim que o piloto abriu a porta, dando permissão para que se retirassem, levantou-se e seguiu para fora do avião, caminhando rapidamente e ignorando William, que tentava conversar.

Viu Alejandra e Erik vindo em sua direção e baixou o olhar, sem encarar a mentora de Helena. Não seria capaz de olhar nos olhos dela e dizer que sua protegida não tinha retornado junto dele. Mais ainda, não conseguiria dizer que não fora capaz de protegê-la.

— Onde está Helena? — perguntou ela, olhando para ele, após vasculhar todos os cantos à procura dela. Contudo, James nada respondeu, apenas continuou o seu percurso, passando por ela corredor adentro. — James?

— Ela não está aqui, está? — retrucou, um tanto rude, e seguiu o seu caminho até seu quarto, ignorando todos.

— William, me diga que sabe onde ela está.

Pela primeira vez, ele viu no rosto de Alejandra uma expressão de puro pavor.

— Sinto muito, Alejandra — disse, fechando os olhos e suspirando.

Dylan parou ao seu lado, observando com pesar William seguir o mesmo caminho feito por James minutos atrás. Preparava-se para imitá-lo, mas Alejandra gritou, chamando sua atenção:

— Alguém pode me dizer o que está acontecendo? — Sua voz saiu trêmula e ela...

Ela já estava vermelha.

— Dylan? — indagou Erik.

— Eu não sei — assumiu, fechando os olhos. — Uma explosão ocorreu no hotel em que estávamos. Hamilton e ela estavam no terraço e tudo pegou fogo e desabou. Nós... nós não sabemos se Helena está viva.

— O-o quê? — gaguejou Alejandra, e Robert também já chegava.

— As autoridades vão ligar para Morino assim que tiverem novidades — continuou Dylan. — Vários civis perderam a vida.

— Não quero saber dos civis! — gritou Alejandra, já em puro desespero. — Quero saber de Helena!

— Sinto muito.

Após falar, Dylan continuou o seu caminho pelo corredor e Erik o acompanhou, deixando a mentora com Robert. Ele sabia que a velha amiga precisava dele naquele momento.

Sem nada dizer, Rob abraçou Alejandra e permaneceu ali com a amiga em seus braços. Era difícil ver a grande general — sempre tão séria — desabar daquela maneira, porém tudo vinha à sua mente. Helena estava viva? Não podia deixar de pensar em Lorenzo e em como sofrera ao perder o menino que tanto lhe trouxera problemas na adolescência, mas que no fim... era como se fosse um filho.

Porque era isso, afinal. Helena era sua filha. A filha que a vida lhe dera e, mesmo sob circunstâncias difíceis, a criara, cuidara e acalentara quando os demônios de seu passado insistiam em perturbá-la.

Ao receber a missão de criar uma menina em um mundo completamente diferente, Alejandra rejeitara. Sabia que aquilo não era para si. Porém, no momento em que Robert a levara para observar Helena, a pequena de cabelos castanhos que estava sozinha no canto do quarto, abraçada em um ursinho de pelúcia, algo em seu interior se agitara.

Sabia que seus treinamentos e métodos eram severos e ríspidos, mas o medo de que algo um dia acontecesse a si e Helena tivesse que se virar sozinha sempre estivera presente. Era necessário que a garota soubesse se cuidar, aprendesse como lutar em uma batalha para vencer.

Agora todos os momentos junto dela passavam como um filme em sua cabeça enquanto as lágrimas saíam, desvairadas.

— Rob... não posso perdê-la — resmungou em meio ao choro. — Por Deus, eu não seria forte o suficiente.

— Você ouviu Dylan. Temos que aguardar as autoridades entrarem em contato — falou Robert baixo. — Venha, vamos esperar as notícias na sala.

Alejandra estava com os olhos vazios enquanto as lágrimas secavam. Estava perdida em pensamentos tão profundos que não percebeu Robert guiá-la para dentro da base.

21

Depois de chegar em seu quarto, James bateu forte a porta e caminhou pelo cômodo de um modo desgovernado. Sentia-se enraivecido ao mesmo tempo que estava apavorado.

Uma angústia vinha crescendo em si e isso estava o deixando inquieto.

Seguiu para o banheiro e retirou a roupa para logo entrar no boxe e ligar o chuveiro. Em questão de segundos, a água fria escorria por seu corpo e James tentava ao máximo relaxar os seus músculos tensionados, mas estava difícil de fazê-lo.

A imagem de Helena adormecida ao seu lado quando despertara pela manhã vinha à sua mente. Ele havia acordado primeiro e perdera vários minutos a observando ressonar, sem todos os problemas que eles tinham que enfrentar, sem toda a dor, sem toda a raiva. Ela apenas dormia com nada mais que um lençol fino cobrindo seu belo corpo enquanto estava deitada de barriga para baixo, deixando as costas à mostra.

Fora naquele momento que James percebera algo que já tinha dito em pensamento: Helena era magnífica.

Ela com certeza tinha o mudado, tinha mostrado a ele um jeito novo de viver.

Antes dela só se aproximara dos demais números para – se necessário – usar os poderes deles a seu favor. E hoje lutaria por qualquer um deles.

James era um novo homem desde que encontrara uma mulher pela qual valia a pena lutar.

Respirou fundo, molhando os cabelos já um tanto compridos, estranhando aquele misto de sentimentos. Além do medo e da raiva que se faziam presentes, algo lhe dizia que ela estava viva.

Afinal... ela não poderia morrer. Helena já passara por tanta coisa, não o deixaria apenas por uma explosão. Não se entregaria dessa maneira. Helena era mais forte do que isso.

Ficar sem notícias era agoniante.

Era como se estivesse sufocando.

– Droga! – gritou ao socar a parede fria do banheiro para logo sentir a dor da pancada.

Imaginou Helena ali consigo. Certamente lhe daria um sermão por conta da impulsividade dele. Diria que ele teria que superar e seguir em frente, que era forte o suficiente para tal.

Mas por que se sentia tão impotente? Tão inútil? Tão incapaz?

Não conseguira protegê-la, não conseguira cumprir a promessa feita a Lorenzo.

Lorenzo.

O homem que lutara até o último segundo de vida, aquele que o ajudara a mudar, aquele que o fizera prometer que cuidaria dela.

Suspirou, pressionando os olhos como se quisesse não sentir todo aquele misto de sentimentos aflorando em si. Não podia ficar ali para sempre, tinha ciência disso, então desligou o registro e saiu do boxe.

Estava na hora de enfrentar tudo mais uma vez.

□

Alejandra estava inconsolável. Fazia mais de uma hora que se encontrava sentada em um dos sofás da sala destinada aos números. Ela não saiu da posição e nem mesmo conseguiu falar com ninguém; os olhos estavam vidrados.

Will, Elisabeth, Lia, Chang e Dylan também estavam ali, sentados nos sofás e até mesmo no chão, em silêncio, juntos dos demais mentores. A tensão presente no ar se tornou ainda mais intensa quando James entrou na sala e se sentou na cadeira vazia no canto do cômodo. O rapaz cruzou os braços e fechou os olhos, apenas esperando notícias, como todos os outros.

Morino não demorou a chegar com uma expressão nada feliz.

Assim que adentrou na sala, Alejandra colocou os olhos sobre ele e não o largou nem por um segundo; até mesmo James o encarou.

— Os responsáveis pelo caso da explosão entraram em contato — disse ele, segurando o celular. — O corpo de Hamilton foi encontrado entre os mortos, mas nenhuma garota com as descrições de Helena foi achada nos escombros.

— Isso é bom? — perguntou Kun, franzindo o cenho.

— Significa que ela está viva? — indagou William, esperançoso.

— Não. — Morino foi rápido e certo em sua resposta. — Significa que ela não está entre os corpos dos mortos possíveis de reconhecer. No entanto, há vários corpos que foram carbonizados. Temos que esperar mais informações.

— Ela está viva — falou James e toda atenção caiu sobre ele.

— Não há como saber, James.

Robert acenou com a cabeça.

— Ela está viva — repetiu, encarando o grisalho.

— Você não sabe se isso é verdade, garoto — Morino se pronunciou, escorando-se na parede. — Está se baseando no que quer acreditar, não nos fatos. Sinto muito. Vi as fotos de como o lugar ficou. Não há como ela ter saído viva de uma queda daquelas.

— Helena é mais forte do que você imagina — contrapôs William, ficando em pé.

— Não estou duvidando de sua força. Não entendam mal. Também não fico feliz com isso. — Ele respirou fundo. — Mas precisamos seguir em frente sem Número Cinco.

— O quê? — Alejandra falou pela primeira vez, incrédula.

— Número Cinco se foi. — Morino tornou a falar, desencostando-se de onde se escorava e se virando para sair da sala. — Precisamos continuar.

— Helena — corrigiu James ao se levantar, e Morino se voltou para ele. — Esse é o nome dela.

— Está se agarrando a algo que não existe — disse o general de maneira firme.

— Ela está viva — repetiu uma vez mais, e Alejandra o encarou.

Tinha que admitir que uma ponta de esperança aumentou ao ver a certeza com que James falava. Ele tinha uma postura austera e não estava defendendo aquilo sem bases; ela sabia – ou queria acreditar – que o rapaz poderia ter razão.

– Se continuar com isso, você vai ficar sozinho – disse Morino.

– Não – respondeu James. – Não estou sozinho.

Ele estreitou os olhos e trincou o maxilar ao mesmo tempo que William se levantava e ficava ao seu lado com os braços cruzados.

A pressão das energias que os dois rapazes sustentavam fez o clima da sala pesar. Logo, Morino engoliu em seco ao sentir a atmosfera ficar ainda mais densa quando Dylan se pôs ao lado de William, com a face tão séria quanto a dos outros dois.

Aqueles três estavam cientes e firmes em uma ilusão, era isso que Morino pensava naquele momento. Entretanto, ao ver uma Elisabeth, uma conhecida mais antiga da base, levantar-se junto a Chang e o fitar de forma mordaz fez com que soltasse o ar em um bufar irritado.

Elisabeth e Chang eram influentes ali dentro, por mais que fossem shindenianos. A jovem se afeiçoara a todos na base e gerara certa cumplicidade entre seus homens. Chang era um gênio, mas Elisabeth... Esta era ardilosa e, por saber disso, viu um sorriso de canto despontar em seus lábios finos e o encarar, colocando uma mão na cintura. Tanto ela quanto ele sabiam do poder que Elisabeth tinha ali dentro e, por mais que isso fosse algo que o ameaçava, ainda assim não podia ir contra aquela onda.

Morino encarou novamente James para logo girar pelos calcanhares e sair a passos pesados da sala. Deixou todos os shindenianos ali, em silêncio. Não tinha nada que pudessem fazer a não ser esperar.

James tornou a se sentar, cruzar os braços e fechar os olhos, voltando sua mente às memórias da noite anterior, aos momentos agradáveis que passara ao lado de Helena.

Era apenas nisso que ele conseguia se apegar.

22

Seus passos apressados ecoavam alto por toda a extensão do corredor escuro por onde seguia. Estava ansioso para chegar até sua senhora.

Seu plano fora realizado e cumprido com sucesso.

Sabia que sua rainha desejava o poder de cada um dos números até encontrar a força que tanto almejava para controlar os humanos da Terra. Todavia, o fracasso nas tentativas anteriores fizera o mau humor dela se amplificar. Não queria ser o portador mais uma vez de más notícias.

Não era para isso que era considerado o melhor dentre seus seguidores. Por esse motivo, arquitetou com tanto cuidado para não acabar matando nenhum número fora da ordem.

Poderia ter eclodido o prédio de uma vez e matar a todos sem tanta demora, no entanto essa não era sua vontade. Queria lhes dar tempo para conseguirem escapar. Tempo suficiente para saírem vivos. Assim, tinha certeza de que poderia tirar grandes proveitos do desespero dos jovens shindenianos. Ainda mais com sua carta tão valiosa escondida na manga.

Assim que chegou ao grande salão em que se encontrava o trono de sua rainha, pôde contemplar sua figura acomodada sobre ele enquanto segurava sua taça e bebericava sutilmente, apreciando o gosto do líquido viscoso ali contido.

– Duran – cantarolou ela com um brilho rubro de excitação. – Soube que trouxe algo interessante para mim desta vez.

Deixou sua bebida no braço do trono e se dirigiu até ele.

Sua forma humana ainda era utilizada, mas as mãos não aparentavam a delicadeza de uma mão feminina, e sim a de uma fera com dedos longos e unhas compridas. Perfeito para cortar a garganta de qualquer um que a contradissesse.

– Sim, minha senhora – respondeu, recebendo um afago em seu rosto em compensação. – Tenho certeza de que a senhora vai se divertir com meu presente.

Ela sorriu, satisfeita, aproximando-se do grisalho até alcançar seu rosto e lamber sua bochecha, apreciando o sabor de sua pele.

– Assim espero – murmurou, sorrindo. – Faz tempo que não me divirto.

A Rainha Vermelha passou por ele e se dirigiu até a porta com um sorriso fixo nos lábios.

Estava louca para ver seu novo brinquedinho.

23

Helena acordou sentindo uma forte dor de cabeça e um zunido que a deixava tonta. Sentou-se devagar, escorando as costas na parede gelada e, após muito esforço, conseguiu focar sua visão, que aos poucos foi deixando de ficar embaçada.

No instante em que foi recordando os últimos acontecimentos, arregalou os olhos ao se lembrar do tal Duran e do quanto parecia ameaçador. Olhou para os lados e fez a verificação do local – como aprendera com Alejandra. Certamente não estava em um lugar conhecido e mais: estava atrás de grades, fato que fez o seu coração palpitar, apressado.

Precisava sair dali.

O pequeno cômodo estava praticamente vazio, com exceção de um colchão velho e uma coberta suja jogada de qualquer jeito por cima. Havia uma espécie de divisória no canto, o que Helena julgou ser o "banheiro".

A aparência daquele lugar era horrenda.

Observou as saídas e constatou que a única oportunidade de fuga que teria seria se alguém abrisse as grades grossas, visto que a pequena janela que iluminava o cômodo não era grande suficiente para passar uma pessoa.

Também notou que aquelas grades eram feitas de um material resistente e que nem sua força sobre-humana conseguiria quebrá-las. Trincou o maxilar ao perceber que já a esperavam ali. Aquele lugar fora feito para ela.

Impulsionou o corpo para frente e se levantou com esforço. Ainda sentia dores de cabeça e tinha certeza de que fora desacordada com uma pancada, pois a impressão que tinha era de que sua nuca estava pegando fogo.

Deu alguns passos lentos e desajustados até as grades e tentou observar o ambiente lá fora. Não se assustou ao ver a quantidade de celas presentes naquele lugar. Sua surpresa não foi nenhuma ao ver que só havia ela ali.

Eles não mantêm prisioneiros.

Tal pensamento fez um calafrio passar por si. Depois de conseguirem o que queriam de seus prisioneiros, provavelmente os matavam.

Escutou o ranger de uma porta adiante se abrindo e o barulho de passos se aproximando e caminhou o mais rápido que conseguiu de volta para o lugar em que fora deixada, deitando-se e fingindo que ainda estava desacordada.

Aprendera com sua mentora que primeiro devia deixar os inimigos se mostrarem para surpreendê-los. Nesse caso, não teria onde se esconder, então a única saída que achou foi fingir que estava desmaiada para ouvir o que tinham a dizer.

Tentou se concentrar na sua respiração, visto que os passos se aproximavam e seu coração começava a bater mais rápido. Sentia um medo estranho; medo de morrer e nunca mais ver o rosto de James novamente.

Conforme os passos se aproximavam, já conseguia distingui-los. Botas masculinas: Duran. E... saltos femininos...

Kaguyan.

Precisou se concentrar além do seu limite para não demonstrar a raiva que perpassava seu corpo naquele momento.

— E então, o que temos aqui? — Escutou uma voz seca se fazer presente.

— Eu lhe apresento Número Cinco, majestade. — A voz conhecida de Duran soou, e Helena entendeu que a primeira a falar era Kaguyan.

— E o que ela faz? — questionou a Rainha Vermelha. — Espero que tenha um poder mais interessante do que o último que me trouxe. Os shindenianos deveriam ser incríveis, e tudo que o idiota Número Três conseguia fazer era simplesmente dominar pedras.

Desgraçada.

Ah, se aquelas grades não estivessem ali, Helena teria pulado no pescoço daquela maldita.

— Ela tem uma força sobre-humana, além de dominar o elemento água e se regenerar rapidamente — disse Duran, observando a garota desmaiada.

— É, pelo menos é mais interessante — falou Kaguyan com um sorriso maléfico no rosto, lambendo a borda da boca com a língua comprida e negra, o que fez o estômago de Duran se revirar. — É ela que tem aquele poder?

Que poder?

— Não sabemos ainda, minha rainha — disse Duran, colocando a mão no bolso e retirando uma chave dele. — Mas irei descobrir em breve.

Kaguyan sorriu mais abertamente ao ver o lacaio caminhar a passos lentos até a grade, abrindo a porta da cela.

— Deixarei você se divertir primeiro, Duran — alegou ela, e Helena conseguiu ouvir os passos dela se retirando.

Helena sentiu um calafrio com o último comentário da Rainha Vermelha e quase tencionou os seus músculos ao sentir o seu corpo sendo levantado. Ousou abrir os olhos ao perceber que estava com o corpo no ar carregado por Zekens, e viu que estava sendo retirada da cela.

Por enquanto era melhor continuar fingindo o desmaio; precisava absorver o máximo de informações que fosse possível. Duran caminhava à frente deles com um ar de superioridade que irritava Helena. Mesmo que ela soubesse que não devia fazer nada, sua vontade era de acabar com a raça dele.

— Pelo que conhecemos dos shindenianos, essa daí não vai sair falando tudo que você perguntar, senhor.

— Com certeza não vai, mas a farei falar — disse ele com o tom mais sombrio. — Coloquem-na na cadeira.

As criaturas obedeceram e jogaram violentamente o corpo da garota na cadeira dura e desconfortável, obrigando-a a gemer e revelar que estava acordada.

— Estava me perguntando quando você iria "acordar" — falou Duran, caminhando pela sala com uma postura séria e proferindo a última palavra com sinal de aspas com a mão.

— Como sabia que estava acordada? — perguntou ela, tentando se acomodar na cadeira e fazendo a expressão mais séria que conseguia.

— Você fez uma expressão de raiva para a rainha com a menção de Número Três. — Ele sorriu de canto, fazendo Helena franzir as sobrancelhas. Sabia que estava em apuros e que aquilo estava longe de acabar, portanto tentou se manter calma. Precisava ter forças físicas e psicológicas para resistir a tudo aquilo. — O que ele era para você? — Helena baixou a cabeça, percebendo que Duran começaria sua tortura falando de Lorenzo, e isso seria o pior. — Seu *namoradinho*? — Ela se manteve de cabeça baixa, mas Duran se aproximou, apertando o seu queixo e a forçando a olhar para ele — respondeu. — Apesar da ordem, permaneceu calada. — Não me obrigue a ser rude, Helena.

A garota se manteve em silêncio, e a expressão de Duran mudou de serena para sem paciência. Ele lhe deu um soco forte no rosto.

— Pode... — ela começou a falar, parando somente para cuspir sangue no chão. — Pode me bater o quanto quiser. Não vai conseguir nada de mim.

Duran, por sua vez, começou a rir.

— É o que veremos.

24

O mais difícil para James era tentar se manter calmo quando não conseguia pensar em outra coisa senão no paradeiro de Helena. Aquilo o estava destruindo aos poucos. A cada minuto que passava, mais frustrado ficava.

Diversas vezes, encontrou-se em seu quarto meditando, voltando àquele dia, no momento em que o prédio desmoronara. Procurava em suas lembranças algum resquício de algo que havia deixado passar na hora, qualquer coisa que pudesse o guiar até Helena. Qualquer detalhe que lhe apontasse um norte, mas nada adiantava.

Por mais analíticos que seus olhos fossem, a poeira do desabamento e o barulho estrondoso o forçara a fechar os olhos e tapar os ouvidos. Não conseguira ver nada além de desolação e uma poluição sonora extrema devido aos gritos histéricos dos humanos em volta.

Tudo aquilo apenas desencadeara uma onda de raiva nele, que simplesmente passara a descontar em todos à sua volta. Principalmente nos humanos e técnicos em pesquisa. Esses eram suas maiores vítimas, pois, já que nada tinham em mãos para usar, precisavam de notícias vindas daqueles homens. Por esse motivo, a cada hora do dia, James visitava o laboratório para averiguar o andamento do trabalho.

Suspirou, cansado, assim que chegou até eles e os viu diante de suas telas digitando ou contatando alguém pelo telefone. Parecia que todo aquele trabalho deles era feito em câmera lenta. Não sabia se isso se devia ao seu nervosismo de não poder fazer nada ou talvez porque não estavam dando tudo de si naquela investigação.

Caminhou a passos largos até um assistente de pesquisa e parou bem atrás dele, causando calafrios no homem, que passou a digitar códigos mais rápido do que fazia.

A presença de James sempre atormentava a todos ali. A pressão que carregava e o clima pesado que ficava na sala dificultavam a concentração. Até porque, a cada pausa que faziam, ouviam suas censuras brutas e ignorantes.

Por mais que quisessem contestar, não o faziam por não quererem afrontar aquele shindeniano tão aterrorizante. Ainda mais quando sua íris ficava vermelha e ameaçadora. O suor frio escorria e os dentes trincavam, trêmulos, sempre que precisavam dirigir a palavra a ele.

— Conseguiu alguma coisa? — Sua voz grossa soou como um trovão atrás do homem, que pulou com o susto.

— Não, senhor... — respondeu sem virar a cadeira, fechando os olhos já pressentindo seu ataque de fúria.

— Mas que merda você está fazendo, então?! — vociferou James, próximo do assistente. — Está brincando com minha cara?

— N-não, senhor!

— É só isso que sabe dizer? — indagou James, segurando o encosto da cadeira e a girando para fazer o humano ficar diante de si. — Acho que não está dando o seu melhor — murmurou, permitindo o ardor dos olhos tonalizar a íris com o tão temido rubro.

— Desculpe, s-senhor... V-vou continuar.

James estreitou os olhos, irritando-se ainda mais com o nervosismo do assistente, mas antes que pudesse dizer algo William chegou, já o censurando pelo tratamento que estava dando aos humanos.

— Como acha que eles vão descobrir algo com você em cima toda hora?

— Como acha que me sinto aqui parado sem fazer nada? — James rosnou, largando a cadeira do assistente e se voltando para William. — Ela está sofrendo! Precisa de nossa ajuda.

— E nós vamos ajudá-la, mas não com você desse jeito.

A fala de William fez James bufar, controlando todo o ódio que sentia do melhor amigo naquele momento. Estava em fúria! Nada nem ninguém poderia domá-lo naquele estado.

— Você diz isso, porém não faz a mínima ideia do terror pelo qual ela está passando.

Trincou maxilar e apertou as mãos em punho.

— E você sabe? — William tinha um olhar inquisidor ao se aproximar. — Não há como saber como ela está. Helena é forte e tenho certeza de que vai ficar bem.

James riu sem humor e começou a andar, batendo seu ombro propositalmente no ombro de William.

Ele não entendia e, por mais que tentasse explicar, não compreendia de verdade como tinha tanta certeza, como sentia que aquele turbilhão de emoções eram dela, e não dele.

— James. — William segurou seu braço, impedindo-o de sair. — Ainda não acabamos. Preciso que você... — Ele parou de falar assim que sentiu a pele do amigo esfriar e passar a tremer; os olhos estavam perdidos em um ponto no chão. — James?

Não veio resposta, pois James continuou a tremer e começou a transpirar.

— Ele está entrando em choque. — William ouviu a voz arrastada de Elisabeth, que acabara de entrar no laboratório e avaliava o comportamento estranho de James. — Ele não está sabendo controlar suas emoções com as de Helena.

— O quê? — Surpreendeu-se William com as sobrancelhas erguidas. — Do que está falando?

Alejandra se aproximou de James, que despertou de seu rápido momento de transe e a olhou, confuso.

— Você não está sabendo separar as emoções dela das suas — disse, fitando os olhos dele.

— Como assim? Por que James sente isso? — William continuou a perguntar, frustrado. — Eu também deveria sentir isso?

— Não... você, não. — Ela desviou o olhar. — Preciso encontrar Chang. James, depois preciso falar com você. Controle-se até lá.

James nada disse, apenas anuiu, vendo-a sair apressada e bater a porta com uma força desnecessária.

— Mas que merda está havendo? — Novamente escutou Will questionar ao seu lado e, assim que se virou para responder, observou todos os humanos olhando para eles, curiosos.

— Vocês não têm trabalho para fazer?! — rosnou, enfurecido, vendo todos se sobressaltarem e voltar às suas funções.

— Droga, James, já disse que não é assim que vai conseguir algo deles.

James rolou os olhos após ouvir William ditar sua forma de lidar com os humanos. No entanto, quando ia lhe dar uma resposta atravessada, escutou o arrastar de rodinhas, da cadeira do assistente que importunava, soar sobre o piso e logo o homem o fitar, receoso por ter chamado sua atenção.

— Senhor, só... só queria reportar.

— O que foi? — James se adiantou para perto do assistente. — Achou algo?

— Ainda não, mas estou baixando imagens de satélite do local do desmoronamento e puxando exatamente nos horários antes e depois do desabamento. Logo poderemos ver o que tinha lá em cima antes do prédio ruir.

— Isso é bom — disse, dando um tapinha nas costas do assistente, que, desacostumado com o ato, massageou o lugar agora dolorido.

— Como conseguiu fazer isso? — perguntou William, estreitando os olhos para a barra de carregamento exposta na tela.

— Consegui permissão da NASA — o assistente respondeu.

— Essa luta também é deles, afinal.

Will sorriu de canto, cruzando os braços em seguida.

— Bom trabalho — disse James, satisfeito, dando outro tapinha no ombro do homem.

Viu James girar pelos calcanhares e seguir até a porta de saída.

Sem muita alternativa, seguiu-o no intuito de conseguir conversar com o amigo. Sabia o quanto o desaparecimento de Helena o estava afogando, mas não podia deixar que ele mergulhasse por completo em sua própria escuridão.

Precisava resgatá-lo para que não se descontrolasse e colocasse a vida de todos em perigo.

Muitos diriam que não, contudo o pavio curto de James poderia causar grandes discórdias dentro da base e por esse motivo sempre fazia o papel de mediador para que James não causasse mais problemas.

Suspirou, cansado, enquanto seguiam pelo corredor.

Como Helena fazia falta.

Apenas ela poderia domar aquele touro bravo à sua frente. Nunca vira James tão irritado e fora de si.

Alejandra, com o desaparecimento de Helena, estava desolada, mas saber do envolvimento de sua protegida com James pareceu acalentar suas angústias de uma forma estranha. Ela parecia saber de algo, porém, por mais que a indagassem, nada dizia. Apenas se trancava em seu quarto esperando notícias e sendo visitada por Robert.

James era diferente.

William e James seguiam pelo corredor até chegar à sala de convivência que eles dividiam para conversar. Tinham esperanças de encontrar Elisabeth ali para a questionar mais uma vez sobre aquela história de James sentir as emoções de Helena, no entanto, antes que chegassem ao fim do corredor, James parou abruptamente e caiu de joelhos no chão, segurando sua cabeça com força, comprimindo os lábios para não gritar.

Seus olhos se fecharam com força e seu cenho se contorceu em dor. Parecia que sua cabeça explodiria e isso desesperou ainda mais William, que se antecipou em ampará-lo.

— James! O que houve? — perguntou sem obter resposta. Observou James urrar de dor em sua frente e sangue começar a sair de seu nariz e ouvidos. Seu desespero se tornou ainda maior. — Porra! James, o que você tem?!

— Merda, como isso dói! — grunhiu, apertando a cabeça na tentativa de inibir a dor, que começava a afetar todo seu corpo.

Ele trincou o maxilar e cravou suas unhas no coro cabeludo, tamanho era seu desespero.

Sabia...

Sentia...

Toda aquela dor... era *dela*.

Era ela quem estava sofrendo assim, e tudo aquilo refletia em si.

Pelo que Helena estava passando?

25

Ouvia William o chamar e em seguida viu a figura de Dylan correr em sua direção. Tudo aquilo era surreal. Da mesma forma espontânea e inesperada que a dor dilacerante viera, ela por fim foi embora. Sua cabeça parou de doer e só latejava. Seu corpo relaxou e finalmente ele conseguiu respirar direito.

Com a ajuda de William e Dylan, foi carregado até o sofá e acomodado ali pelos dois. Will andava de um lado para o outro, desnorteado, e Dylan apenas o encarava com os olhos baixos.

Sua cabeça pulsava, e as fisgadas fortes ainda eram sentidas, no entanto agora em menor frequência. Todavia, o andar de um lado para o outro de William e seus questionamentos já estava lhe tirando do sério novamente.

— Mas que merda foi aquela? — perguntou Will, abrindo os braços com frustração. — O que aconteceu ali?

— Cale a boca. — Foi a única coisa que conseguiu dizer.

Não queria falar. Sua cabeça doía demais para isso.

— Calar a boca? Só eu que não sei das coisas aqui! Será que dá para você me falar que merda está acontecendo?

— Já mandei você calar a boca.

— Você me deve explicações, James.

Dylan olhava de um para o outro em silêncio; fitava o desespero de William e a aura maligna de Quatro.

Por mais que apoiasse William, Dylan sabia o quanto tudo aquilo devia estar sendo difícil para James. A sensação de impotência e frustração, misturada com dor e preocupação podia enlouquecer um homem.

Ver a forma como James estava era compreensível, porém vê-lo se levantar abruptamente e lançar um raio arroxeado na direção de Will, fazendo-o voar pela sala e bater na parede oposta, causou dúvidas em si.

A parede estremeceu com o impacto. Assim que o corpo desacordado do amigo caiu no chão com um baque surdo em meio a um pouco de entulho da parede, Dylan soube que James já não era mais o mesmo de antes. Helena era o farol que guiava a todos ali. Fora ela quem conseguira a proeza de unir todos com sua determinação, mas, para James, era mais do que isso. A dominadora de água era seu sol de todas as manhãs, que expulsava a escuridão de seu coração e o iluminava com sua forte presença.

Não podia deixar que ele declinasse desse jeito.

Com ou sem Helena, James precisava se reerguer para ajudar a conduzir todos à vitória.

— Será que agora consegue ficar com a boca fechada? — Dylan ouviu a voz arrastada de James pronunciar.

— Você não precisava ter feito isso. — Dylan juntou toda sua coragem e mirou James com seriedade. — William estava tentando ajudar.

— Espero que não venha me encher a paciência como Will fez. — James esboçou um curto sorriso cruel e sem humor. — Eu disse para se calar e ele continuou, como sempre... Se quiser ter esse mesmo destino...

— Pare com isso, James! — exclamou Dylan, aproximando-se. — Sei como se sente, sei como é estar perdido em meio à raiva de não poder fazer muito. Sei o quanto isso dói, mas precisamos estar unidos para encontrá-la.

— Você não sabe de nada, Dylan — desdenhou James. — Não passa de um merda que nunca experimentou isso. É um egoísta que só pensou em si mesmo desde o princípio. Que moral você tem para me dar?

— Acredite, eu tenho. Conheço essa dor. — Dylan estreitou os olhos e se aproximou ainda mais. — Quem está sendo egoísta aqui é você! Acha que é apenas você quem está sofrendo? O sumiço de Helena está afetando todos nós! Acha mesmo que Alejandra, tendo a criado como filha, não está tão quebrada quanto você por não poder fazer nada?

— Isso é diferente. Você não entende. — James se aproximou perigosamente, com os punhos cerrados e brilhosos com os raios. — Você não sabe de nada.

Dylan estreitou os olhos e ignorou o perigo que os punhos de James podiam representar. Precisava chegar até James e o trazer de volta, nem que para isso tivesse que acabar desacordado como William.

— Sim, eu sei.

Deu mais um passo adiante, fazendo o rubro das íris de James se intensificar ainda mais.

— Vamos ver isso então — murmurou, segurando Dylan pelo pescoço, sufocando-o em seguida. — Me deixe ver o que você esconde...

Dylan arregalou os olhos sem entender, mas logo sentiu seu corpo entorpecer junto com a falta de ar. James sorriu de canto ao entrar naquele ambiente nebuloso que era a mente de outras pessoas.

Várias imagens começam a correr à sua volta até que escolheu uma que o chamou a atenção.

Tudo ficou calmo novamente.

26

Ele se encontrava em um parque gramado com pouca movimentação de pessoas, mas as que passavam ignoravam completamente a figura de uma garotinha que chorava de modo silencioso sentada no chão. Seus cabelos castanhos estavam ordenados em dois coques no alto da cabeça e, por mais que as lágrimas atrapalhassem o ato de vê-la com clareza, ainda podia notar os olhos castanho-chocolate brilharem com desapontamento.

A menina aparentava ter uns dez anos e portava uma beleza diferente, mesmo que a cânula de plástico embaixo de seu nariz não permitisse a todos ter a mesma opinião de James. Ela chorava segurando seu joelho ralado após uma queda acidental. Aquela simples queda parecia terrível aos olhos da menina, como se não conseguisse fazer nada mais depois daquilo.

— Lilian! — Escutou a voz de um Dylan preocupado, que corria em sua direção com os olhos sagazes avaliando o estado da menina. — Por que veio até aqui sem mim?

Ele também era jovem. Chutava uns doze anos por conta da altura e maturidade dele, mas não foi isso que chamou a atenção de James, e sim o pequeno cilindro de oxigênio que trazia em mãos e que agora, com todo o cuidado do mundo, ajudava a menina a trocar o seu antigo.

Abriu a boca sem entender.

Então aquela menina... era doente?

— Eu pensei que estava treinando com Erik... Não queria atrapalhar você.

Enxugou as lágrimas.

— Você nunca me atrapalha — Dylan falou em um tom leve, com um sorriso suave nos lábios. — Sempre que precisar, é só me chamar, já disse isso a você.

— Desculpe.

Ela baixou o olhar para o joelho.

— Venha. Vou dar uma olhada nisso.

— Não queria voltar para casa agora — murmurou com um olhar suplicante. — Mamãe vai me fazer ficar trancada no quarto de novo. Nem está tão ruim, olhe...

James sorriu sem perceber ao mesmo tempo que o jovem Dylan fez o mesmo. Embora pequena e frágil, a menina demonstrava superação.

— Tudo bem. Quer dar uma volta perto do lago? — perguntou, guardando o cilindro quase vazio dentro da bolsa de Lilian e a olhando, divertido.

— Eu adoraria! — exclamou, alegre, ajudada por Dylan a subir em suas costas.

Ele a levaria até o lago próximo ao parque, lugar preferido da garota de cabelos castanhos. James comprimiu os lábios ao presenciar Dylan tão entregue às vontades de uma humana. Tão semelhante a ele perante Helena.

Logo as imagens mudaram, e sua visão ficou turva com a movimentação das cenas. Enfim elas pararam em um cômodo peculiar de uma casa.

Agora se encontrava em um quarto pintado com paredes roxas e brancas. Havia pelúcias espalhadas para todos os cantos, e a janela se encontrava aberta, fazendo uma brisa suave entrar e balançar as cortinas.

Olhou para a cama da dona do quarto e encontrou Lilian sobre ela, coberta por um lençol branco, rindo abertamente de uma gracinha que Dylan tinha feito. Ele estava deitado junto ao corpo delicado da menina e sorria.

Lilian ainda precisava da ajuda da cânula para respirar, mesmo depois de estar com uma idade mais avançada... com cerca de quinze anos. Dylan a acompanhava com seus dezessete. Ambos riam juntos, e, vez ou outra, ele se arriscava, beijando os lábios carnudos da menina, alternando para a ponta de seu nariz, arrancando mais risos desta.

James os olhava, sentindo-se um intruso ali. Estavam em uma espécie de bolha que os separava do mundo real. Ali só havia eles dois e a alegria de estarem juntos.

Dylan a amava.

Amava tanto que James podia ver todo aquele sentimento ser transbordado de seus olhos. Viu o jovem de cabelos compridos apertar a cintura fina da menina e trazê-la para mais perto, recebendo um sorriso cúmplice desta. Antes que pudesse beijá-la, ela se virou apressada para a beirada da cama para não se engasgar com uma onda de tosses fortes que a assolava. Dylan se levantou, preocupado, ajudando-a a tirar a cânula para que conseguisse tossir sem restrição.

Logo ela se voltou com os olhos embargados enquanto limpava o canto dos lábios sujos de sangue.

— Desculpe, Dylan... eu não queria...

— Ei, calma! Não estou bravo com você. — Confortou-a, pegando seu lenço e limpando delicadamente seus lábios. — Está tudo bem.

— Não, não está — discordou Lilian, balançando a cabeça e o afastando. — Você não devia perder seu tempo comigo. Devia estar com outra garota, mais bonita... mais saudável — ela murmurou, chorosa. — Sabe, em alguma hora eu vou...

— Agora você vai conseguir me deixar bravo — interrompeu, agarrando o queixo dela para a fazer olhá-lo. — Não quero outra garota porque para mim só existe você.

— Mas, Dylan...

— Pare com isso, Lil. Eu amo você, e você já está cansada de saber disso. — Dylan a puxou para um abraço confortável e afagou os cabelos castanhos dela. — Não vai ser sua doença que vai me impedir de estar com você. O meu coração é seu.

Naquele momento, James engoliu um bolo de arrependimento que se formava em sua garganta.

Estava errado...

Dylan tinha plena ciência do que era amar e ser amado. Tinha experiência do que era sofrer por alguém que ama. Suspirou, vendo o rapaz ajeitar a menina de uma forma que esta deitasse em seu peito e a alinhasse em um abraço carinhoso.

Ali, viu o arrogante Dylan que conhecia ser uma pessoa gentil com outra.

Ele abriu a mão da jovem, colocando sua própria abaixo da palma da dela, fazendo uma figura de gelo se formar. Foi encantador ver os olhos da menina brilharem, surpresos, ao ver uma delicada bailarina dançar em sua mão.

Lilian sorriu, encantada, e Dylan a apertou ainda mais, apoiando seu queixo na cabeça dela.

— Um passarinho me contou que alguém adoraria patinar no gelo alguma vez — sussurrou no ouvido dela, arrancando uma risada gostosa dela.

— É o meu sonho, mas não posso porque...

— Você pode — interrompeu, beijando sua bochecha. — Você pode fazer tudo o que quiser.

O sorriso da jovem foi a última coisa que viu assim que as imagens começaram a mudar novamente. Até ali, James já estava arrependido do quanto tinha julgado

Dylan. Quando o conhecera, já aparentava ser alguém arrogante, contudo nunca imaginara que anos atrás sua história era bem diferente.

Sua cabeça nebulou mais uma vez e, quando se deu por si, estava em frente às margens de um rio no meio de um bosque.

Ali, viu a figura do casal que sorria próximo de si.

Lilian precisou de apoio do companheiro para poder se sentar. Já não estava tendo tanta força nas pernas como antes, no entanto ainda sorria para o rapaz, que, de forma desengonçada, calçava os patins nos pés pequenos da menina.

— Eu não sirvo para ser o príncipe da Cinderela — brincou Dylan, terminando de calçar o outro pé com a mesma dificuldade.

Lilian riu alto após ouvir o comentário, mas logo se engasgou.

— V-você já é meu... meu príncipe... Dylan — disse ela com certa dificuldade ao puxar o ar, contudo isso não a incomodava mais.

Estava feliz por estar ao lado dele.

— Um príncipe bem fajuto por sinal — rebateu, humorado, enquanto calçava seus próprios patins.

Assim que terminou, caminhou para próximo da margem e esticou os braços na direção do lago. Segundos depois, toda a água começou a congelar em um espetáculo muito bonito.

James sorriu, contagiado com a animação da menina após ver o feito.

Ao que parecia, a humana sabia sobre os dons de Dylan, apenas não sabia dizer o quanto de conhecimento tinha de que o garoto não era daquele planeta. Todavia, aquilo não parecia incomodá-los em momento algum, pelo contrário.

Dylan estendeu seus braços para puxar Lilian devagar até o lago, fazendo a lâmina de seus patins tocarem o gelo. Ela sorriu ainda mais, e seus olhos brilhavam, emocionados por estar ali.

James suspirou, encostando-se em um toco de árvore. Já tinha plena noção de que a menina não aguentaria muito tempo. Ao seu ver, a doença já estava avançada, e ela se cansava rápido, mas ainda assim não queria parar. Queria aproveitar o máximo que pudesse, mesmo com as censuras do namorado.

Aquela teimosia o lembrou Helena.

Agora, mais do que nunca, queria encontrá-la. Estava ciente de que teria toda a ajuda possível. Ele soube, observando o casal feliz deslizar no gelo, que se existia alguém que o compreendia era Dylan Johan, Número Sete.

Agora entendia o que ele queria dizer.

Sua dor foi dilacerante, e James testemunhou quando a menina se desequilibrou no gelo, mas só não caiu porque Dylan a segurou em seus braços, apertando-a como se sua vida dependesse disso.

Ali, o corpo dela desfaleceu com um bonito sorriso desenhado em seus lábios.

James precisou desviar o olhar para não ver a dor de seu companheiro.

Dylan tremia com a menina em seus braços e clamava seu nome em um pedido desesperado para que voltasse. Seus dedos trêmulos acariciavam o rosto da jovem com devoção, a fim de guardar cada detalhe. Ele a amava tanto que seu coração ruiu com sua partida.

James sentiu o bolo amargo subir em sua garganta e engoliu em seco no momento em que, por uma última vez, as imagens mudaram e se viu no velório da jovem Lilian.

Havia muitas pessoas ali e uma fina garoa caía sobre todos os guarda-chuvas pretos. Dylan era o único descoberto. Preferiu ficar na chuva para esconder as lágrimas que inundavam seu rosto. Erik se encontrava mais atrás com o semblante triste e desnorteado. Seu pupilo estava ali, tão próximo, mas ao mesmo tempo tão distante de si.

A cerimônia terminou e o caixão desceu. Os coveiros começaram a jogar terra no buraco enquanto todos se cumprimentavam e em pura tristeza se despediam. Os pais da menina abraçaram Dylan e, por fim, deixaram-no sozinho, vendo a lápide de sua amada ser colocada diante de si.

Erik também se retirou. Sabia que seu pupilo precisava de tempo, e era isso que daria a ele.

Por mais que James soubesse que sua presença ali não passava de uma miragem invisível aos olhos do Dylan do passado, aproximou-se querendo passar um pouco de força ao amigo.

Tudo aquilo era doloroso demais.

Perder alguém que amava assim era pior do que qualquer coisa.

Não sabia o que faria se perdesse Helena como Dylan perdera Lilian.

Com os olhos marejados, tentou colocar a mão no ombro do companheiro, mas sua palma o transpassou assim que o tocou. Ele não estava ali, mas queria estar.

Viu Dylan se aproximar da lápide uma última vez e apertar os olhos com força, sentindo as lágrimas grossas escorrerem em seu roso. Por fim e inesperadamente, colocou sua mão sobre o monumento de cimento e acariciou com carinho.

— Eu sempre vou amar você, Lil — sussurrou, deslizando sua mão e desenhando uma escultura de gelo, semelhante à delicada bailarina que fazia a alegria de Lilian. — Você vai estar sempre em meu coração.

Suas últimas palavras não foram mentirosas.

Dali em diante, James apenas testemunhou Dylan sair para beber e curtir sem compromisso, se envolver com pessoas erradas e se atracar com outras garotas sem amor.

Tudo para tentar preencher aquele vazio que tinha em seu peito, nem que para isso precisasse matar aquele Dylan gentil e cuidadoso que fora antes.

Depois da morte de Lilian, viveu no modo automático, sem se preocupar com sua vida ou sua missão.

Apenas queria esquecer.

◘

James retornou para a sala de convivência com a respiração descompassada e ainda segurando Dylan pelo pescoço.

Ao notar isso, soltou-o imediatamente e o ajudou a se erguer assim que caiu no chão, fraco. Demorou-se demais na mente do companheiro, estava fatigado e mais do que isso, irado consigo. Tudo aquilo era muito íntimo e percebeu que passara dos limites. Depois do que vira, não culparia Dylan se ele se enfurecesse e o agredisse.

Todavia, Dylan nada fez além de se erguer com sua ajuda e tocar no ombro de James com os olhos embargados com um choro eminente.

— Eu... eu entendo você. — Foi a única coisa que conseguiu dizer antes de deixar as lágrimas o assolarem.

— Eu sei — respondeu James, assentindo, emocionado, e o puxando para um abraço. — Desculpe.

Dylan o olhou, comprimindo os lábios e respirando fundo para voltar à sua postura anterior. Não podia se deixar levar pelas emoções para não declinar como antes fizera.

— Nós vamos achá-la — disse, convicto, mirando os olhos do moreno.

— Obrigado.

Eles se viraram na direção de William, que agora se encontrava sentado no sofá batendo palmas de forma sarcástica.

— Poderia apenas ter perguntado a ele o porquê de saber como se sentia, não é, James? — ralhou com o cenho franzido. — Dylan contaria sobre Lilian da mesma forma como me contou. — William cuspiu as palavras, levantando-se e mancando até os dois. — Mas é claro que não. O grande invasor de mentes tinha que agir sem o consentimento dos outros mais uma vez!

James baixou a cabeça, culpado.

William tinha razão. Mais do que isso, conhecia-o a ponto de saber que invadiria a mente de Dylan apenas para vasculhar seu passado e testemunhar se ele dizia a verdade.

— Eu... preciso ir — James falou pela primeira vez sem jeito. — Tenho que encontrar Elisabeth.

— Encontrar Elisabeth? — murmurou William, balançando a cabeça negativamente. — Se Morino perguntar sobre esse rombo na parede, vou dizer que foi você.

— E não foi mesmo? — retrucou.

— Pois é, mas escute! — William o chamou mais uma vez, fazendo-o bufar antes de se virar. — E a dor de cabeça após invadir mentes?

Aquela pergunta o pegou de surpresa. Não havia parado para pensar que...

— Não sinto mais dor. — Foi a última coisa que James disse antes de sair apressado.

Aquilo também era novidade depois de tanto tempo sem usar o poder.

27

— Tem certeza de que não vai falar? — perguntou Duran, olhando para a poça de sangue abaixo da cadeira dela, feita graças aos socos e chutes que Helena já tinha recebido.

Não estava sendo fácil aguentar as agressões. Ele era tão forte quanto — ou mais — Alejandra, e as pancadas que estava recebendo estavam doendo muito.

— Pois bem, se não irá falar por bem, será por mal — disse ele, retirando-se da sala e a deixando sozinha.

Ela se permitiu gemer e respirar fundo assim que percebeu que não havia mais ninguém ali. Naquele momento, começou a sentir a ardência nos olhos e sabia que as lágrimas já estavam querendo sair. Entretanto, precisava permanecer firme. Suspirou, controlou a sua respiração e esfregou o rosto molhado no ombro para secar as lágrimas. Suas mãos e pés estavam amarrados, impossibilitando qualquer movimento tanto de fuga quanto de defesa.

Duran não demorou a retornar, e Helena subiu o olhar até ele, que sorriu ao ver os olhos inchados da garota.

— Vejo que a destemida Número Cinco também tem sentimentos — proferiu com escárnio. — Vai falar agora?

Ela manteve a postura séria, encarando-o. Duran acertou mais um soco na face já machucada da garota.

— Já disse... Não falarei nada do que quer saber — respondeu, observando silenciosamente as gotas de sangue escorrerem do seu rosto até sua coxa, manchando sua roupa ainda mais.

— Oh, querida, você não vê que estou fazendo um favor a você? — perguntou ele com falsa preocupação, caminhando até uma tomada e ligando uma extensão. Depois, caminhou até a cadeira em que Helena se encontrava e prendeu um cabo nela. — Não percebe que a Rainha Vermelha não terá tanta paciência?

Ele pegou um balde d'água que um dos Zekens trouxera e jogou em cima de Helena, que gemeu ao sentir as feridas arderem.

— Vai falar? — Tornou a perguntar.

— Vá para o inferno — respondeu Helena, encarando-o com raiva.

Duran sorriu, apertando o botão de um pequeno controle que tinha consigo, e uma onda elétrica percorreu o corpo de Helena, fazendo-a gritar ao sentir o forte choque. Não durou muito tempo, mas era o suficiente para fazer Helena perder as forças por alguns instantes e cair para frente, sendo segurada na cadeira pelas amarras das mãos.

Não conseguia sentir nada além de medo naquele momento. Não medo de se ferir e de sofrer as diversas torturas que sabia que Duran havia preparado para ela, mas de quando o grisalho percebesse que ela nada falaria e decidisse se livrar dela da forma mais cruel possível.

Sentia medo de nunca mais ver Alejandra ou qualquer um dos amigos. Sabia que sua mentora ficaria inconsolável e se lembrou de como a mais velha ficara após a morte de Lorenzo.

Sentia medo por James.

E era inevitável pensar que o mundo era injusto. Assim que tivera a melhor noite de sua vida ao lado dele, toda essa bagunça acontecera. Nem sequer havia tido a chance de conversar com ele direito no início da manhã, pois acordaram tarde e tiveram que correr para se arrumar.

O mais estranho eram as sensações diferentes que afloravam por seu corpo e percebera isso depois que consumara sua noite com James. Notara que além do medo que tinha sentido no terraço, havia algo a mais, uma angústia que não parecia ser sua.

Sentada naquela cadeira e sentindo os espasmos provindos do choque, identificou solidão, amargura, tristeza profunda, raiva e arriscava dizer que sentia uma saudade que não era um sentimento seu.

Parecia algo vindo de fora...

Seria... James?

A simples menção dele a fez voltar ao corpo novamente, lembrando-se de onde estava.

Foi nesse momento que percebeu que precisava pensar com inteligência, e não apenas ser forte ao aguentar os ataques de Duran. Precisava coagi-lo para o seu lado e mostrar a ele que aquele jogo podia ser jogado por mais de uma pessoa.

— Lorenzo era meu melhor amigo — exalou, sentindo sua garganta seca, obrigando-a a tossir. — Meu irmão de alma.

Duran parou o movimento que fazia em direção ao botão e sorriu. Talvez a garota estivesse cansada de apanhar.

— Certo. — Colocou o controle no bolso. — Poderia dizer que sinto muito por sua morte, mas não sinto, então... você sabe.

— Sei, você é um cretino.

Ela esboçou um sorriso debochado e os dentes à mostra estavam manchados de vermelhos.

— Exatamente, Helena. — Duran começou a caminhar pela sala. — Você sabe os poderes de todos os números?

— Apenas os que me mostraram — Helena respondeu, aliviando os músculos tensionados, tentando parecer o mais relaxada e convincente possível.

Sabia que ele deveria ser bom no que fazia. Kaguyan não estaria utilizando seus serviços à toa. Precisava induzi-lo a acreditar nas suas respostas.

— Qual o número que tem o poder ocular? — Foi direto e Helena tentou ao máximo não demonstrar o quanto seu coração acelerou.

Eles estão atrás de James?

— Que poder ocular? — questionou, mais tranquila ao não ouvir hesitação na sua voz.

— Tem certeza de que não sabe?

Duran deixou a cabeça pender para o lado esquerdo de um modo entediado enquanto ainda a observava.

— O que esse poder ocular faz? — persistiu, controlando o seu estômago, que insistia em querer se revirar.

Pode ser Dylan também... Pensando bem, não... Ele descobriu há pouco o seu poder ocular.

— Pode controlar mentes, apagar memórias, até mesmo introduzir novas — respondeu pacientemente, sem tirar os olhos dela.

James.

— Por que esse tal poder é importante para vocês? — indagou de um modo impulsivo, mordendo a língua assim que percebeu a afobação em sua voz. Duran sorriu e retirou o controle do bolso, apertando-o sem dó, o que fez a garota gritar de dor e respirar descompassadamente. — Qual é o seu problema? — vociferou Helena assim que se recuperou. — Estou respondendo! Não estou?

— É só para você saber que quem faz as perguntas aqui sou eu.

Deu de ombros.

Duran era inconstante, e ela precisava agir com mais cautela.

— Você sabe a quem pertence esse poder, Helena? — repetiu a pergunta.

— Não — retrucou, firme. — Não conheço nenhum deles o suficiente para saber todos os seus poderes.

— Mas está há muito tempo com James e William, já devia conhecê-los. — Voltou a caminhar pela sala. — Algo me diz que está mentindo.

— William é um idiota completo, treinado por Robert, que mais passa a mão na cabeça dele do que o ensina a lutar. — Ela resolveu medir até que ponto poderia ir. — E James é fechado demais. Perdeu Bruce antes de nos encontrarmos. Isso o deixou frio como gelo. — Helena tentou controlar seu tom para ser convincente. Sabia que ele estava analisando cada resposta sua. — Mas você sabe de tudo isso, não é, Duran Galanodel?

Ela manteve o tom e observou a face dele mudar. Agora nada mais que raiva era visto ali.

— Como sabe meu nome completo? — Ele deu mais um soco no estômago de Helena. — Responda!

Helena agradeceu a Alejandra por ter lhe ensinado a arte da persuasão. O grito dado pelo grisalho estava mais para desespero do que qualquer outra coisa.

— Minha mentora me contou histórias sobre você — respondeu ela com dificuldade. Já estava exausta, e sua regeneração estava lenta por conta do seu desgaste. — Sobre o homem que traiu o nosso povo, que preferiu se unir àquela desgraçada a nos ajudar.

— Não sabia que era tão famoso, afinal — murmurou, voltando a caminhar.

— Eu usaria o termo *odiado* se fosse você. — Ela cuspiu sangue. — Diga, você consegue pregar o olho à noite? Sabe, se eu estivesse no seu lugar, sabendo que sou a causa da ruína do meu próprio povo, não conseguiria.

Ela o encarou com um ar de inocência, cuidando para não parecer debochada, como se esperasse uma resposta, mas ele gargalhou apenas.

— Aquele mundo já estava corrompido e condenado antes de eu decidir deixar de segui-lo — disse ele, suspirando. — Então James e William não contêm o poder, e os outros três?

— Dylan é um desastre, coitado — respondeu ela seriamente. — Não espere grandes coisas dele. Os demais, conheci há pouco tempo para saber de seus segredos.

— Então você é uma inútil — afirmou ele, e ela se lembrou das celas vazias e de seu pensamento: "eles não mantêm prisioneiros".

Duran retirou o controle do bolso e sorriu.

— Tenha bons sonhos, Helena.

A única coisa que sentiu foi a dor maçante do choque que percorria seu corpo.

Por fim, sentiu o frio da escuridão.

28

O sol no horizonte se punha levando consigo mais um dia de pura frustração.

Ali, encostado nas grades do heliporto da base, numa das poucas vezes que a compota se encontrava aberta, podia ver o sol se despedir em meio às nuvens coloridas do céu para se esconder atrás das montanhas.

O vento batia suavemente em seu rosto alvo e seus cabelos loiro-escuros e presos balançavam conforme o sopro do ar ditava. A vista era bonita, mas não tardaria até a noite chegar levando embora a beleza do poente.

Fechou os olhos suspirando alto, pensando em quais palavras usar para conversar com alguém com o coração tão quebrado como James. Estava ali à sua espera, e não podia se enganar, estava nervosa.

Chang o havia ido buscar para que pudessem conversar sem nenhuma interferência de humanos da base. Aquilo era um assunto que só dizia respeito a shindenianos. Pelo que sabia, humanos não tinham os mesmos benefícios e malefícios que uma conexão podia causar.

Ouviu passos pesados ecoarem por toda a garagem da base.

Precisou olhar para baixo e gesticular para que James a visse ali em cima. Não se demorou a subir, visto que saltou se agarrando nas paredes para alcançar o topo do heliporto.

Caminhou até ela e se encostou nas grades a fim de também ver o espetáculo que já passava a se encerrar no céu. A escuridão da noite começava a esticar seu lençol estrelado.

— Você queria falar comigo, Elisabeth — falou, sem olhá-la ainda. — O que quer?

— Você sabe que Chang e eu estamos juntos, isso não é novidade para ninguém. — Ela o fitou de canto, mordiscando o canto dos lábios. — Nós dois somos shindenianos, nos amamos e temos uma conexão.

A última frase fez James olhá-la com atenção.

— Essa conexão era inexistente até consumarmos nossos sentimentos... Em outras palavras, até fazermos sexo.

James estreitou os olhos, comprimindo os lábios. A sutileza dela era como um coice, coisa que vez ou outra o fazia se lembrar do palavreado sujo de Lorenzo, que não dava a mínima para classe ou o público que o ouvia.

Um silêncio desconfortante para Elisabeth se fez presente. James nada dizia, somente a fitava com aqueles olhos ônix inexpressivos.

— Você e Helena... — Ela deixou a frase em aberto, esperando alguma reação negativa. — Vocês dois já tiveram relações?

— Sim.

A resposta monossilábica fez os ombros de Beth caírem e ela se irritar.

— Ótimo! Porque essa ligação entre vocês pode matá-la por sua causa.

Foi nesse momento que James arregalou os olhos com uma preocupação aparente.

— Como assim, matá-la?

— Agora sabe falar, não é? — debochou, cruzando os braços e sorrindo de canto. — Pois bem, já deve ter notado que tudo que ela sente você sente, não é?

James anuiu confirmando a pergunta da loira.

— E você não acha que acontece o mesmo com ela? — indagou, virando-se novamente para o mar de areia no deserto. — Toda a raiva, frustração e desespero que você expressa, ela também pode sentir.

— Está dizendo que...

— Vocês dois estão ligados agora. Isso porque se amam e nós shindenianos temos isso. Não sei dizer se entre um shindeniano e uma humana é o mesmo, mas quando amamos é para sempre. — Ela abraçou o próprio corpo. — Entre nós, não existe traição. Nós nos tornamos um.

— E quanto a isso ser perigoso para ela? — James retornou para a pergunta mais importante.

— Tanto você como ela precisam aprender a disciplinar a mente para não deixar o outro a todo momento sofrer com a influência de suas emoções. Isso pode atrapalhar e até mesmo nos enfraquecer — narrou com certa preocupação na voz. — Em uma luta, aquela crise que você teve no corredor... Aquilo poderia matar você, pois se tornou vulnerável naquele momento. Assim vale para ela. Se Helena de fato está presa e tem medo, esse temor dela se intensifica se você corresponder e temer ainda mais.

— Então está dizendo que aquele medo tenebroso não era apenas dela?

— Sim e não... Aquele medo era o medo dela somado com o seu no momento em que sentiu o temor dela, coisa que fez tudo se intensificar a níveis exorbitantes.

— Entendo.

Pensar no quanto suas frustrações também podiam a afetar o pegou desprevenido. Estava tão focado em si que não havia pensado na hipótese de não ser o único a sentir. Estava sendo idiota mais uma vez.

— Não se preocupe. — Ouviu uma voz masculina soar atrás de si. Assim que se virou, viu Chang se aproximar e parar ao lado de Elisabeth. — No começo, ela agiu igualzinho a você. Na verdade, ficou até mais desesperada e quase explodiu minha cabeça.

James arregalou os olhos e viu Chang levar um soco no ombro como castigo.

— Não é para tanto!

— Você diz porque não era a sua cabeça — resmungou, massageando o lugar atingido pelo punho de Beth.

— Ora, seu...

James revirou os olhos ao prever o início de uma discussão entre os dois.

— Essa ligação... — continuou, chamando a atenção do casal que se fitava. — Posso descobrir onde ela está se conseguir controlar ou algo assim?

Precisava saber se poderia tirar mais proveito dessa nova descoberta.

— Infelizmente não. — Elisabeth suspirou. — Ela só serve para nos unir ainda mais e termos certeza da presença um do outro.

James deixou os ombros caírem, rendido mais uma vez.

— Não fique assim, cara — disse Chang, atraindo a atenção de James. — Com o apoio da NASA agora temos acesso a mais informações, sabe?

James estreitou o olhar e se adiantou:

— Ele conseguiu algo?

— Sim... imagens de satélites estão chegando. Ao que parece, Helena lutou com um homem de cabelos grisalhos.

Não demorou nem um segundo para assimilar sobre quem falava.

— Duran — rosnou o nome do shindeniano com ódio.

29

Duran caminhava tranquilamente pelos corredores até a ala das celas, pronto para levar o almoço de sua prisioneira favorita.

Após quatro dias tendo conversas "amigáveis", já podia dizer que conhecia o modo como ela ficava quando se irritava e se acalmava e até mesmo como se tranquilizava ao falar dos amigos. Ele, como um ótimo observador, tinha uma facilidade interessante ao analisar as faces e trejeitos das pessoas.

Quando chegou à cela da garota, encontrou-a sentada no canto da sala com a cabeça entre os joelhos e em silêncio. Os machucados ainda estavam presentes em seu corpo, graças à sessão de perguntas e respostas do dia anterior.

Dentre os choques, chutes e pontapés, além de tapas e socos, descobrira quais os elementos que os demais números conseguiam dominar. Não era nada útil, mas ao menos ela estava sendo mais receptiva quanto a conversar.

Helena, ao escutar o barulho da chave se chocando com a grade, ergueu o olhar e mais sangue seco apareceu no seu rosto, juntamente com os cortes inchados nos lábios.

Apenas semicerrou os olhos e observou o grisalho entrar na cela e colocar o seu almoço em cima do colchão velho – no qual se negava a dormir – e caminhar novamente para fora da cela, sentando-se no pequeno banco que estava disposto ali.

– Desculpe pelos machucados, querida – pediu ele, e ela revirou os olhos.

– Acho que já passamos dessa fase, Duran.

– Tem razão, Helena. – Ele sorriu. – Eles poderiam ter sido evitados se respondesse o que pergunto.

Ela o observou em silêncio por alguns instantes. Claramente era um interrogatório, talvez mais uma de suas sessões. Dessa vez parecia diferente, no entanto. Ele estava do lado de fora da cela, não a feriria caso ela não o respondesse.

Aquilo era... interessante.

Era a primeira vez que ele mesmo vinha trazer comida; normalmente eram os seus lacaios que se encarregavam disso. Em nenhuma das vezes ela se livrava de escutar alguma piada de extremo mau gosto por parte deles.

— Duran — chamou-o, decidindo se arriscar. — Por que não me matou? Na primeira vez que tentou tirar alguma informação de mim e não conseguiu nada útil... Você poderia ter me matado.

— Porque você ainda irá me dizer tudo o que quero saber, querida — garantiu, acomodando-se no banco.

Manteve o seu sorriso e se preparou para falar, sendo impedido por um Zeken, que chegou ali rapidamente.

— A rainha o espera em sua sala, Duran — disse a criatura com uma voz arrastada.

— O que ela quer?

— Você acha que ela me diria, Duran?

— Claro que não, apenas gosto de me divertir com a sua inutilidade.

Este, por sua vez, respirou fundo, como se contasse até dez para manter sua paciência.

— Por que a segue se a odeia? — A voz de Helena se fez presente e, por mais que ela tivesse falado baixo, o eco em sua sala fez com que a pergunta ficasse mais grave.

— Isso não é assunto para ser discutido com você — respondeu, ainda sentado no banco.

— Certo, talvez eu não seja a pessoa mais indicada para ser sua confidente. Mas está claro para mim que você não a suporta.

— São os ossos do ofício — rebateu ao se levantar e seguir pelo corredor, deixando uma Helena pensativa para trás.

Nesses últimos dias, tinha experimentado todas as sensações possíveis. Havia chorado sozinha em sua cela depois que os Zekens jogaram o seu corpo como se fosse um saco de lixo e a trancaram ali. Derramara todas as lágrimas que segurara durante a sessão de tortura enquanto esperava a sua regeneração curar lentamente as feridas mais abertas.

Sentia medo, não podia negar, toda vez que escutava o barulho de passos no corredor. A verdade era que tentava protelar o que com certeza aconteceria, e talvez fosse por isso que Kaguyan havia chamado Duran naquele momento: a Rainha Vermelha se cansara de esperar por respostas.

Mas o que podia fazer?

Jamais trairia os seus amigos apenas para ficar viva por mais algumas horas. Jamais deixaria para trás todo aprendizado recebido por sua mentora e escolheria a saída mais fácil.

Fora criada para ser forte e desde que chegara ali fora obrigada a fazer valer tudo aquilo que Alejandra lhe ensinara.

Helena tinha certeza de que não fraquejaria, não importava quantos socos recebesse nem a quantos choques seu corpo fosse submetido. Ela sabia que sua mente que deveria permanecer firme.

Respirou fundo e observou a comida depositada de qualquer jeito no prato. Não parecia nada apetitosa, e havia prometido a si mesma que não aceitaria nada vindo deles, porém foi obrigada a desistir disso ao sentir o estômago roncar de fome.

Tinha que manter sua forma e força para conseguir aguentar tudo.

Caminhou até o colchão e se sentou, colocando o prato no colo e segurando a raiva que sentia ao ser submetida a tal situação. Pegou o garfo e se serviu de alguns grãos de arroz junto de um pedaço de carne. Depois colocou na boca, mastigando rápido para conseguir engolir o quanto antes.

O gosto não era tão ruim quanto a textura, mas estava longe de ser uma comida decente.

Ainda assim, era melhor do que nada.

30

— Mandou me chamar, majestade? — perguntou Duran ao chegar na sala em que o trono de Kaguyan se encontrava.

— Já faz quatro dias, Duran. Por que não obteve nenhuma informação importante daquela pirralha?

A Rainha Vermelha estava sentada no trono de um modo entediado e era possível ver a irritação no timbre de sua voz.

— Estamos fazendo progresso, minha senhora — disse ele, curvando-se levemente. — Em breve saberei qual o número que tem o poder que a senhora busca.

— Por enquanto, estou sendo paciente, mas não esperarei por muito mais tempo. Se você não conseguir o que quero, serei obrigada a buscar outros meios. — Ela soou ameaçadora, e o shindeniano apenas a observou enquanto a rainha se acomodava, irritadiça, na poltrona. — Você sabe que os outros números já devem ter começado a procurar Número Cinco.

— Sim, minha senhora, cuidarei para que eles sigam uma pista errada e nunca mais a encontrem.

Desde que a extinção de Shinden ocorrera, Duran havia se dedicado à Rainha Vermelha. Para ele, mesmo que soubesse que seus atos significavam traição ao seu povo, estava fazendo tudo por um bem maior: vingar-se de todos que lhe fizeram ficar sem o seu amor, Rin. Ela fora a sua luz na escuridão e, após sua morte, nada mais importava. Algo dentro dele se quebrara e não importava quantas pessoas perderiam a vida desde que ainda vivesse para vingá-la.

Kaguyan acenou em concordância para ele e indicou com a mão que devia se retirar, e ele prontamente o fez. Quase se retirava da sala quando pôde escutar a voz fina dela lhe dizer:

– Me traga respostas, Duran. E rápido.

Ele apenas seguiu o seu caminho sem nada responder. Caminhou pelos corredores do esconderijo, lembrando-se do motivo que o fizera chegar até ali. Suspirou lentamente. Tinha que confessar que aquela caça aos shindenianos estava o cansando.

Chegou à cela de Helena e a encontrou olhando para a pequena janela. Seus olhos estavam distantes e nem sequer fez menção de se virar quando ele chegou, mantendo-se fixa à janela. Já estava escuro e não conseguia enxergar muita coisa por ali, mas ainda assim era curioso observar o quanto a menina estava perdida em seus pensamentos.

Duran se sentou no pequeno banco e continuou o trabalho de observá-la até que Helena se voltou para ele. Sabia que ela tinha notado sua presença, e também tinha certeza de que só se virou no momento que teve vontade.

Ela o lembrava Rin.

O modo espirituoso, como se mantinha forte mesmo nos momentos de sofrimento. Até mesmo o jeito marrento da garota o lembrava do seu antigo amor.

Ele soube, por meio das conversas que escutara, que fora a própria Rin que pedira a Ita que escolhesse a vida dos membros do esquadrão à sua. E isso via em Helena. O modo como preferia sofrer a entregar os seus amigos.

As informações que Helena estava lhe dando – a muito custo – estavam sendo completamente inúteis e sabia que eram apenas migalhas para conseguir tempo por não suportar a dor. Suspeitava – tinha certeza – de que ela sabia quem possuía aquele poder, mas era claro que não lhe daria essa informação de bandeja.

Ter capturado Cinco havia sido algo premeditado. Fora uma escolha feita a dedo após observar um por um dos números. Não queria o protegido de Robert porque, mesmo que fosse o mais fácil em lhe dar informações, era provável que não soubesse de muita coisa. Muito menos o protegido de Bruce, que, como bem conhecia aquela cobra, era capaz de entregar a todos em troca de algo maior.

A protegida de Alejandra, contudo, a garota espirituosa que não hesitava em matar seus lacaios e que sempre deixava sutis marcas nos assassinatos de Zekens... aquela garota era interessante.

Agora, olhando-a, tinha que admitir que se arrependia um pouco.

Não o agradava torturar alguém tão parecida com Rin.

Não que estivesse sentindo algo naquele coração enferrujado, de fato não estava. Havia abdicado de sentimentos muitos anos atrás. Apenas tinha algo... talvez uma pulga atrás da orelha que o fazia hesitar por alguns instantes.

— Devo ser alguém belíssima para você não parar de me encarar desse jeito.

Saiu de seus pensamentos ao escutar a voz melodiosa da garota à sua frente.

— Você ficará mais bela ainda quando me contar o que quero saber — Duran respondeu rápido, acomodando-se no banco. — A rainha está ficando impaciente, Helena.

— Mande ela se ferrar, então. Tenho certeza de que ela vai se ocupar um pouco.

— Você não diria isso se soubesse do que Kaguyan é capaz.

— Você ainda não entendeu, não é? — disse Helena, virando o seu corpo, cruzando as pernas e ficando de frente para ele. — Não interessa se eu não sair viva daqui, não interessa se morrer, a única coisa que me interessa é que aquela desgraçada não vença. Se não for eu a matá-la, será outro. Uma hora ou outra, os outros vão chegar até ela e vão acabar com a raça da sua rainha. Custe o que custar. O que sobrar de nós poderá seguir a vida em paz.

Ele franziu as sobrancelhas, lembrando-se de algo que fizera questão de esquecer.

Rin estava deitada no chão do quarto com a cabeça apoiada no colo de Duran, olhando para o teto pensativa.

— No que tanto está pensando? — Obrigara-se a perguntar, encarando-a.

— Nessa tal ameaça sobre a qual falamos na última reunião — respondera ela, brincando com os dedos dele.

— Não se preocupe. Eu vou proteger você. — O namorado havia feito graça. — Nós iremos vencê-la.

— Não. Você ainda não entende, Duran? — Ela se sentara e o olhara de um modo sério e preocupado. — Não importa se eu não sobreviver, não importa se algo acontecer comigo. O que importa é que alguém acabe com essa ameaça. Não precisa ser você ou eu, desde que alguém o faça. A vida dos nossos companheiros e nossas famílias é mais importante. Só assim será possível seguir a vida em paz.

— Um tempo atrás alguém falou algo parecido. — Duran saiu de seus pensamentos com a imagem da face preocupada de Rin ainda em sua mente. — Você terá o mesmo fim se continuar a pensar assim.

— E qual fim ela teve? — indagou Helena, franzindo o cenho e o encarando.

— Morreu pela causa, salvando pessoas. Foi um "sacrifício" necessário para salvar os companheiros, tudo por um *bem maior* — falou de um modo irônico, lembrando-se das palavras de Elianis no velório dela.

As palavras saíam de sua boca e parecia que estava engolindo ácido. Um ódio passou por seu corpo, obrigando-o a se levantar e caminhar alguns passos diante da cela.

Tolos! É isso que eles são por pensarem dessa maneira!

— Essa pessoa deve ter sido importante para você, Duran. Sinto muito que a tenha perdido — falou Helena após alguns instantes, e o mais velho notou o tom doce presente em sua voz.

Naquele momento, não parecia que ele era o predador e ela, a presa. Fazia anos que não tinha um diálogo com alguém que não fosse à base de interesses e ameaças. Já nem se lembrava qual fora a última vez que tivera uma voz doce direcionada a si.

Não conseguia entender como Helena sentia compaixão por ele devido às circunstâncias em que estavam.

— Eu também perdi alguém importante para mim. — Escutou novamente a voz dela, mas ainda permaneceu de costas para ela. — Lorenzo, Número Três. A revolta que sentíamos quando mais novos era enorme. Afinal, cabia a nós, apenas nove, a responsabilidade de salvar um mundo inteiro. Não queríamos isso, não escolhemos isso. Lorenzo sempre foi o mais rebelde de todos, e ainda assim conquistava as pessoas, do jeito dele, é claro. Ele me mudou, mudou Will, James, até mesmo Alejandra. Graças a ele, nós somos uma família. Nos importamos uns com os outros. Graças a ele, nós somos um só. – Helena parou de falar, examinando-o. Ele caminhou lentamente até se sentar no banco. Duran a encarou e, por um segundo, viu um misto de sentimentos ali; dor, tristeza, orgulho, saudade. – Ele também morreu pela causa, Duran. E isso não é motivo de raiva, mas de orgulho – continuou Helena. – Você deve se orgulhar dessa pessoa e honrar o sacrifício dela.

– Ela não tinha que ter sido um sacrifício. É isso que você não entende – rebateu, ríspido. – Meu melhor amigo escolheu a vida de trinta e cinco pessoas à dela. E depois voltou para salvá-la, mas o fogo venceu.

– E você o culpou pela morte dela – concluiu a garota, e ele acenou em concordância. – Entendo.

– *Entende*? – Duran esboçou uma risada debochada. – Você é uma criança, ainda tem muito o que aprender sobre isso. Não sabe o que é estar ligada a uma pessoa e sentir tudo que ela sente. Shindenianos são diferentes, Helena. – Helena abaixou o olhar, lembrando-se da angústia que sentia desde que ficara com James. Então era isso! Estava ligada a ele. Todos aqueles sentimentos pertenciam a James. – Ora, ora, você sabe, Helena? – perguntou Duran, e ela subiu o olhar até ele. – Você já está ligada a alguém, sabe do que estou falando. Sabe como é sentir a tristeza de alguém e não poder fazer nada.

– Sinto muito, Duran. Deve ter sido difícil para você sentir o que ela sentiu ao morrer.

– Ela não estava triste nem apavorada, por incrível que pareça – confessou, e Helena se espantou pela receptividade dele. – Rin estava tranquila demais para alguém que está encarando a morte.

– Porque ela sabia que estava fazendo a coisa certa – Helena arriscou dizer.

Ao contrário do que imaginou, o seguidor da Rainha Vermelha apenas abaixou o olhar e se levantou.

– Descanse, Helena – falou ele. – Amanhã você irá me contar tudo o que sabe, por bem ou por mal.

– Você sabe que não vou falar, não é?

— Você precisa, se quiser viver. — Pela primeira vez em tempos, o tom de Duran não era de raiva nem de deboche. Por incrível que parecesse, sua fala era um aviso. — Até porque daqui a dois dias não vou estar aqui. Você ficará por si só. O que vai ser péssimo se a rainha resolver visitar você.

Helena o olhou com um brilho temeroso, não conseguindo esconder sua mais nova preocupação do momento. Por algum motivo, sabia que Duran estava começando a pegar leve com ela, porém não sabia o que esperar de Kaguyan, apenas que ela não seria ou agiria como o grisalho.

— E... — Ela engoliu em seco, desviando o olhar. — E aonde vai? Sairá por muito tempo?

Ao ouvir a pergunta da garota, Duran deu dois passos até a cela, encostando sua testa na grade. Que mal haveria dizer onde estavam, já que ela não poderia contar a ninguém?

— Não que você possa fazer algo, mas estamos no norte da Bélgica. Tem muito o que se fazer por aqui. — Seu sorriso se desfez aos poucos, conforme se distanciava da grade. — Por isso, não brinque e não se faça de forte, querida. Diga o que quero saber e posso lhe dar minha palavra que a tiro daqui.

Tal confissão fez os olhos de Helena se arregalarem e seu cenho se contrair.

Isso é mesmo verdade?

— Pode fazer isso? — A pergunta escapou de seus lábios trêmulos ao mesmo tempo que se agarrava na grade, fitando-o, espantada.

— Pense no que eu disse — anuiu, virando-se para seguir pelo corredor. — De qualquer forma, espero que sinta minha falta.

Ele a olhou por cima dos ombros e seguiu para seu quarto.

Tinha várias coisas sobre as quais refletir naquela noite.

31

Helena estava pensativa depois das palavras de Duran; talvez ainda houvesse uma chance de convencê-lo a mudar de lado, afinal agora entendia um pouco do porquê das ações dele. O homem estava quebrado e magoado. O fato de conversarem abertamente sobre isso mostrava que ainda tinha sentimentos.

Nem tudo estava perdido.

Logo depois, respirou fundo e se concentrou em sua regeneração. Ela estava lenta devido à má alimentação e lesões contínuas.

Não estava sendo fácil aguentar a dor presente em seu corpo.

Sua cela era iluminada apenas pela luz da lua que conseguia passar pela pequena janela, e o silêncio se tornava incômodo. Sabia que não conseguiria dormir por conta das dores, então se concentrou em sentir as emoções de James. Agora que sabia sobre isso, sentia-se inquieta, porque ele também estava sentindo as emoções dela e isso era o pior. Significava que tinha ciência das torturas a que fora submetida, o que a deixou preocupada.

James era temperamental e não era uma boa saber que ele sentia o mesmo que ela.

Agora parecia calmo, aparentemente. Talvez estivesse dormindo. Dada a luz da lua, não sabia onde estava, mas imaginava que fosse noite lá também.

Observou os pequenos ratinhos que corriam no canto da cela. Já fazia dias que notara suas presenças, quando acordara de seu cochilo com o barulho deles. Não a incomodava saber que estavam ali, apenas sentia um pouco de inveja, pois as criaturinhas conseguiam transitar por onde quisessem e jamais seriam notados.

Sentir inveja de um rato...

Suspirou, estava mesmo desesperada.

Um deles caminhou até ela e Helena esticou a mão a fim de lhe fazer um carinho. Entretanto, seu braço era curto demais para a distância em que o rato se encontrava. Esticou um pouco mais e forçou a mão, convidando-o a vir mais para frente. Ele tremeu um pouco e deu mais alguns passinhos, mas não a tocou. A garota fechou o punho, soltando o ar. O animal parou de caminhar; tentava se mexer, porém não conseguia.

Helena franziu as sobrancelhas ao abrir a mão. O ratinho tentou correr para trás.

— Ei! — exclamou, esticando a mão mais uma vez, surpresa ao notar que, de fato, o pequeno parou como se a obedecesse.

Ao mover seus dedos, o rato caminhou conforme o seu movimento.

Aquilo era... *dominação.*

Esticou seu braço para outro rato mais afastado e moveu sua mão para perto de si mesma. O bicho correspondeu à sua dominação.

Como isso é possível?

Apertou uma das mãos por conta do susto e o rato que estava sendo dominado agonizou, mexendo-se freneticament para logo cair morto no chão.

— Eu fiz isso? — falou baixinho ao vê-lo não se mexer mais.

Moveu a outra mão e a recolheu para perto do seu corpo, vendo o outro animal sair correndo dali.

Dominação.

Dominação de água... água presente no corpo.

Água... Dominação de... sangue.

Olhou para as mãos e percebeu que sangue escorria delas e uma pequena ferida se abria no antebraço esquerdo.

As palavras que anos antes Alejandra lhe dissera vieram à sua mente, trazendo a compreensão do que sua mentora quisera dizer.

"Lembre-se, Helena, de que o seu elemento é um dos mais versáteis, afinal a água está presente em todos os lugares. No entanto, deve tomar cuidado, porque há dominações que são proibidas. Elas trazem efeitos colaterais horríveis ao corpo do usuário."

O corte que se abriu não era grande, talvez pela dominação ter sido pequena, supôs. Não era maior que cinco centímetros.

Suspirou e tentou controlar a sua respiração.

Sabia que não devia usar desse novo poder sem saber das consequências. A situação que estava era precária; Duran era inconstante e não podia brincar com a sorte. Portanto, agiria com cautela, afinal quanto mais o usasse mais machucada ficaria.

Precisava de todas as cartas que tinha na manga para sair dali.

Talvez ainda houvesse uma chance.

32

A espera não estava sendo nada fácil. Ficar ali à mercê de informações provindas de outros o agoniava mais a cada instante. James se encontrava sentado no sofá ao lado de William – após muita insistência de Will para que saísse um pouco do quarto – na sala de convivência. A televisão estava ligada, mas não prestava atenção em nada do que se passava ali.

Apesar de ser madrugada, as pessoas caminhavam silenciosamente pela base por conta de seus turnos e horários a cumprir. Então, por mais que não houvesse barulho, a mente de James estava a mil e ainda longe dali.

William resmungava algumas coisas enquanto observava o conteúdo da televisão, e Chang e Dylan também se juntaram aos dois.

– O que estão fazendo acordados a esta hora? – perguntou Dylan entre um bocejo e outro, olhando para o eletroeletrônico ligado.

– Está passando um filme bom, cara – disse William, sem tirar os olhos da televisão. – Tem ação, tiros, perseguição. Esses humanos não têm o que inventar, hein?

– Eles inventam porque nunca passaram por isso. – Chang revirou os olhos enquanto abria um jornal do dia anterior jogado em cima da mesa de centro. – Garanto que, se eles tivessem que passar pelo que nós passamos, não perderiam tempo criando filmes assim.

– Ah, não tenha dúvida disso.

Dylan acenou e observou James se manter calado.

Sabia que ele estava passando por um momento difícil e se preocupou mais ainda ao descobrir da tal ligação que James e Helena tinham. Estranhou, afinal já tinha se relacionado com humanas e nunca passara por tal coisa. Talvez jamais saberia qual a sensação, já que era algo de apenas shindenianos.

Continuou a observar e o viu franzir o cenho. James baixou o olhar para o seu antebraço e um pequeno corte simplesmente surgiu ali.

— Mas o quê? — James deixou escapar ao sentir a dor. Não era um ferimento grave, mas ainda assim surgiu sem motivo aparente.

— O que aconteceu? — William parou de prestar a atenção no filme para observar o amigo. — Como você se cortou?

— Não me cortei, idiota. O ferimento apenas apareceu.

— Do nada?

Will levantou uma das sobrancelhas, olhando para o pequeno corte.

— Não foi do nada. Helena sofreu esse corte — falou Chang, olhando para James. — Provavelmente ocorreu em algum momento em que você estava pensando muito nela e ela, em você. A ligação se fortaleceu nessa hora e o corte dela transpassou para você.

— Como sabe disso? — perguntou Dylan, intrigado.

— Aconteceu uma vez comigo e Elisabeth. Ela caiu de um lugar alto em uma perseguição no momento em que nossa ligação estava mais forte e machucou o tornozelo. Fiquei sem conseguir andar por uns cinco dias.

— Posso usar isso para me comunicar com ela? — James se levantou e olhou para Chang. — Mandar uma mensagem para ela?

— Cara, isso é macabro. — William também se levantou. — Sei que você quer encontrá-la, mas é um corte na pele, James!

— Não me importo — respondeu ele, saindo da sala e voltando segundos depois com uma pequena faca.

Ele se sentou no sofá e lentamente cortou sua pele no outro braço, escrevendo "Oi?". Ele sentiu dor, afinal era um corte, porém a adrenalina o impedia de sofrer tanto. O seu pensamento estava fixo em Helena, na tentativa de fortalecer ainda mais sua ligação. Se Chang tivesse razão, eles precisavam estar mais ligados do que nunca.

Esperou alguns minutos e já estava inquieto. Nada aconteceu e aquilo o deixava frustrado. Já desistia daquela ideia até que a dor de um corte se fez presente, logo ao lado do seu.

"J?"

Foi a primeira vez desde que Helena sumira que se deu ao luxo de sorrir. Finalmente uma pista que pudesse seguir. Sorriu ao ver que ela sabia que era ele.

"S. Onde?"

Tentava responder com o menor texto possível, mas logo ficaria sem espaço. Precisavam ser objetivos e tinha o fato de que demoraria a sair as marcas dos cortes, pois, apesar de serem superficiais, ainda demorariam alguns dias a sumir.

Não demorou a sentir o arder de um novo corte, no entanto dessa vez ele foi na barriga, próximo à região do umbigo. Helena era mesmo inteligente e certamente tinha pensado a mesma coisa que ele. Estava escondendo as cicatrizes.

"Presa. D, K."

James franziu o cenho ao ver as iniciais, mas, antes que pudesse pensar, Chang respondeu por si:

– Duran, Kaguyan.

Os três companheiros já se encontravam ao redor do moreno, observando a conversa dos dois.

– Pergunte onde ela está! – William falou em tom alto.

A menção de notícias de Helena também o deixou agitado.

– Não grite, idiota! – resmungou James; já estava com os nervos à flor da pele, e não conseguiria lidar com William naquele momento.

Will fez sinal de rendição com as mãos e se calou, observando James retirar a camiseta e se acomodar no sofá. Tinha que admitir, era uma cena estranha demais ver o amigo se cortando como se fosse a coisa mais normal do mundo.

"Sabe a loc?"

Era uma pergunta retórica, sabia. Obviamente se estava presa, não saberia a localização, mas não podia deixar de perguntar.

"N"

Suspirou, aquilo não estava sendo útil. Que proveito poderia tirar da situação? Como poderia descobrir mais sobre o lugar em que sua garota estava? Não respondeu por alguns minutos, precisava pensar com calma antes de manchar a pele dos dois.

A ardência retornou e mais um corte na barriga apareceu.

"Z Bélgica, N"

– Nossa, Helena é objetiva. – Chang soltou ao ler a última mensagem.

– O que ela quis dizer? – perguntou Dylan, e até mesmo James encarou o shindeniano analítico.

– Bom, temos uma localização, finalmente – explicou. – Não sabemos se ela está lá, porém já é algum lugar em que podemos investigar. "Z" provavelmente se refere a Zekens, afinal o que mais existe com essa letra?

– Com "N" ela quis dizer que eles estão no norte do país – James completou o raciocínio de Chang para logo vê-lo acenar em concordância.

– Precisamos avisar os outros disso – disse Dylan, já ansioso.

– Falaremos apenas com os nossos. Não estou certo de que podemos contar com Morino. – Chang abaixou o tom de sua voz.

– Certo, vamos chamá-los.

William se levantou, contudo James negou.

– Nós nos encontraremos no quarto de Robert. Chamem o resto.

James acenou, levantando-se e se dirigindo à saída, todavia parou de caminhar ao ver os demais ainda parados.

– O que estão esperando? Temos uma desgraçada para matar.

33

Seus olhos se mantinham fechados, e sua respiração, controlada. Gotas caindo em uma pequena poça no canto do cômodo era o único som que podia ser ouvido.

Sua concentração era plena. Nada o perturbava.

Nada o tirava do foco.

Duran estava se preparando para mais uma missão em nome de sua senhora. Conferir, colocar ordem e disciplina em uma das bases que atrasava os cronogramas e planos.

Mesmo que seu íntimo gritasse para desistir de toda aquela loucura, já havia ido longe demais. Não apenas comprometera seu planeta, como cooperara para este ser completamente destruído. Suas mãos estavam sujas com o sangue de mais de milhões de shindenianos inocentes... apenas para trazer de volta uma única shindeniana.

Apertou ainda mais os olhos franzindo o cenho.

Voltar àquela tormenta sempre o atordoava. Meditar não estava mais trazendo a paz interior que tanto o acalmava, não depois daquele dia. Suspirou alto levando suas mãos à cabeça, fazendo seus dedos percorrem os fios e os apertar com certa brutalidade.

A dor em seu peito era constante e parecia nunca passar. Quanto mais corria, quanto mais lutava, parecia que não era o suficiente para Kaguyan. Sua lealdade era posta à prova a todo instante e, a cada fracasso, via-se ainda mais longe de alcançar seu sonho.

"Eu te amo, meu amor", a voz dela parecia o assombrar a cada momento em que se pegava sozinho.

Podia se imaginar ao lado dela por horas, sorrindo... feliz. No entanto, após a morte do primeiro número shindeniano, Kylie Collard, começara a sentir sua amada cada vez mais distante. Ela não sorria mais para ele, não o direcionava olhares ternos e amorosos... apenas decepcionados e até mesmo tristes.

— Não se afaste de mim, querida... — sussurrou para o vazio de sua acomodação.

De repente, o som daquela gota caindo se tornou mais alto assim como o início de sua irritação.

Depois de tudo, meditar era sua maneira de se recordar do passado. De mergulhar naqueles bons tempos. Tempos estes em que era feliz ao lado de sua amada Rin e que se divertia com seu parceiro Ita.

Sempre disputavam quem atingia mais inimigos com tiros ou com suas espadas genuínas. Eram amigos para todos os momentos. Sempre unidos e inseparáveis.

Ita era o homem em quem mais confiava e a quem mais dedicava o outro lado de seu coração, já que a primeira parte pertencia à sua doce Rin.

Logo uma lembrança torta de seu passado começou a invadir sua mente. Cansado de lutar e resistir a tanta angústia, permitiu-se mergulhar nas recordações de um tempo em que ele e Ita tinham apenas quinze anos, mas já eram próximos o suficiente para se considerarem... *irmãos*.

34

ANOS ANTES

— Vocês lutam como um só — mestre Quarion murmurou, olhando os dois soldados em suas posturas austeras e fortes. Estavam diante de um ex-líder militar, casado com Terumi, a mãe espiritual de todos os clãs de Shinden. — São como o corpo e a sombra, dançam ao som da sinfonia da batalha — ele acrescentou com sua voz arrastada e cansada, mas ainda assim podia se notar o orgulho carregado em cada palavra.

— Obrigado, mestre Quarion — os rapazes responderam em uníssono, baixando suas cabeças em sinal de respeito.

— É por isso que escolhi vocês para carregarem minhas relíquias em todas as batalhas que travarem — o velho continuou após soltar a fumaça de seu cachimbo e sorrir de canto, vendo os dois o olharem com curiosidade misturada com confusão.

— O que o senhor quer dizer, mestre? — Ita foi o primeiro a se adiantar, tirando as palavras da boca de Duran, que assentiu em cumplicidade.

O velho sorriu de canto, desviando seu olhar para uma figura atrás dos dois garotos, que estavam concentrados demais em saber a resposta deste.

— Ele quer dizer que irá os presentear com suas armas mais poderosas. — Uma voz feminina, mas com certa rouquidão devido à idade, soou atrás deles, fazendo-os se virarem impressionados com o silêncio com o qual Terumi se aproximara.

A senhora se achegou, acomodando-se ao lado do marido com a ajuda dele ao se sentar. Em suas mãos havia uma pequena caixa de madeira com símbolos das duas luas de Shinden. Ekya e Inya.

— Há muito tempo, tive um amigo... — Quarion começou, lançando um olhar cúmplice para sua esposa, que sorriu. — Ele se foi, infelizmente, mas éramos como vocês. Lutávamos como um... Como irmãos de famílias diferentes.

Assim que ouviu isso, Terumi destravou o fecho da caixa e a abriu, dando aos dois o vislumbre de dois anéis de prata e titânio. Cada um com o desenho perfeito de uma das luas.

As mãos da senhora estremeceram ao tocar as joias.

— Esta é Ekya... — ela ciciou, sorrindo de canto enquanto pegava o anel e estendia para Duran, que arregalou os olhos, assustado, e fitou Ita como se perguntasse o que fazer. — Não tenha medo, rapaz. — Terumi voltou a falar, chamando a atenção de Duran mais uma vez. — Ekya simboliza o corpo. A força e a solidez de quem bate de frente com os mais temerosos perigos e problemas. Só pode ser usado por alguém que sabe o que é amar mais que a si mesmo.

— Esse anel pertenceu a Thamior, meu melhor amigo — Quarion disse, anuindo e gesticulando para Duran se aproximar. — Agora pertence a você, o homem que sempre está à frente do exército, aquele que é conhecido como Escudo de Elianis.

Assim que o velho terminou de falar, Terumi encaixou o anel negro no dedo anelar de Duran. Logo que sentiu a pedra fria do anel tocar sua pele, um choque intenso assolou seu corpo, fazendo seu coração acelerar.

— Isto é... — ele começou a falar, mas logo Terumi o cortou com sua voz doce, a fim de acalmá-lo:

— É pesado o fardo de carregar Ekya, pois é ela a lua mais próxima de Shinden, aquela que está diante de nós imperando e recebendo todas as nossas cargas... assim como você, Duran.

O garoto sentiu sua respiração normalizar e, por fim, uma sensação de utopia o acalentou. Seus lábios desenharam um sorriso sublime e animado.

— Obrigado, mestre, mãe Terumi. — Curvou-se aos dois anciões. — Estou honrado por este presente.

Os dois sorriram e logo se voltaram para Ita, que esboçava um sorriso satisfeito pela conquista do amigo.

— Para você, Ita, será dado Inya — Terumi disse, pegando o segundo anel da mesma cor que a de Duran. Sem precisar pedir, pegou a mão de Ita estendida e escorregou a joia em seu anelar com a mesma delicadeza. — Inya simboliza a sombra do corpo. Sombra esta que sempre age por trás em defesa do corpo. Sempre o acompanha e caminha sobre seus passos — ela disse, fechando os olhos. — Inya é a lua que habita atrás de Ekya, mas seu poder e força nunca foram medidos, uma vez que é a responsável por proteger a retaguarda de Ekya. Diariamente recebe impactos de detritos e meteoros.

— Sem Inya, Ekya não sobreviveria — Quarion informou, suspirando alto. — Este anel pertencia a mim... Em uma batalha, a sombra deve proteger a retaguarda do corpo. Ambos lutam em sincronia e nenhuma parceria como esta foi vista depois do meu tempo e de Thamior. Por isso, essas armas são suas.

Ita não sentiu o choque que Duran sentiu, no entanto percebeu a diferença em seu corpo. Estava mais ativo e eufórico. Poderia correr uma maratona se assim lhe pedissem.

Sorriu, abobalhado, olhando para a joia em seu dedo assim como fizera Duran.

— Faço das palavras de Duran as minhas. Obrigado, mestre, mãe Terumi — agradeceu, curvando-se com o sorriso lhe rasgando o rosto.

— Deixem disso. Sei que elas estão em boas mãos! — Quarion exclamou, rindo, depois de tragar mais um pouco de seu cachimbo. — Agora vão. Sabem o que fazer e como invocá-las.

Os rapazes sorriram, cúmplices, e mal conseguiram disfarçar a euforia de querer sair correndo. Como ditava as normas e o respeito aos anciões, no entanto, os dois saíram da sala a passos lentos e sincronizados. Todavia, assim que cruzaram a porta, olharam um para o outro com um único pensamento.

Sem mais demora, correram o mais rápido que puderam — como se não houvesse o amanhã — até chegarem ao vale das rochas sagradas, no qual as mais valiosas riquezas se guardavam no centro de cada pedra em pé daquele vasto campo rochoso.

Era uma linda visão, com o pôr do sol banhando o lugar, dando cor e vida às pedras imóveis. Ali, correram em meio a elas, cada um buscado sua pedra respectiva.

Ita logo encontrou uma rocha triangular de um cinza-escuro e o nome de Quarion esculpido ali. Sorriu, satisfeito, levantando o olhar em busca do amigo, que ainda corria em meio às rochas, olhando uma a uma.

— Lerdo como sempre — zombou, vendo Duran parar diante de uma rocha avermelhada com o nome de Thamior esculpido.

— Não enche! O seu estava mais fácil — Duran ralhou do outro lado com a respiração descompassada. — Está pronto?

— Sempre! É só dizer.

Duran olhou para ele sorrindo de canto e levantando sua mão em direção ao nome em sua pedra.

— Então... agora!

Depositaram suas mãos com os respectivos anéis em cima dos nomes nas pedras e, em seguida, um brilho forte foi refletido, fazendo-os fechar os olhos e sentir suas mãos afundarem até alcançarem um cabo em seu interior. Sem mais demora, e, mesmo com a distância, seguraram firmemente o cabo e puxaram juntos o objeto de dentro da pedra.

Ita caiu assim que uma enorme espada saiu de dentro da rocha por completo. Com o susto, não conseguiu se equilibrar, mas os olhos arregalados e a boca aberta demonstravam claramente o espanto por empunhar tão bela arma.

Duran, por sua vez, não caiu, no entanto se desequilibrou buscando apoio em uma outra rocha para conseguir erguer sua espada tão bela quanto a de Ita.

— Pelo menos não caí de bunda no chão — o grisalho devolveu a zombaria, rindo do amigo, que agora se levantava.

— Tem razão — concordou, balançando a cabeça negativamente e caminhando até Duran. — Você está vendo? São incríveis! — disse, girando a sua própria e testando seu peso ao ficar em posição de ataque.

— E também são idênticas. — O grisalho notou enquanto contemplava a sua.

— São gêmeas, irmãs — Ita comentou, aproximando-se ainda mais, levantando sua espada e a igualando com a de Duran. — Assim como Quarion e Thamior.

— E agora como nós — Duran murmurou, olhando para o moreno em cumplicidade.

— Sim, irmãos — Ita pontuou, empurrando Duran com o ombro enquanto girava a lâmina de sua espada e a apontava para o amigo. — Está a fim de testá-las?

Duran riu alto, balançando a cabeça em negação.

— Só se for agora.

□

Suspirou alto, comprimindo os lábios e voltando para a solidão daquele cômodo escuro. Estava quase na hora de partir, mas ainda se sentia tão despreparado. Algo o reprimia como se sentisse que alguma coisa fosse acontecer, no entanto, pela primeira vez, não estava frustrado com isso nem preocupado.

— Irmãos... — ciciou em um sopro na escuridão entorpecida, porém logo uma onda ardente o atingiu assim que sua mão sentiu a textura da joia em seu dedo. — Desgraçado traidor! — vociferou, trincando o maxilar.

35

Ódio, ódio era tudo que conseguiu sentir.

Sem pensar, um grito gutural ecoou por todo o ambiente, alto o suficiente para percorrer até mesmo os corredores do esconderijo, a fim de afastar aquelas lembranças.

▫

— Onde ela está, Ita? — gritou, desesperado, ao não ver Rin em meio aos feridos. — Onde está Rin?

— Ela está... está presa! — A voz assustada e desesperada de Ita o atingiu, causando ainda mais confusão.

— Presa onde? Quem a prendeu?! — indagou, cada vez mais desesperado. — Droga, Ita! Me fale! Eu... não a sinto mais!

— Ela está bem. Provavelmente desacordada. Eu vi quando a levaram. — Ita logo assumiu uma postura firme e segurou os ombros do amigo. — Preciso de você firme! O exército de Kaguyan está se fortalecendo. Se quer resgatar Rin, preciso que esteja no controle de suas emoções.

— Mas... eu senti! — murmurou Duran com a voz embargada. — Veio uma onda dilacerante de dor e depois...

— Ela está bem! — Ita apertou seus ombros. — Confie em mim.

— Você jura? — questionou Duran, engolindo em seco. — Irmão, você jura que a viu e Rin estava bem?

— Eu juro. — As palavras dele nem tremeram. Seus olhos estavam firmes assim como sua postura. — Vamos reunir nossas forças com Elianis e atacar sem piedade.

— E salvar Rin! — completou Duran, sentindo que o amigo estava se esquecendo do mais importante.

— Sim... e salvar Rin.

▫

A escuridão o dominava.

Estar sozinho era o mesmo que se afundar ainda mais naquele abismo de emoções e ódio.

— Maldito! Eu confiava em você! — gritou em plenos pulmões, derrubando uma jarra de água no canto de uma mesinha de madeira velha. — Desgraçado!

Sua respiração estava descompassada, mas isso não o impediu de se levantar do chão frio, caminhar até seu colchão, pegar sua espada Ekya e apertar seu cabo com força e frustração.

Aquela arma lhe trazia lembranças, porém ao mesmo tempo lhe dava a força de que precisava para lutar e não esquecer seu real objetivo. Girou a lâmina e a enganchou no suporte em suas costas para seguir até a porta de seu quarto e sair daquele silêncio sufocante. Andou pelos corredores sendo alvo de olhares curiosos dos Zekens, que seguiam direções opostas. Parou diante de uma ramificação de corredores. Ao virar à direita, encontraria a cela em que Helena estava presa e à esquerda estava o corredor que o levaria ao salão do trono da Rainha Vermelha.

Suspirou pesadamente mais uma vez.

Por algum motivo queria ir até a morena e conversar.

Helena o lembrava tanto de sua Rin...

▫

— Ele mentiu para você... Seu tão amado amigo. — Ouviu a voz arrastada de Kaguyan assim que descobriu a verdade sobre o paradeiro de sua namorada.

— Duran, faça! — Ita gritava ao fundo. — Você tem a chance! Mate-a!

Lembrava o quanto a dor era dilacerante.

Seu melhor amigo mentira. Era tudo o que se passava em sua cabeça.

— O que está esperando, Duran?! — O desespero de Ita por estar preso sem poder alcançá-lo e matar Kaguyan o deixava trêmulo.

— Eu não mentiria para você se dissesse que posso trazê-la de volta — murmurou Kaguyan, sorrindo de canto enquanto se mantinha caída no chão, olhando para Duran, que apontava sua grande espada para seu pescoço. — Posso trazer sua amada Rin de volta, mas precisará me servir antes.

— Isso não é possível — falou ele, comprimindo os lábios.

— Para mim é — insistiu a mulher, sorrindo com seus olhos dourados flamejando.

— Duran, não a escute! — gritou Ita, ainda mais desesperado, assim que ouviu a proposta da Rainha Vermelha. Esfaqueou-se mentalmente por estar sozinho. Não conseguia se soltar das correntes e, ao que parecia, presenciaria a traição de um amigo. — Ela está enganando você! Não caia nas mentiras dela!

— Assim como caí nas suas? — bradou Duran, amargurado, olhando-o por cima dos ombros.

— Precisa tomar uma decisão, Duran... — A voz de Kaguyan soou em seus ouvidos, mas dessa vez ele já sabia o que fazer.

Sem mais pensar, Duran ergueu a espada e golpeou uma viga frágil que sustentava o teto comprometido da grande nave da rainha, fazendo-o desmoronar. Com o desmoronamento alegou que escolhera o lado de Shinden, uma vez que acreditou ter matado Kaguyan, e Ita seria seu álibi.

O primogênito do clã Evellon não pôde desmentir, pois de fato acontecera o desmoronamento, mas, depois daquela noite, não acreditou mais em Duran. Suspeitava de que ele tinha escolhido aquilo para se aliar à Rainha Vermelha, porém não poderia comprovar sua tese.

Ambos se afastaram, e o amargor de Duran só cresceu e amadureceu.

Dali em diante, havia jurado lealdade à rainha na esperança de receber seu tão precioso pagamento.

— Rin, estou próximo de conseguir... — murmurou para si mesmo, escolhendo o corredor da esquerda, o qual o levaria até Kaguyan. — Só mais um pouco, meu amor.

36

Aquele laboratório nunca estivera tão movimentado como naquela manhã.

Morino estranhava tamanho alvoroço, pois seus cientistas nada tinham lhe informado. Devido a isso, sua irritação estava nas alturas.

Não sabia o que acontecia em sua própria base e, mais ainda, tinha que lidar com reuniões exaustivas com os representantes da ONU sempre que novos ataques esporádicos de Zekens se iniciavam em pequenas regiões.

Nesse momento mesmo, estava estressado por ter que ir a mais uma reunião, sendo que tinha consciência de que algo de anormal acontecia. Por esse motivo, seguiu até o corredor do laboratório e, assim que um cientista baixinho de óculos redondos e cabelo já grisalho saiu pela porta, agarrou-o pelo colarinho, colocando-o contra a parede e tampando a boca do homem para não exclamar pelo susto.

— Dr. Lemes, preciso de seus serviços — disse Morino, olhando para os dois lados do corredor, certificando-se de não haver ninguém por ali.

— Sim, senhor... Em que posso ajudar? — perguntou o cientista, ainda trêmulo pelo susto.

— Quero que me informe das descobertas deste laboratório e todas as conversas dos shindenianos com o restante do meu pessoal.

— Mas, senhor, eles não são confiáveis?

— Eles são de outro planeta, doutor. Temos que estar com um pé na frente e outro atrás. — Ele entrecerrou os olhos. — Posso contar com esse serviço? Ou precisarei me livrar de você e pedir para outro?

— Não, senhor! Eu... faço, sim, senhor.

— Então estamos combinados. — Morino soltou o médico, dando-lhe as costas para seguir pelo corredor. — Não me desaponte, Dr. Lemes.

Deixou o pobre cientista aturdido, mas com um medo crescente em seu peito. Não sabia se temia mais a ira do capitão Morino ou aqueles olhos escarlates do shindeniano de cabelos negros. O mais novo parecia ainda mais ameaçador que seu chefe; isso porque seu maior temor era ser vítima daqueles olhos.

Com um suspiro comprimido, girou pelos calcanhares para retornar ao laboratório. Agora tinha outro tipo de serviço, e nesse não podia falhar. Sua família dependia daquilo. Assim que entrou, encontrou o temido James sentado ao lado de William, que perguntava algo para o assistente de pesquisa.

Aproximou-se mais deles, tentando disfarçar para conseguir ouvir o que falavam.

— Isso é ótimo! — exclamou William, animado.

— Isso significa que nosso inimigo está escondido em algum lugar ao norte da Bélgica. — O tom de James causou certa tensão entre os cientistas ali próximos, principalmente o jovem assistente, que baixou os olhos temendo olhá-lo.

— E-exatamente, mas, se eu fosse chutar um lugar, chutaria a região de Bruxelas.

— E por que lá? — indagou James, tendo consciência do temor que causava no jovem.

— Porque esta é a capital do país e é onde ficam os equipamentos e transportes bélicos. É de lá que os aviões devem ter vindo. — O assistente ergueu os dedos para arrumar os óculos no rosto. — O país é pequeno, mas tem preparação.

Dr. Lemes ouvia a tudo enquanto mexia em seu computador sem estar de fato trabalhando.

Então existe algo em Bruxelas?

— Vamos nos preparar! — William bateu as mãos, chamando a atenção de todos no recinto. — Desculpe, pessoal — murmurou, sem graça, ao ver tantos olhares sobre si.

— Escandaloso como sempre. — James se levantou da cadeira e fez uma careta dolorida ainda por conta dos cortes e dores musculares que sentira vindo de Helena. — Quanto antes sairmos, melhor, porém vamos sem humanos desta vez. Não quero ter que me sujeitar a dar satisfações a Morino como da última vez por perder alguém da equipe aqui.

— James tem razão. Vamos descobrir o que há por lá sem que ele saiba.

Chang acenou, já se dirigindo para a saída do laboratório, sendo seguido por um William mais alegre e confiante. James estralou o pescoço aliviando a tensão e se virando para o assistente, que ainda se mantinha com os olhos baixos.

— Qual o seu nome mesmo? — perguntou com certo tédio.

— Tomas, senhor.

— Certo. Está fazendo um bom trabalho, Tomas, continue assim — disse ele, assentindo e, sem perceber, arrancando um pequeno sorriso do rapaz, que logo se voltou para a tela de seu computador, mais animado.

James começou a caminhar até a saída, mas antes de completar o percurso parou ao lado do cientista que estava sentado de costas. Abaixou-se na altura do ouvido dele, ciente de que o ouvia.

— Espero que não tenha más intenções sobre as coisas que ouviu... — James se esticou um pouco para ler o crachá no peito do velho. — Dr. Lemes.

— N-não senhor... não ouvi nada.

— Certo — confirmou, tocando o ombro do cientista, que se sobressaltou.

James riu de modo anasalado enquanto seguia seu caminho até a saída. Precisava se preparar para a viagem e, mais do que isso, não queria ter interrupções inconvenientes.

Uma hora depois da informação sobre uma suposta localização válida, Chang já esperava o restante dos números no hangar para suspenderem a plataforma e decolarem.

James foi o primeiro a chegar e se mantinha ao seu lado com os braços cruzados esperando o restante. Seus olhos estavam fechados, e, por mais que não assumisse, Chang sabia que o companheiro estava debilitado após aquela sessão de tortura enfrentada por Helena, assim como os cortes. Por baixo de sua camisa preta, ataduras e gazes cobriam seus ferimentos.

Por esse motivo, tinha em mente não entrar em combate para não o colocar em risco. Pelo pouco tempo de convivência que teve com Dylan, descobrira o quanto ele era orgulhoso e detestava demonstrar suas fraquezas.

Não demorou até todos os números se fazerem presentes ali, junto dos mentores.

— Estão prontos? — questionou Chang, vendo-os assentir. — Tared, preciso que fique aqui com Lia para não levantar suspeitas com Morino. Isso vale para você também, Kun.

Os três anuíram de acordo com a ordem, até Robert olhar para Kun, indignado.

— Onde já se viu, seu protegido dá ordens a você?

— Meu protegido é mais inteligente que a soma de todos nós — respondeu o homem, entediado, colocando ambas as mãos no bolso.

— Hum.

Vou ter que seguir ordens de uma criança agora..., pensou Robert.

Em poucos minutos, estavam partindo. Assim que alcançaram o deserto, Chang assumiu os controles do avião e decolou sem mais rodeios. Queria tanto quanto todos chegar logo ao seu destino. Internamente, não via a hora de acabar com essa guerra e viver uma vida em paz ao lado de sua amada Elisabeth. Via-se escolhendo uma vida pacata, sem grandes emoções, mas quaisquer desejos sobre isso que tivesse seriam massacrados por ela, já que Elisabeth era ligada no 220v e nunca aceitaria uma vida em um sítio ou monótona demais.

Sorriu de canto com seus próprios pensamentos.

Imaginar-se casado e tendo uma vida a dois com Beth era melhor do que podia sonhar. Por isso, sempre pensava em todas as formas e todos os caminhos que apontassem para os melhores resultados. Não queria erros, pois não queria perder ninguém. Principalmente sua esquentadinha.

A viagem demorou mais de oito horas. Assim que pousaram, já estava de noite. A pista improvisada era em um campo aberto que escolhera para não chamar muita atenção, já que estavam usando um avião militar com as insígnias americanas.

— E então? — perguntou ele, saindo de sua cabine e vendo todos se espreguiçarem do lado de fora.

William foi o último a sair, bocejando alto sem se importar.

— Onde estamos? — perguntou, coçando os olhos.

— Em um campo próximo a um bairro chamado Ixelles. Aqui é pacato e não atrairemos curiosos. E a inteligência americana acredita que usam o lugar de fachada para fabricação de armas.

— Você fala como se fôssemos anormais. Ninguém vai saber que somos alienígenas! — William gesticulou com as mãos. — É assim que os humanos chamam seres de outros planetas, né? — perguntou em um muxoxo para Robert, que suspirou buscando paciência.

— A questão não é essa, William. — Elisabeth se adiantou, vendo seu namorado coçar a têmpora, buscando paciência. — Por um acaso você sabe falar francês ou holandês?

— Na verdade, não.

— Preciso falar mais alguma coisa? — Ela colocou as mãos na cintura. — Se alguém nos parar, vão notar que somos estrangeiros e vão nos pedir nossas identidades e passaportes.

— Elisabeth tem razão — concordou Dylan, dando um passo à frente. — Se formos pegos, vão nos encadear.

— Bom, explicações dadas, podemos ir? — James se adiantou, virando-se para Alejandra, que estava próxima dele. — Está sentindo a presença deles?

A mulher o olhou, um pouco espantada.

Fechou os olhos, concentrando-se, sendo acompanhada de Robert e Erik. O vento gélido da noite balançou os cabelos loiros da mulher, levando-os até seu rosto e trazendo junto dele vibrações familiares.

— Sim, sinto. Estão a pelos menos oito quilômetros daqui, ao norte.

Assim que disse a localização, abriu os olhos, sorrindo como havia alguns dias não conseguia. Finalmente estava perto de recuperar sua protegida.

— Coordenadas dadas, vamos seguir — falou Chang, voltando-se para a rota citada.

Começaram a caminhar na direção do bosque ao lado do campo, mas, assim que entraram em meio à vegetação, não demorou para esta dar lugar a mais um pequeno bairro de residências de estruturas iguais.

As casas pareciam cópias, só mudavam as cores ou o formato das cercas. Aquilo não era estranho para eles, mas o que chamou a atenção foi a paisagem do bairro logo se tornar a de um centro comercial. Tudo ali era próximo e assustadoramente facilitado.

— Céus... acho que vou morar aqui quando derrotarmos Kaguyan — comentou Dylan, correndo os olhos para as padarias, farmácias, mercados e demais pontos, todos acessíveis, porém fechados dada a hora da noite.

— Sim, tudo aqui é acessível — William concordou com ele, deslumbrado.

— Certo, mas agora chega de conversa. Estamos próximos de uma estação de metrô subterrânea e as vibrações estão mais fortes ali.

Alejandra apontou para a escadaria no chão.

— Então se preparem — murmurou Robert e olhou para seu protegido. — Fique atento. Não sabemos o que nos espera lá embaixo.

— Temos a vantagem do elemento surpresa — James sussurrou, com seus olhos inconscientemente avermelhados. — Todas as outras vezes os Zekens deram indicações de onde estavam por meio de ataques, porém desta vez não esperam nossa presença.

— James tem razão. — Chang parou ao lado da parede da escadaria. — Vamos em silêncio e os pegamos com o máximo de cautela possível. Sem alarde.

Toda a equipe concordou e seguiu descendo as escadas. Mais abaixo, havia placas e fitas alegado que o lugar estava abandonado. Os serviços ali estavam parados havia mais de dez anos. Tudo estava empoeirado e sujo. Passaram por debaixo das fitas e ignoraram as placas. Talvez fosse esse o intuito dos Zekens, afinal. Encontrar um novo esconderijo.

A cada passo, o coração de Alejandra retumbava mais forte, e James sentia suas mãos suarem. Continuaram seguindo até Elisabeth, que estava logo à frente, fazer sinal para Dylan. Ambos interceptaram silenciosamente dois Zekens que estavam no início de um corredor.

Ela tampou sua boca e afundou sua mão em seu peito, queimando-o de dentro para fora, e Dylan pegou o outro por trás, congelando-o no mesmo instante.

— Vamos — murmurou Beth, espreitando-se entre a escuridão das paredes.

Os próximos a matarem silenciosamente três Zekens foram James e William, eletrocutando-os e sufocando-os. Por mais que a tensão estivesse a mil, o percurso não estava difícil de trilhar e o plano continuava dando certo.

Chegaram a uma ramificação de túneis, na qual todos pararam para ter uma conversa muda sobre o que fazer. Chang fez sinal de dois com os dedos e apontou para Alejandra, Robert, James e William seguirem por um corredor; enquanto ele, Elisabeth, Dylan e Erik seguiam por outro.

Assim se fez.

Chang seguiu na frente, levando seu grupo até o interior do corredor. Seguiram um percurso considerável até alcançarem uma plataforma úmida e repleta de mofo. O fim do corredor se dava num tipo de varanda com escadas nas laterais, já que embaixo um tipo de laboratório improvisado era mantido.

Ali, Elisabeth arregalou os olhos, espantada com o que via.

Ela se adiantou, descendo as escadas, sendo chamada incessantemente por meio de sussurros por Chang, que torceu o cenho, desaprovando a impulsividade.

— O que faremos? — perguntou Dylan, incerto se seguia Elisabeth ou não.

— O que acha? — retrucou Chang com uma raiva contida.

Não queria descontar em Dylan, mas as escolhas impensadas de Elisabeth o tiravam do sério.

Eles desceram as escadas rapidamente, tomando cuidado para os Zekens que mexiam em alguns computadores não notarem suas presenças. Elisabeth se encontrava mais à frente com as feições fechadas e o punho cerrado. Ali, diante dela, várias cápsulas de esqueletos sintéticos estavam dispostas.

Diante de seus olhos, observava mais Zekens sendo criados e desenvolvidos dentro daqueles tubos. Seu ódio flamejou e seu sangue esquentou. Queria destruir tudo, porém, assim que levantou sua mão em brasa, pronta para queimar tudo aquilo, sentiu seu braço ser segurado pelo namorado, que a olhou com censura e a puxou para um canto a tempo de não serem vistos por dois Zekens que passavam inspecionando os tubos.

Ela arregalou os olhos com o susto, contudo logo que os Zekens saíram de suas vistas se virou contra o peito rígido de Chang e o empurrou.

— O que pensa que está fazendo? — esbravejou Chang, trincando o maxilar.

— O que você espera? É cego por acaso? — Ela bufou. — Precisamos destruir tudo isso! Eles estão criando mais Zekens para nos matar e dominar a Terra! Não podemos permitir. Temos a chance de acabar com tudo isso!

— Não, não temos! — devolveu ele, olhando para os lados e avistando Dylan e Erik escondidos mais à frente. — Isso aqui é enorme, e você viu as outras fissuras que este lugar tem. Não sabemos se é só aqui que eles produzem os Zekens ou se há mais... Ou se algum desses túneis levam até a Rainha vermelha.

— O que isso nos impede, Chang?!

— Precisamos ter certeza. Podemos detonar tudo isso aqui e lá na frente sermos encurralados por eles. Não posso arriscar.

— Não podemos sair assim! Eu posso...

— Amor! — Chang a segurou pelos ombros, fazendo-a olhar em seus olhos. — Preciso ter certeza, não posso arriscar... Não posso arriscar colocar tudo a perder e uma escolha errada levar você de mim.

Ela o encarou com os lábios franzidos, mas logo se rendeu.

Chang sempre foi maleável com ela, mas dessa vez estava sendo duro e expressando sua preocupação. Aquilo de fato podia ser sério. Deixou-se levar pela cegueira da euforia correndo em suas veias.

— Tudo bem. Me desculpe. — Beth deixou os ombros caírem e o abraçou. — Você está certo.

Isso pareceu fazer o homem relaxar e a apertar forte.

— Precisamos sair daqui e encontrar os outros — alegou, afastando-se. — Vamos dar um jeito de mapear este lugar para detonar tudo de uma vez.

Suas palavras fizeram Elisabeth sorrir.

— Certo.

Os dois se viraram na direção das escadas em que Dylan e Erik se encontravam. Assim que a alcançaram, começaram a subir de modo cauteloso, olhando a todo instante para averiguar se estavam em risco de serem vistos ou não. No entanto, um alarme alto soou e uma grande movimentação se iniciou.

— Droga! — praguejou Chang ao ver Zekens mirarem armas na direção deles na escada. — Vão! Subam! Subam!

37

Ficar presa àquela cela não estava sendo fácil. Fazia um tempo desde que Duran tinha saído. Provavelmente para averiguar alguma das bases da rainha. E a última conversa com ele não saía da mente de Helena. Pensar que um novo ataque aos companheiros poderia estar acontecendo e que não poderia fazer nada para ajudar estava a deixando mais apreensiva.

O silêncio tomava conta do lugar, e Helena, praticamente recuperada dos ferimentos, não conseguia tirar James e os outros de sua cabeça. Eles sabiam se cuidar, tinha ciência disso, também sabia que Alejandra estaria lá para prestar atendimento se fosse necessário. No entanto, um aperto em seu coração a deixava temerosa, tanto por si quanto por eles.

Duran lhe dissera que Kaguyan estava impaciente, afinal já fazia dias que Helena havia sido capturada e nenhuma informação valiosa tinha aparecido.

A garota estava havia alguns minutos em pé, fazendo repetições de exercícios que aprendera com sua mentora. Precisava se manter forte e para isso utilizava a rotina com as quais estava acostumada antes de ir parar ali. Seus músculos ainda doíam por conta das torturas a que fora submetida, mas graças à sua regeneração as feridas já tinham sido cicatrizadas.

Aquela última descoberta de que podia se comunicar com James através de cortes também fora uma surpresa. Era reconfortante saber que não estava sozinha e que estava conseguindo ser um pouco útil, mesmo que longe.

Puxou a respiração e fechou os olhos, impulsionando o diafragma. Ao repetir o movimento foi expirando devagar. Segundo Alejandra, o segredo estava na respiração, e não na força que era colocada no movimento.

Abriu os olhos ao terminar a sequência. No mesmo momento, um frio passou por sua espinha, e suas pernas pareceram perder as forças. Um grito de medo misturado ao susto fez Helena cair para atrás ao ver que não estava sozinha no recinto.

A Rainha Vermelha, por quem nunca sentira nada a não ser ódio, encontrava-se à sua frente com as mãos coladas à grade e o rosto o mais próximo da cela. No entanto, agora se apresentava em sua forma verdadeira.

A luz da lua refletia através da pequena janela da cela dela. Quando ousou encará-la, viu a oleosidade junto das escamas de sua pele sendo iluminada. Seus olhos amarelos observavam cada movimento seu e os cabelos eram vermelhos como o fogo. Os imensos tentáculos faziam Cinco sentir nojo e ao mesmo tempo que ficar exasperada ao pensar em como conseguiria sair viva dali, caso aquela criatura estivesse ali para este fim.

Era uma visão assustadora.

— Olá, Número Cinco. — A voz fina dela se fez presente, e todo corpo de Helena se arrepiou.

Nunca tinha sentido tanto medo em sua vida.

Nada respondeu à criatura, apenas tentava regular a sua respiração já descompassada.

— Sabe, os meios de Duran não estão sendo eficazes para buscar o que quero. — Kaguyan voltou a falar. — Tive que vir por mim mesma.

Helena continuou em silêncio, e a Rainha Vermelha apenas sorriu. Era um repuxar de lábios seco e debochado que fez a garota dar um passo para trás inconscientemente.

— Não se preocupe, criança. Agora irei descobrir tudo.

Kaguyan puxou a chave que estava disposta em cima do banco e abriu a grade, passando em seguida e fechando a porta. Helena tinha os olhos arregalados e se mantinha no mesmo lugar.

— O que você sabe sobre o poder que controla mentes? — perguntou a criatura.

Helena juntou toda a coragem que tinha em seu corpo e apertou os dentes.

— Nada — respondeu, encostando as costas na parede.

— Vou explicar apenas uma vez como as coisas funcionam. Preste atenção, sim? — disse Kaguyan, fingindo doçura. — Vou perguntar mais uma vez e você irá me responder o que sabe para que nós duas poupemos trabalho. Não me obrigue a machucá-la, Número Cinco, porque não sou como Duran.

— Já disse que não sei de nada — respondeu Helena, observando a criatura caminhar alguns passos pela cela, que naquele momento parecia tão pequena.

— Entendo.

Helena tentava manter a calma e observar os próximos movimentos dela, sabia que as coisas não estavam nada boas. Sentiu uma dor em uma das costelas e se contorceu para a frente, mas logo entendeu que aquela dor não era sua. James estava em duelo e levara um soco ou um chute. Respirou fundo e se levantou, percebendo que a outra não tirava os olhos de si.

— Você tem a ligação com um shindeniano — deduziu Kaguyan, sorrindo. — Duran me contou como essas ligações funcionam, como é possível sentir as dores e sentimentos da outra pessoa. A raça de vocês é mesmo inferior.

— *Isso...* — começou Helena. — Isso se chama amor.

— Amor? — Uma risada estrondosa pôde ser ouvida. — Amor nos deixam fracos. Ele limita, pois nos prende. Estou curiosa, criança. Com quem está ligada?

Helena trincou o maxilar. Tudo que não precisava era que aquela maldita descobrisse sobre James.

— Vamos ver... Não pode ser Número Três, visto que está morto. Então ainda temos Quatro, Seis, Sete e Nove. Supondo que é um dos números, claro. Você deve conhecê-lo muito bem e saber de todos os seus segredos. Quem é?

Helena se manteve em silêncio, apenas a encarando. Não tentaria achar respostas para soarem convincentes, sabia que Kaguyan não cairia em suas mentiras. Respirou fundo, sabendo que o pior estava por vir.

— Você realmente não entendeu nada do que eu disse antes? — indagou a Rainha Vermelha, soando mais ameaçadora. — Tenho fama de cruel, mas as pessoas me obrigam a tal. No fundo, não quero machucar você, mas não me deixa escolhas.

Helena era uma pessoa corajosa e permaneceu firme. Mesmo que talvez fosse o momento de sua morte, ou não, sabia de todas as razões pelas quais deveria ficar calada.

Kaguyan revirou os olhos até que um dos seus enormes tentáculos começou a se mexer. Helena se afastou para o mais longe possível, porém já estava próxima da parede, não havia para onde fugir. O tentáculo foi em direção ao seu pescoço e se enrolou ali. Helena arregalou os olhos ao ser tirada do chão.

Suas mãos tentavam se livrar do enlace, que já estava começando a deixá-la sem ar, e suas forças foram se esvaindo. Será que seria assim que iria morrer? Depois de tanto lutar, tanto treinar, morreria daquela maneira?

Helena não teve tempo de pensar porque logo a criatura estava soltando o agarre e jogando seu corpo no chão.

— Não vai falar? — Kaguyan tornou a perguntar.

Aquela criatura era uma desgraçada.

Helena se levantou, respirando com dificuldade, e a encarou com as sobrancelhas franzidas. Não iria atacá-la, sabia que não teria chances de sair dali sem conhecer o local. E suas forças também não estavam totalmente recuperadas. Era inútil tentar qualquer coisa naquele momento contra a Rainha Vermelha, pois era o seu território, então só lhe restava resistir.

Por alguns instantes, temeu por sua vida. Agora, no entanto, olhando para aquela criatura digna de pena, percebeu que não se permitiria morrer.

— Vá para o inferno — respondeu Helena e foi atingida por um dos tentáculos no rosto.

Eles tinham uma pele oleosa, assim como o resto de seu corpo, e eram pesados. Quando o contato com a pele de Helena ocorreu, sentiu uma ardência e verificou que um corte havia sido deixado ali.

— Criança ingrata! — gritou a criatura, acertando mais tentáculos em Helena. — Eu lhe dei a chance de me dizer o que quero para que não precisasse fazer isso. Mas é assim que shindenianos são! Inúteis! Desgraçados!

As dores aumentavam e os tentáculos estavam ficando mais pesados. Contudo, ao sentir uma sensação estranha que a sua situação piorara ainda mais, olhou para o seu braço e viu que algo parecia corroer a sua pele como... ácido.

Arregalou os olhos, sentindo as dores terríveis, e precisou urrar de dor. Em uma das vezes que foi atingida, algum resíduo que queimava foi deixado em seus braços e parecia tomar conta até seus ombros.

— O que é isso? — Obrigou-se a perguntar em meio à dor.

— É para você nunca esquecer que não deve me desafiar, criança.

A jovem se escorou na parede para tentar recuperar as forças. As grossas lágrimas já saíam. Ao olhar para os seus braços em carne viva, conseguiu torcer para que acabasse logo. Porém, o cheiro de carne podre a deixou atenta novamente. Sabia que não poderia se render.

Subiu o olhar para a criatura, que ainda a observava, irritada; talvez por perceber que não iria obter nenhuma resposta por parte dela.

Ela caminhou até a garota, e seus tentáculos tomaram a forma de navalhas. Helena observou e respirou fundo. Sabia que ainda não havia acabado.

Kaguyan começou a cortar a pele dela e mais urros de dor foram ouvidos. Ela perpassou por todo o corpo dela, barriga, pernas, e atingiu até mesmo nos braços, já com feridas abertas e quase nada de pele intacta. Helena quase desmaiou de dor.

— Agora fique aí. Morrerá lenta e dolorosamente.

Após isso, saiu da cela.

Helena só conseguiu pensar em James, no quanto sentia a sua falta. Sentia até mesmo a falta de vê-lo ranzinza e rabugento, logo que se encontraram na primeira vez. Sentia a falta de suas conversas e de momentos só deles, como a primeira vez que o recebera em sua mente. Sentia falta dos carinhos que trocaram quando não conseguiram segurar o que sentiam um pelo outro.

Respirou fundo como uma promessa silenciosa de que o veria mais uma vez. Para isso, precisava permanecer firme e aguentar até que tivesse uma oportunidade de escapar.

As dores insuportáveis turvaram sua visão. Helena escorou a cabeça na parede fria e se permitiu adormecer.

38

— Desgraçado! — vociferou James assim que rasgou a garganta de um Zeken com um golpe rápido.

— Inferno. Este lugar parece um enxame! — gritou William, atingindo mais dois com seus redemoinhos. — De onde eles vêm?

— Não importa! — Escutaram Alejandra gritar mais à frente, lutando com mais Zekens ao lado de Robert. — Deixamos um deles escapar e ele alertou os outros!

Ela desferia golpes potentes que, dependendo do local atingido, matava-os na hora, mas logo precisou se desviar dos tiros que uma outra leva de vermes começou a atirar.

— Que seja. Precisamos sair daqui! Parece que encontramos a colmeia deles — disse Robert, desviando-se dos tiros e conseguindo roubar uma das armas e passando a atirar nos vermes como resposta. — Vocês viram quantas cápsulas com clones?

— Depois discutimos isso, Robert! — gritou Alejandra após desviar com certa dificuldade de dois Zekens que a atacaram simultaneamente.

— Na primeira brecha, nós corremos! — berrou William, avisando aos três.

James se mantinha forte. Mesmo com os machucados espalhados por todo o corpo, ainda lutava com ferocidade. Parecia que a cada Zeken morto, mais sua fúria aumentava.

Aquilo para ele não era nada.

Não sabia de quantos tirara a vida, apenas tinha a consciência de que não era nem de longe o bastante. Desviou de tiros e golpes para ir, certeiro, a seus inimigos, no entanto uma dor dilacerante começou a assolá-lo como nunca sentira até então.

Suas feições se contorceram e quase não conseguiu escapar de um soco que um dos Zekens lhe desferiu. Porém, foi apenas daquela vez que conseguiu desviar, pois os golpes seguintes o atingiram sem que tivesse chance de tentar fazer algo. A dor era latente e parecia que sua pele estava sendo rasgada ao meio. Seus órgãos se contraíam e uma grande quantidade de sangue começou a escorrer por suas extremidades.

Ele caiu no chão, fraco, sendo alvo fácil de um grupo de Zekens que o cercou, entretanto logo foram dispersados com a ajuda de William, que surgiu ao seu lado com as feições em pânico.

— James, levante! — chamou-o, arrancando sua espada das costas e começando a cortar os Zekens que se aproximavam sem piedade. Por mais que matassem vários, muitos mais apareciam do fundo daqueles túneis. — James... James! Levante! — gritou, ensandecido.

Sabia que não poderia contê-los por muito tempo.

James tentava se erguer, mas a cada tentativa acabava por cair em seguida, sentindo aquelas dores.

Parecia que sua cabeça ia explodir!

Helena estava sendo torturada mais uma vez e isso o dilacerava. Não conseguia se concentrar, apenas a ouvia gritar em sua mente. Como queria que aquilo parasse... Como queria estar com ela...

— James! Reaja! — Ouviu a voz de William ao longe.

Seu corpo parecia tão pesado. Nem ao menos sabia como ainda estava consciente.

O esforço parecia não significar mais nada.

Suas forças estavam no fim, mas ainda assim, ouvindo os gritos desesperados de seu amigo, forçou-se a erguer o corpo. Precisava reagir. Helena estava sofrendo, estava sentindo dor. Não podia abraçar sua angústia e sentir tudo que ela estava sentindo. Aquilo só ia acabar matando os dois.

Se a queria de volta, precisava exclui-la de si. Deveria ignorar seus sentimentos, suas tristezas e dores.

Precisava ser frio.

Caso contrário, não sobraria mais nada de si para salvá-la.

— James, você está bem? — perguntou William, preocupado com o amigo, enquanto segurava o golpe de mais um Zeken.

— N-não, não estou — disse baixo, ainda cambaleante. — Precisamos sair daqui.

— Nós vamos! — falou Will, trincando os dentes, assim que girou o corpo e decapitou dois Zekens com sua espada. — Eu só preciso...

Antes que pudesse terminar de falar, William sentiu um impacto mais forte que qualquer um. A lâmina de sua espada foi ao chão, e, no segundo seguinte, seu corpo estava voando e batendo contra a parede do túnel, fazendo toda a estrutura de pedra tremer.

James arregalou os olhos com um frio na espinha. Viu seu amigo cair desacordado, e todos os Zekens pararam de lutar para receber o recém-chegado.

— Tanto poder contido naquela espada... — A voz rouca e familiar aos ouvidos de James soou, fazendo seu sangue ferver. — É uma pena vê-la ser manuseada tão porcamente.

— Duran — murmurou James, olhando para cima com o semblante ainda contorcido de dor.

— Olá, Quatro — cumprimentou Duran com um sorriso sínico. — Quanto tempo, não?

— Eu vou... vou matar você, seu desgraçado — ciciou James, trincando os dentes.

Estava ainda mais frustrado por se sentir tão fraco diante daquele que jurara matar.

— Bom, não vai conseguir desse jeito — rebateu o outro, debochado.

— Duran! Seu bastardo insolente — gritou Alejandra do outro lado, enfurecida. — Traidor! Mau-caráter!

— Olá, tia! Como a senhora está bonita... — Seu sorriso apenas aumentou, vendo o rosto da mulher se contorcer de raiva. — Decidiu dar uma chance, finalmente, ao velhote aí?

— Desgraçado! Você vai pagar por tudo que nos fez! — gritou ela, correndo em sua direção. — Vai pagar por ter levado meu menino!

— Se serve de consolo, ele foi o número, até agora, que deu mais trabalho — disse Duran, ainda sorrindo, enquanto girava sua espada. Uma onda de vácuo atingiu a mulher, fazendo-a cair e rolar várias vezes no chão. — Não é, James?

— Filho da puta! — murmurou, levantando seu corpo por completo, conseguindo ficar ereto.

— Ora! Conseguiu ficar de pé? Que bom, assim tenho um ângulo melhor para cortar você ao meio — disse, girando sua espada e a posicionando ao mesmo tempo que James fez uma onda elétrica percorrer todo seu corpo. — Não posso matá-la, mas vou me contentar em a levar sem algum membro...

Assim que o grisalho falou, sua lâmina cortou o ar, seguindo na direção do rapaz, que, instintivamente, levantou o braço a fim de tentar se proteger com um escudo de raios, porém este era inútil contra a potente lâmina, que seguia em sua missão de fatiá-lo.

James viu seu fim naquele instante e se frustrou por não ter conseguido cumprir nenhuma de suas promessas.

Jurara proteger Helena... e falhou.

Jurara vingar a morte de Lorenzo matando Kaguyan... e mais uma vez falhou.

Estava fadado a morrer perante a vergonha. Ele não era nada, apenas um sobrevivente.

Bruce estava certo. Sempre estivera certo.

Fechou os olhos, já conformado em ser levado e morto como todos os outros. Porém, um som estridente, alto e metálico foi ouvido próximo de seu rosto. Engoliu em seco com dúvidas se abria os olhos ou não.

— Você sabe muito bem quem esse garoto é, Duran. — Uma voz familiar para James soou atrás de si. — Teria coragem de matar meu irmão?

James prendeu a respiração, atônito.

Com muito custo, abriu os olhos e viu ali, diante de si, com uma adaga o protegendo de ser atingido pela grande espada, alguém que imaginou nunca mais ver. Alguém que acreditava estar morto junto a seus pais.

Soltou o ar em uma lufada, observando, estático, a mão trêmula do recém-chegado sangrando devido à diferença de forças e peso entre as armas.

— Ita — falou Duran com os olhos vidrados no moreno à sua frente.

Este se mantinha calmo, com as feições austeras e controladas.

— Neste mundo, respondo por Jacob James, irmão de James Crow.

Todos observavam o homem de estatura média que não tirava os olhos de Druan

— Finalmente encontrei você, Duran. — Os olhos de Ita ficaram avermelhados, assim como os de James. — Estava há muito tempo atrás de você.

Duran repuxou os lábios em um sorriso zombeteiro, ainda fazendo força para baixo com sua espada, medindo força com o ex-companheiro.

— Não estou surpreso... Esse sempre foi o seu papel, como minha sombra.

Duran estava furioso e sua vontade era socar tudo que aparecesse em sua frente; como aquilo era possível? Ita... estava morto! Cuidara para que os generais que matassem seus pais também acabassem com o Evellon mais velho da família.

Sua respiração se mantinha controlada, assim como seu corpo e a dureza que expressava em seu rosto.

A espada de Duran pareceu pesar em sua mão e seu cabo chegou a estalar em brasa, como se sentisse a presença de sua irmã tão próxima. Porém, a arma estava sendo empunhada não pelo seu ex-companheiro — ao qual acreditava estar morto —, mas por um dos números. Aquilo não fazia sentido, contudo não se comparava ao fato de ver Ita diante de si ainda segurando seu golpe com aquela adaga.

A mão de Ita tremia, todavia ainda assim sustentava o peso da grande espada sem se importar com a dor. Aquele movimento havia salvado seu irmão e garantido a proximidade de dois soldados de Shinden, permitindo que os dois mergulhassem na seriedade do olhar de cada um.

Duran trincou o maxilar, sentindo o ódio começar a assolar seu corpo e esquentar seu sangue. Ver Ita diante de si era o mesmo que ver um fantasma e, mais que isso, era ter a certeza de que o sacrifício que fizera por Rin e sua vingança de nada valera. O autor da morte de sua namorada estava vivo e com um olhar que parecia debochar dele.

— James, saia daqui.

A voz grossa de Ita fez James encarar seus cabelos longos, porte forte e olhar frio. Duran piscou e puxou sua espada com voracidade, afastando-se deles.

James, ainda sem entender, recuou com dificuldade, indo em direção a William, que continuava desacordado no chão.

Seus olhos flamejavam. Sua boca tinha um gosto amargo.

Estava feliz por ver seu irmão, contudo não sabia dizer se a alegria era verdadeira.

— Talvez seja meio óbvio... — começou Duran, posicionando-se para atacar Ita novamente —, mas como está vivo?

Viu o momento em que Ita riu de canto, endireitando-se e jogando a adaga no chão para avaliar seu ferimento na mão.

— Vou deixar você na curiosidade — respondeu, sarcástico, olhando o ex-companheiro por baixo dos cílios com um sorriso convencido.

Duran riu em resposta, trocando o cabo de sua espada para a outra mão.

— Você continua o mesmo esnobe de sempre, mas não por muito tempo — disse, girando o corpo junto da espada a fim de acertar Ita com um golpe mortal.

Nesse momento, Ita levantou uma mão na direção de Duran e esticou os dedos de forma rápida, fazendo todos ao seu redor perderem os movimentos devagar até tudo parar.

James olhava aquilo com assombro e sem entender.

A espada de Duran jazia parada no ar a centímetros de distância do pescoço de seu irmão. Aquilo era surreal demais! Logo olhou em volta e notou que os demais Zekens e até mesmo seus companheiros estavam da mesma forma.

— James. — Ouviu o chamado familiar de seu irmão e o olhou. Viu seus olhos banhados em sangue, assim como seu nariz. — Precisamos sair daqui.

— Como fez isso? — Foi a única coisa que conseguiu dizer. — O que você fez?!

— É o meu dom desenvolvido ao último nível, porém isso exige muito — explicou, afastando-se de Duran e caminhando cambaleante até os mentores. — Usar este poder é o mesmo que me automutilar.

James prendeu sua respiração, entendendo o que aquilo significava.

Toda evolução de poder tem um preço, pensou, olhando para seus braços feridos, assim como o restante de seu corpo.

— Irmão! Não posso suportar... vamos logo. — Ita o chamou e, com isso, levantou a cabeça para assentir com um olhar sério.

— Por que não estou como os outros? — perguntou enquanto pegava William e jogava seu corpo sobre os ombros, fazendo careta devido ao esforço.

— Não contava com isso, acredite, mas talvez seja pelo fato de você ser meu irmão — respondeu, tocando em Alejandra e em Robert, fazendo-os voltar a se movimentarem.

— Que porcaria de explicação — ralhou, carregando William em direção à saída do túnel.

— É a mais plausível que posso lhe dar — murmurou, colocando uma mão em seu rosto na altura dos olhos e se escorando em uma pilastra, enquanto os dois mentores voltavam a se mover aos poucos.

— Onde estava? — Ouviu seu irmão perguntar e aquilo o fez apertar os olhos com mais força.

Aquele poder era desolador e ainda ter que ouvir questionamentos ao qual não estava pronto para responder apenas dificultava ainda mais as coisas.

— Agora não é hora, Aeron.

— Esta é a hora perfeita — insistiu, vendo que Robert já começava a recobrar a consciência. — E não respondo mais por esse nome.

— Quer que eu o chame de James? Sempre problemas, então.

— Quero que me diga onde esteve todo esse tempo.

— Estou aqui agora, não estou? Isso não é o que importa? — vociferou Ita, apertando as mãos em punho.

— Não, não é — respondeu James, seco, voltando a andar, seguindo para a saída assim que Alejandra despertou por completo.

— Ita! Eu não acredito que está vivo — balbuciou, ainda atordoada. — Céus, o que houve com você? Está sangrando!

— Estou bem, general, mas agora precisamos ir — disse ele, seguindo James, que já estava a alguns passos mais à frente.

A mentora de Helena arregalou os olhos quando viu James pegar uma arma de um Zeken que estava parado ao seu lado e colocar o corpo de William no chão para apontar a arma na direção de Duran, que ainda se mantinha na posição.

– James, não!

James o olhou seriamente, sem entender.

– O que foi? Acha mesmo que vou sair sem matar o desgraçado que levou minha mulher?!

– Não pode fazer isso.

– E por que não? – A pergunta de James fez Alejandra e Rob olharem para Ita com a mesma interrogação. – Se não quer me deixar matá-lo, vamos levá-lo conosco. Podemos torturá-lo e arrancar informações dele para saber onde Helena está.

– Não, isso não vai adiantar. Deixe-o. – Ita voltou a dizer, aproximando-se do irmão com o cenho fechado. – Vamos resgatar essa tal Helena, mas vamos deixá-lo aqui.

– Está se ouvindo?! Precisamos dele – esbravejou James com os olhos flamejando. – A não ser que queira protegê-lo assim como sempre fez, não é?

– James... estamos ficando... sem tempo. – Ita começou a respirar com dificuldade e se desesperou assim que olhou para um dos Zekens próximos. Notou-o virar os olhos e fechar as pálpebras. – Estou perdendo o controle!

James pareceu notar o mesmo e estalou a língua em irritação.

– Vamos logo, então! Porém, você me deve satisfações.

Ita anuiu, apoiando sua mão espalmada na parede de tijolos, e começou a andar, cambaleante.

– Venha, garoto. – Robert se habilitou em escorar o corpo do Evellon, passando um braço atrás de seu pescoço e o apoiando no ombro. – James tem razão, você nos deve muitas explicações.

– Essa é a pior parte – respondeu, entre dentes, sentindo seus músculos se contraírem.

Continuaram seguindo até encontrarem Dylan e Erik lutando com alguns Zekens, coisa que fez James olhar para seu irmão logo atrás e estreitar os olhos.

— Você não tinha parado o tempo?

— Não. Apenas paraliso as pessoas em um determinado local.

James rolou os olhos, vendo Alejandra tomar a frente e ajudar os dois sem muitas dificuldades.

— Onde está Elisabeth e Chang? — perguntou ela, ofegante, olhando por cima dos ombros de Dylan e Erik.

— Estamos aqui.

Alejandra se virou, vendo o casal correr na direção deles com as roupas rasgadas e marcas de queimadura.

— O que houve?

— Não podíamos sair daqui sem deixar um presente. — Todos escutaram uma explosão saindo do túnel da onde vieram. Elisabeth sorriu, satisfeita. — Uma simples combinação de hidrogênio dos tubos que alimentava as cápsulas com os Zekens em gestação e um isqueiro.

— Bom trabalho, querida — falou Alejandra, sorrindo, mas foi surpreendida ao receber um abraço da outra.

— Certo. Precisamos ir! Ita está quase apagando! — alertou Robert, vendo-o começar a perder os sentidos. — Logo isso aqui vai estar cheio deles!

As palavras de Robert foram absolutas. Não houve mais paradas até saírem dos túneis do antigo metrô. Assim continuaram até alcançarem o avião.

Chang tomou os controles e levantou voo a tempo de ver vários Zekens no chão apontando suas armas para eles, contudo de nada adiantaria, uma vez que estavam a uma altura considerável para serem atingidos.

James olhou para baixo, lamentando não terem encontrado Helena. Ela estava em algum lugar ali perto, o qual aqueles túneis alcançavam. No entanto, não tiveram sorte.

39

Duran caminhou pelos corredores do esconderijo; estava distante de Kaguyan. Irritado e surpreso com o retorno de Ita e de seu poder, moveu-se no lugar vazio, restando apenas seu grito de ódio quando notou o que havia acontecido.

Não precisava da Rainha Vermelha o importunando naquele momento. Sabia que ela faria perguntas e não estava em condições de respondê-las. No entanto, sabia também que tinha uma pessoa ali que não iria julgá-lo.

Seguia a passos rápidos até o cômodo das celas. Ao chegar diante das acomodações de Helena, foi inevitável não se espantar com a forma como encontrou a garota. Ela estava sentada no chão com as costas escoradas na parede. A cabeça pendia, baixa, e os ferimentos em sua pele estavam horrendos. Ao notar sua presença, Helena subiu o olhar e o observou. Por alguns instantes, Duran teve que admitir que toda a raiva que sentia havia pouco foram substituídas pela pena que sentiu dela.

Mesmo que fossem inimigos e que não tivesse sentimentos por ninguém, ver o estado em que ela se encontrava revirou o seu estômago. Kaguyan tinha a visitado.

— Cuidado, Duran. Me olhando assim parece que está preocupado. — A voz baixa dela revelou o esforço que estava fazendo para falar.

— É impressão sua, querida — respondeu, tomando um gole de água da garrafa que tinha consigo. — Eu avisei você que isso poderia ocorrer.

— Com certeza. E isso exime você de toda a culpa — Helena soou sarcástica e revirou os olhos.

— Comeu algo hoje? — perguntou Duran, sentando-se no banco em frente à cela.

— Sua rainha maldita me deixou aqui para morrer — Helena respondeu, dando de ombros. — Certamente não mandaria comida para uma moribunda.

— Sinto muito. Vou providenciar algo para você comer.

— Não precisa, não irei conseguir comer desse jeito. Mas aceito essa sua água aí.

Duran sorriu de canto e se levantou, abrindo a cela com a chave que tinha consigo, e caminhou até ela, deixando a garrafa no chão ao seu lado para voltar a se sentar no banco.

— O que houve com você? Parecia irritado quando chegou — sugeriu Helena enquanto abria a garrafa devagar e tomava alguns goles.

Após tomar a água, Helena derramou um pouco em seus braços e suspirou de alívio ao sentir a regeneração aumentar.

Duran a observava e refletia sobre sua pergunta. Suspirou ao se lembrar de Ita.

— Hoje vi uma pessoa que deveria estar morta.

— E você ficou com raiva disso? — Ela levantou uma sobrancelha. — Não sei por que ainda me surpreendo.

Duran se levantou e caminhou pela sala, passando a mão pelos cabelos bagunçados.

— Aquele verme não podia estar vivo! Não depois de tudo o que fez a Rin!

— Espere, o seu melhor amigo está *vivo*? — perguntou Helena, franzindo as sobrancelhas. — Aquele que você falou que escolheu a vida de vários companheiros a de sua amada.

— Esse mesmo. Maldito Evellon!

— Evellon? — Ela ergueu uma sobrancelha. — O mesmo sobrenome de James em Shinden...

— Sim, Ita Evellon, irmão de James. — Duran voltou a se sentar. — Vou acabar com a raça dele na próxima oportunidade.

— Então por que não o fez agora?

— Porque... não esperava vê-lo, simples assim. — Passou a mão pelos cabelos e Helena soube que ele estava em luta interna. — Ele me pegou de surpresa.

— Eu sei por que você não o fez, Duran — respondeu a garota. — Apesar da raiva que sente dele, você ficou feliz por saber que está vivo.

— Não comece. Não estou com paciência para isso, Helena.

Observou o grisalho e imaginou como James estaria. Sabia quais eram os sentimentos dele pelo irmão e não conseguia imaginar a confusão que seria quando descobrisse que Ita estava vivo.

— Certo. Não vou importunar você. — Helena expirou. — Apenas acho que deveria pensar no que realmente quer, Duran.

— O que realmente quero?

— Sim. — Acenou. — Nós venceremos essa guerra. A cada dia ficamos mais fortes. Você vai estar ao lado errado quando Kaguyan sucumbir ou pode nos ajudar a vencê-la. Posso convencer os outros de que você não é mau.

— Ah, entendo. Você quer um meio de sair daqui para me entregar aos mentores logo após.

— Você não sabe nada sobre mim se acha que eu faria isso — disse Helena. — Nós nos doamos uns pelos outros, Duran. Não entregamos nossa própria gente.

Respirou fundo e fechou os olhos, indicando que a conversa acabara.

Ele se levantou e seguiu corredor adentro até seu quarto com as palavras da garota em sua mente.

40

William acordou horas depois com a cabeça latejando e um desconforto na altura de seu ombro.

— Cara... o que aconteceu?

— É melhor descansar, Will — avisou James, cruzando os braços e fechando os olhos enquanto escorava sua cabeça no encosto da cadeira. — Você se feriu feio no ombro e ainda ficou um bom tempo desacordado.

— Sério? — indagou, arregalando os olhos e notando seu ombro intocável. — Ué? Mas não tem nada aqui.

— Alejandra o curou — respondeu, sucinto, ainda na mesma posição.

— Ahhh... mas, James... — Will tentou dizer.

— O que foi?

— Aquele cara se parece com você... Ele não é...

— É — interrompeu James.

— Mas ele não estava...

— Estava.

O silêncio se prolongou. Aquilo parecia fervilhar na cabeça de James desde o início da viagem de avião.

— Pensei que ele estava morto... — deixou escapar, reprimindo-se e fechando os olhos, temendo o ralhar do amigo.

Porém, apenas escutou um muxoxo ressentido e um suspirar cansado.

— Eu também.

Mirou Ita, sentado mais afastado e com o corpo curvado apoiando os cotovelos nos joelhos. Seu rosto já estava limpo do sangue que outrora escapava dos olhos e nariz.

— O que minha espada está fazendo no banco ao lado dele, James?

— Não sei. Ele a pegou e ela não o queimou.

— Como não?! — exclamou William, já não conseguindo segurar sua irritação.

Aquela espada era sua e não permitia que outra pessoa a empunhasse. Primeiro porque queimava a mão daquele que a segurasse. Segundo porque, sim... era ciumento.

— Ela é minha — vociferou para Ita, que levantou a cabeça e o olhou entediado.

— Ela quem?

— A espada — disse, apontando para a arma ao lado dele. — Ela é minha.

— Não, não é — respondeu Ita enquanto William caminhava até ele e a pegava para si, voltando a se sentar, segurando-a possessivamente.

— Já disse que é minha! Não sei como não o queimou, mas isso não significa nada.

Ita revirou os olhos, levantando seu tronco para encostar suas costas no encosto da cadeira, e disse:

— Eu que de fato estou surpreso por ela não queimar *você*, William, mas é minha. Pertence a mim desde antes de Shinden sucumbir.

— Engraçado você dizer. — William franziu o cenho, irritado, e apontou o indicador para ele. — Se ela é sua como diz ser, por que estava comigo em minha cápsula quando caí aqui? Por que não estava com você?

Aquela pergunta chamou a atenção de James e até mesmo de Dylan, que ficou sabendo da história por Robert. Ambos olharam Ita, que fitava William com uma expressão fechada. Os olhos dele começaram a se tornar vermelhos, demonstrando a irritação iminente e crescente em seu peito.

Todavia, ele mudou suas feições, sorrindo de canto e suspirando alto, como se buscasse paciência dos céus. Os números aguardavam sua resposta com certa ansiedade, porém as palavras dele fizeram todos se frustrarem ainda mais:

— Isso não diz respeito a você — respondeu, ainda sorrindo e esticando sua mão na direção da espada que Will segurava com força. — Agora me devolva.

— Nem pensar! Você é mais arrogante que James quando o conheci! — disse, recebendo um olhar torto do amigo ao seu lado. — E esta espada é minha.

Ita estreitou os olhos.

— Certo, se é o que diz... — Com seu braço ainda esticado no ar, apenas balançou os dedos em sua direção chamando a espada pelo nome, Inya. Esta, assustadoramente, deslizou do aperto de William e voou até a mão esticada de Ita. Assim que a apanhou, sorriu, vitorioso. — Parece que ela não quer ficar com você.

William ainda permanecia espantado com o que acabara de ver. Sua espada atendera ao chamado de um desconhecido e não queimara sua mão.

— Como isso é possível? — balbuciou com os olhos arregalados.

— Porque, como disse... ela é minha — respondeu de modo arrogante, trazendo a espada para perto e a colocando em seu colo.

Esse movimento o fez notar um brilho intenso no anel direito de Ita. Um anel negro brilhava fracamente até se apagar. Por ora, deixaria como estava, mas não demoraria até ter sua amada arma de volta.

— Seu irmão é um pé no saco — ralhou William para James, não se importando de Ita ouvir.

Eles encararam o rapaz.

— Acredito que os ânimos baixaram o suficiente para você nos dizer onde estava.

Ita voltou a suspirar, irritado, porém não deu ao irmão uma resposta atravessada, uma vez que agora tal pergunta o fizera ser alvo dos olhares e atenção de todos ali, inclusive Chang, que ouvia tudo na cabine junto de Elisabeth.

— Estava atrás de uma relíquia valiosa. Algo poderoso o suficiente para enfraquecer Kaguyan.

— Que tipo de relíquia? — perguntou Dylan, sustentando o olhar.

— Uma pedra sagrada do antigo planeta que Kaguyan habitou e destruiu — respondeu Ita, colocando uma mão no bolso e tirando dele um objeto envolvido em um pano azul-escuro. Desdobrou o objeto e, assim que o livrou do pano, levantou a pedra para que os números e mentores pudessem ver. — Uma esmeralda de Gaiden.

— Isso não pode ser real! — exclamou Erik com as feições aterrorizadas. — Uma coisa dessas não se encontra em qualquer lugar, a não ser que você tenha ido até o planeta moribundo.

— Foi exatamente o que fiz. — Ita anuiu, dobrando os panos na preciosa pedra verde-azulada. — Lá o tempo é diferente que o terrestre, como bem devem saber. Os dias são mais longos que as noites e as tempestades de areia sempre dificultaram minhas buscas, mas a encontrei.

— Como descobriu sobre isso? — questionou Alejandra.

— Lhoris. — Foi tudo o que Ita respondeu.

Robert e Alejandra olharam de um para o outro e em seguida miraram Erik, que abaixou os olhos, encaixando todas as peças.

James tentou acompanhar a conversa. Sabia que os tutores muitas vezes usavam seus nomes do passado entre eles. Lhoris era seu tutor, chamado de Bruce na Terra.

— Isso explica muita coisa... Lhoris sempre foi ardiloso e astuto — disse Erik, massageando a têmpora.

— Ardiloso é um elogio para aquela cobra — falou Ita, e todos, principalmente James, prestaram atenção em suas palavras. — Ele me tirou de Shinden antes de sucumbir. E tudo isso graças ao trato que fez com Kaguyan.

— Lhoris era um bastardo, Erik — replicou Alejandra ao escutar Erik falar com orgulho do mentor de James.

— De fato, Alejandra, mas Bruce era um de nós — salientou Erik.

— O quê? — Robert e Alejandra falaram em uníssimo.

James franziu o cenho ao escutar tais palavras. Sabia que seu mentor guardava seus remorsos do rumo que as coisas tomaram, mas jamais imaginara que seria capaz de trair seu próprio povo.

— Lhoris, ou melhor, Bruce, era um agente duplo em Shinden. Traiu nosso povo e passava informações para Kaguyan — Ita continuou a falar devagar, medindo suas palavras, já que sabia que James ouvia. — Entretanto, no momento em que Kaguyan conheceu Duran, viu nele a chance que tanto queria para acabar com nosso planeta. Até mesmo ela sabia que Bruce era um covarde.

Um minuto de silêncio se fez presente. Aquilo era uma novidade para todos. William, inevitavelmente, olhou para James, que tinha a cabeça baixa e encarava o nada.

— Como essa pedra de Gaiden pode nos ajudar? — perguntou Robert, voltando sua atenção para Ita.

— Na verdade, não sei bem se vai funcionar — murmurou Ita, olhando para o embrulho em suas mãos. — O poder da relíquia se baseia em uma pedra valiosa de Gaiden e outra de Shinden. Por mais que o planeta estivesse devastado, em Gaiden ainda havia chão para pisar e ar para respirar, mas em Shinden tudo foi pulverizado. Kaguyan explodiu o planeta e nada mais restou.

Tal afirmação fez todos baixarem o olhar, amargurados. Sempre que tinham a chance de pôr as mãos em algo que pudesse deter a Rainha Vermelha, tudo ia por água abaixo.

James voltou a encarar o irmão, mesmo que ainda baqueado pela revelação sobre seu mentor. Não esperava descobrir algo dessa magnitude, porém também não desacreditava. Bruce sempre fora enigmático e ainda assim parecia ter um cuidado consigo. Em todo caso, após a sua morte, tanta coisa mudara. Era grato pelos aprendizados de seu mentor, mas aquele modo de vida escolhido por Bruce não o representava.

Quando se reaproximara de William e Rob e conhecera Helena, Lorenzo e Alejandra, mesmo que a contragosto, finalmente conseguira se sentir parte de algo maior do que jamais sonhara enquanto estava com Bruce.

Com certeza nunca admitiria em voz alta, mas eles estavam certos. Juntos eram mais fortes, juntos eles tinham uma chance concreta contra o inimigo.

Aquele modo de vida o representava, e não se deixaria abalar.

James soltou o ar e riu, irônico, da situação.

— Não me é novidade as coisas sempre se complicarem — disse, descruzando os braços e olhando para William. — Não teria graça se fosse simples assim, não é?

— Verdade. — Will sorriu. — Vamos continuar com o plano original. Matar Kaguyan da forma antiga — disse, empolgado, alargando ainda mais o sorriso.

— E sacrificando a vida de milhares de pessoas inocentes — pontuou Elisabeth, desmerecendo a fala de William.

— Já não era isso que íamos fazer? — indagou Dylan, olhando para o banco de Elisabeth ao lado de Chang, que pilotava. — Pelo que sei, esse era o plano original! Mais que isso, todas as forças militares dos humanos estão cientes agora do perigo que Kaguyan representa. Acha mesmo que apenas nós temos a obrigação de proteger este planeta sendo que os residentes mais antigos dele são os humanos?

— Dylan tem razão — Alejandra concordou, sorrindo. — Vocês, números, cresceram com o fardo de se fortalecerem para lutar contra Kaguyan; e nós, mentores, sempre estivemos ao lado de vocês para que isso fosse possível. A batalha não é assustadora para nós, está no nosso sangue, nascemos e vivemos para lutar. Agora cabe a nós irmos à guerra e sacrificar tudo por um bem maior.

— Que nostálgico escutar um discurso da senhora, general — comentou Ita, sorrindo de canto.

— Eu que o diga... Parece que faz séculos desde a última vez que estive diante de um exército de Shinden.

Suspirou.

— Tempos em que você colocava os calouros para sofrer e chorar pedindo por suas mães?

Robert a cutucou com o cotovelo, risonho.

— Ah, bons tempos — murmurou, alargando ainda mais o sorriso. — Mas fiz um bom trabalho sendo dura com Helena. Ela, sim, é da elite. Por isso tenho certeza de que está bem.

James a olhou com o canto do olho, concordando em silêncio. Sabia que sua garota estava viva, pois a sentia mais vibrante do que nunca. Porém, ainda se preocupava. Estava afoito e mais frustrado ainda com as emoções de agora.

Ita estava de volta, contudo ainda não tinha plena consciência do que sentir dali em diante. Seu irmão estava vivo, mas não fizera questão nenhuma de mandar qualquer sinal de localização.

Não se importava com ele. Nem mesmo quando era menor...

Sempre tivera seu companheiro de batalha como irmão, mas não dava muita atenção. Agora descobrira que esse companheiro era Duran, e isso parecera o enfurecer ainda mais após ter que deixá-lo para trás por um mero capricho de Ita.

Quem sabe lá o que podia estar fazendo com Helena agora?

Tudo porque Ita quisera poupar a vida daquele traidor!

O avião finalmente pousou no hangar, todavia não foram tão bem recebidos ao darem de cara com Morino com os braços cruzados rentes ao peito, esperando-os descer do avião.

— Não sabia que minha autoridade estava abaixo da sua, Elisabeth. — Sua voz terrosa soou, ecoando por todo o hangar.

— Não fui contra sua autoridade, Morino, apenas quis poupar a vida do seu pessoal em uma missão recheada de incertezas — explicou ela, aproximando-se do homem com seriedade. — Como sei bem, o senhor não gosta dessas incertezas e apenas dá a ordem para algo quando tem provas e argumentos suficientes. Por esse motivo, não quis envolver seus homens.

— Isso não muda o fato de não ter me reportado — contrapôs ele, estreitando o olhar para a moça.

— Esse de fato foi o meu erro. Prometo que isso não voltará a acontecer — disse sem baixar a cabeça e mostrando sua altivez.

— Conversaremos mais sobre isso lá dentro, Oito — respondeu, amargo, dando-lhe as costas. — Já adianto que quero saber quem é esse novo rosto no meio de vocês.

— Sim, senhor — confirmou a contragosto.

Sabia que as consequências daquela escapulida sobraria para ela.

41

Helena respirou fundo.

Precisava fugir dali, não poderia morrer daquele jeito, e sabia que Duran seria fundamental nisso, afinal a Rainha Vermelha já estava impaciente e acreditava que já tivesse chegado aos seus ouvidos que Helena não havia morrido após a sua sessão de tortura.

Duran chegou para visitá-la como fazia nos últimos dias.

Ele não a torturava mais, apenas se sentava no banco diante da cela dela e ali permanecia. Puxava um assunto ou outro, às vezes falava de Rin, seu antigo planeta, e como tinha se unido a Kaguyan.

Helena notou, no entanto, que ele não mais falava com raiva ou rancor, apenas contava histórias, lembranças e recordações.

— Está chovendo.

Saiu de seus pensamentos ao escutar a voz do grisalho.

— A última vez que me lembro de ter visto chuva foi no dia em que Lorenzo morreu — respondeu, levantando-se e encarando o mais velho.

— O que está acontecendo com você, querida? — questionou Duran, levantando uma das sobrancelhas.

— Há algum tempo descobri um poder, algo... diferente e estranho — comentou, ainda sem tirar os olhos dele.

— Do que está falando, Helena? — questionou Duran, levantando-se, franzindo as sobrancelhas.

— Não sei bem aonde essa descoberta vai me levar, mas tenho que tentar.

— Tentar o quê? Fale para que possa tentar ajudá-la. — A voz de Duran era baixa, mas séria.

— Sinto muito, Duran. Preciso fazer isso para voltar para eles.

Ela levantou as mãos — um tanto trêmulas — e as apontou para ele, dominando seu sangue, forçando-o a obedecê-la.

— Que diabos? — Duran não conseguia se mexer. Mesmo que forçasse os seus músculos, eles se tencionavam, porém nada acontecia; não saía do lugar. — O que você fez comigo, Helena?

— Dominação de sangue — respondeu em um sussurro, já sentindo um pequeno corte se abrir no braço.

Como já havia planejado usar a dominação para sair dali, concentrou-se em qualquer coisa que não fosse James. Sabia que se pensasse demais nele, a ligação estaria mais forte e o garoto se machucaria, portanto tratou de enfraquecê-la o máximo que pôde.

— É uma dominação proibida, Helena. Você não deve fazer isso. Elevar seu poder a um nível tão alto traz grandes consequências! — falou Duran, e ela anuiu.

— Sei disso, mas preciso sair daqui. Isso já se estendeu demais.

Respirou fundo e forçou as mãos para dominar Duran, obrigando-o a pegar a chave e abrir a sua cela. Não foi uma tarefa fácil, porém após alguns minutos ela quase sorriu, aliviada, quando caminhou para fora.

Contudo, seu caminho para sair dali tinha apenas começado.

— Helena, me liberte. Se Kaguyan descobrir que você está fugindo, vai acabar conosco — falou Duran enquanto caminhavam pelo corredor da sala das celas.

— Não posso, Duran. Desculpe por envolvê-lo nisso, mas... preciso sair daqui.

Os seus braços estavam repletos de cortes e sangue escorria por eles. A dor não era insuportável, mesmo assim não estava sendo fácil manter a concentração e conciliar as fisgadas a cada abertura de ferida com a dominação.

Caminharam mais alguns corredores, e Helena só conseguia torcer para que nenhum Zeken aparecesse, senão teria que nocauteá-lo ao mesmo tempo em que dominava Duran.

— Helena, você sabe que não irá a lugar nenhum — disse Duran enquanto seu corpo fazia o caminho do salão contra sua vontade.

A sensação que tinha era de que suas veias queimavam e seus músculos se contraíam de modo que o forçava a dar passadas desgovernadas.

— Continue andando, Duran — rebateu ela, sentindo alguns cortes na barriga se abrirem.

Chegaram ao meio do enorme salão presente dentro daquela caverna, e Helena ainda tentava pensar em uma solução para conseguir sair dali. Pelo menos enquanto Kaguyan não tornasse a aparecer.

Havia uma chance.

Sentia-se fraca e o ferimento na barriga já começava a incomodar ainda mais.

Helena continuava a caminhar — já com dificuldade — e a cada passo se tornava mais maçante dominar o sangue de Duran. Mais algum tempo e ela perdeu o controle que tinha sobre ele. Nessa situação Duran aproveitou e correu para longe dela, sabendo que ela estava fraca.

— Eu disse, não foi? — o mais velho falou, respirando rápido. — Você não conseguirá sair daqui.

Helena mantinha o olhar preso nele, as feições em um misto de irritação e determinação. Sentia dores, e o ferimento na barriga já manchava de sangue toda a sua roupa.

— Vou sair. Não vou morrer aqui — disse ela , entre dentes, já se ajoelhando por conta da dor.

— Não acreditaria nisso se fosse você — falou Duran, acenando com a cabeça para que os Zekens se aproximassem dela.

O primeiro ela socou no meio da cabeça, fazendo-o cair para trás, esquivou-se do ataque de faca do segundo, acertando-o na barriga. Helena lutava em um ritmo rápido, defendendo-se dos que se aproximavam e atacando com seus belos e poderosos socos. Entretanto, sentia que estava ficando mais lenta; precisava achar um modo de se curar o mais rápido possível.

Deu alguns passos para trás, ficando a uma certa distância deles. Respirava descompassadamente, e, por mais que sua expressão fosse de determinação, já começava a se desesperar.

— Cadê toda a sua força, Helena?

Voltou sua visão a Duran, parado atrás dos Zekens.

O rosto do homem se contraiu, como se estivesse em uma luta interna enquanto olhava a garota cair de joelhos.

— Já disse a você que não vou morrer aqui! — gritou Helena, levantando-se com dificuldade. — Não vou!

— Por que quer voltar, Helena? — Duran deu alguns passos à frente. — Logo todos estarão mortos.

A garota tentava a todo custo se manter em pé enquanto os Zekens voltavam a se aproximar dela. Ela se defendia, prestando atenção a todo momento nos olhos atentos de Duran.

— Eu vou voltar para minha família, Duran — respondeu ela assim que suas mãos ficaram envoltas pela chama verde, já socando os Zekens que se aproximavam. — Sabe o que é isso? O significado da palavra?

— Família? — perguntou ele. — Você não tem mais família, se lembra disso?

— Quem disse que não? Você não sabe mesmo o significado, Duran — respondeu ela, socando o chão e derrubando os Zekens dentro da cratera que criara com seu poder.

Ela respirou fundo, porque agora só restava ele para derrotar.

— Família é um laço que se forma através do amor — disse Helena, sendo observada por ele. — Família não é distinguida por sangue ou raças, mas por compaixão, amizade e carinho! Duran, o planeta que você ajudou a destruir podia ser cheio de defeitos, mas também era cheio de vida, pessoas e crianças. Havia amor lá, amizade! Eu sei que sofre por Rin, porém não deixe com que o sacrifício dela seja em vão! Porque ela amava Shinden. O *seu* amor amava todo aquele planeta. Amava você e sei que teria se sacrificado de outra maneira, se fosse necessário.

Helena parou de falar quando sentiu a necessidade de tossir. Ao fazê-lo, viu sangue no braço em que colocara sobre a boca. Tirou a mão que pressionava sua barriga e percebeu que também estava encharcada de sangue. Sabia que sua situação não era boa.

— Posso não ter mais parentes vivos, mas tive a oportunidade de ter uma segunda mãe, cresci ao lado daquele que se tornou um irmão, e que por culpa de suas criaturas está morto. — Deixou-se cair de joelhos com feições de dor. — Também ganhei outro irmão hiperativo, porém que tem um coração incrível. E talvez... talvez alguém que possa seguir a vida ao meu lado, um amor grande. Eles são minha família e não vou morrer aqui, não sem vê-los uma última vez!

O silêncio reinou por alguns instantes. Ambos se enfrentavam em uma luta de olhares e não moviam um músculo sequer.

— Vamos, Duran, lute comigo — disse ela com dificuldade. — Haja como um homem que luta de frente com o inimigo pelo menos uma vez, e não como o verme que se esconde atrás de lacaios.

— Você não está em condições de lutar, Helena — replicou ele, cruzando os braços.

— Eu acabo com você mesmo assim. — A garota tossia sangue. — Admita. Admita que você não quer me matar, que em um lugar dentro de você ainda existem sentimentos bons.

— Não fale besteiras.

— Se estivesse errada, você já teria me matado. — Fez um esforço para impulsionar o seu corpo e se levantar. — Você teve várias oportunidades, mas não o fez.

Helena olhou para os cantos e direcionou suas mãos para o solo, concentrando-se para puxar a água que jazia ali. Tão logo o chão começou a tremer e o pouco de água que se encontrava no solo formou uma pequena bola em sua frente, a garota usou o que conseguiu de líquido para envolver sua barriga na tentativa de se curar nem que fosse um pouco.

— É inútil. — Ouviu a voz de Duran e aquilo estava a irritando.

— Não vou morrer aqui! — gritou mais uma vez.

Helena pensava na possibilidade de correr até ele e duelar corpo a corpo, talvez houvesse uma chance. Contudo, seus pensamentos pararam de matutar uma saída para a sua situação ao ouviu alguém batendo palmas e se aproximando.

— Lindo discurso. — Era Kaguyan, e um frio correu por sua espinha. — É uma pena, Cinco. Uma menina tão bela como você morrer dessa maneira. Talvez use o seu corpo em minha próxima troca.

— Ou talvez eu arranque esse sorriso medíocre do seu rosto — proferiu Helena, mesmo sabendo que nas condições em que estava não seria páreo para a Rainha Vermelha.

— Criança estúpida — falou ela, apresentando sinais de irritação. — Você conseguiu corromper até mesmo meu melhor homem.

Kaguyan se voltou para Duran, que observava as duas, e com um dos seus tentáculos acertou o corpo dele como se fosse um peão. Helena se espantou pela atitude repentina e se desesperou mais ainda, afinal o shindeniano era a sua única chance de sair dali.

— O que está fazendo? — questionou Duran com dificuldades, apertando a mão sobre a barriga machucada.

— Você não é mais leal, Duran. Não me serve mais — falou Kaguyan com um olhar entediante. — É uma pena. Você jamais irá trazer sua amada Rin de volta.

— É mentira! — Helena gritou o óbvio, chamando atenção dos dois. — Você o manipulou esse tempo todo. Rin nunca mais vai voltar, Duran! Você viveu uma mentira todo esse tempo!

— Isso é verdade?

A Rainha Vermelha sorriu para ele.

— Você era apenas um tolo desesperado, Duran. — Ela manteve o seu sorriso irritante. — Desesperado por sentimentos, precisava sentir algo, não importava o que fosse, e me aproveitei disso. Dei-lhe a melhor coisa que se pode querer: uma chance de vingança. E você a desperdiçou.

— Maldita! — urrou Duran, correndo em sua direção.

Ela levou um dos tentáculos em direção a ele, segurando-o contra a parede.

O homem não conseguiu se mover e também não tinha nenhuma arma consigo para se livrar do aperto dela.

— Vocês, shindenianos, são fracos — disse Kaguyan, olhando Duran e depois Helena. — Sabe, Duran, não foi o primeiro shindeniano que corrompi. Se me lembro bem, ele se chamava Lhoris... Era uma cobra, capaz de trair até mesmo a mim e conseguir sair impune.

— Bruce? — Helena deixou escapar, surpresa.

Então era real... Bruce, o mentor de James, era mesmo um traidor. Lembrava-se do dia em que Shinden sucumbira. Bruce fora um traidor.

Então por que ele não falou a Kaguyan que James portava aquele dom?

— Esse mesmo. Bruce. Ele sabia o fim que Shinden teria e nada fez para evitar. Era o meu agente duplo, me trazia informações e ainda foi escalado para ser um mentor. Era o plano perfeito. — Kaguyan falava com um olhar distante, mas ainda assim atenta a todos os movimentos de Helena. — Outro covarde! Resolveu sumir alguns meses após chegar à Terra. Sem me dar explicações, sem me questionar... Ele simplesmente sumiu com aquele seu protegido!

Suas feições se transformavam em puro ódio ao citar tais lembranças.

— Mas eu o encontrei. Meus filhos fizeram um ótimo trabalho acabando com a raça daquele maldito traidor! Agora vocês dois irão morrer como todos os shindenianos antes de vocês, então matarei o que sobrar dessa raça inferior...

— Apenas você irá morrer — respondeu Helena, encarando a criatura.

A Rainha Vermelha olhou para a garota com um sorriso de puro escárnio no rosto. Lançou um dos tentáculos em Helena, que desviou, e mais outros vieram. A garota, por sua vez, formou em seus punhos os bisturis de chama verde e os usou para cortar os tentáculos que a outra usava para atacá-la.

— Garota insolente — disse ela ao desferir um soco no rosto dela, que caminhou alguns passos para trás por conta da dor.

Helena estava exausta e sentia suas chances de escapar dali se esvaindo.

Kaguyan lançou novamente um ataque, e Helena conseguiu cortar alguns pedaços do que parecia ser o corpo dela; a criatura gritava de raiva e dor.

— Já chega! — gritou a Rainha Vermelha ao acertar mais um soco na bochecha dela.

— Não vou morrer aqui — resmungou a garota, caída no chão.

Os ferimentos na barriga haviam amortecido e não conseguia mais senti-los, sabia que provavelmente já estariam inflamando. Seu rosto estava todo machucado por conta dos socos e tapas que levara da Rainha Vermelha.

— Estou cansada de você.

Kaguyan olhava para a garota sentindo nojo da inferioridade dela.

Um de seus tentáculos enrolou o pescoço de Helena, levantando-a alguns metros do chão, fazendo-a ficar sem ar e se remexer na tentativa de se soltar; outro ficou reto e pontudo como uma espada.

A mulher observava tudo com prazer e sorriu ao ouvir o urro de dor da garota quando o tentáculo perfurou a barriga dela como uma espada. Soltou uma risada debochada ao ver Helena cair de joelhos com os olhos arregalados e observando o enorme buraco que se encontrava ali.

— Morra, agora — disse a Rainha Vermelha.

Em seguida, largou o corpo de Duran no chão e seguiu por onde viera minutos antes.

Helena viu sua visão desfocar aos poucos, mas conseguiu observar o corpo grotesco de Kaguyan enquanto se retirava. Notou também o corpo caído de Duran. Ele tinha alguns ferimentos, contudo mantinha os olhos abertos e vidrados nela. Viu-o se levantar e cambalear em sua direção.

Pela primeira vez na noite, pensou em James, Alejandra e Will. Pensou em Enzo, considerando que se encontraria mais uma vez com seu irmão e que o ouviria dizer: "Estava esperando você, coisa rosa".

□

James seguia no hangar junto com outros números. Passou por Morino, que expressava irritação profunda por não ter sido consultado, e olhou para William. Antes que pudesse dar um sorrisinho ao amigo, ralhando de Morino, sentiu uma forte agulhada no coração.

Caiu desacordado no meio de todos, como se seu cérebro tivesse sido desligado como um interruptor. Morino e William se assustaram, assim com os tutores, que correram na direção do corpo de James.

42

A consciência de James voltava ao mesmo tempo que seus olhos negros abriam. A luz branca incandescente irritava suas íris, fazendo-o colocar a mão sobre o rosto a fim de proteger os olhos sensíveis da luz.

Aos poucos, foi se acostumando com a claridade e se situando.

Suspirou, irritado, ao constar que estava de novo na enfermaria. Desde que passara a sentir seu corpo corresponder às crises pelas quais Helena passava, aquele lugar virara seu segundo quarto. No entanto, dessa vez não sabia o motivo de estar ali.

Lembrava-se de ter saído do avião e entrado no hangar junto dos demais. Lembrava-se de caminharem na direção de Morino, que, por sinal, não parecia feliz. Depois disso, nada mais lhe vinha em recordação.

— Droga — murmurou, fechando os olhos com força ao tentar se ajeitar na cama e receber uma fisgada no braço da agulha que perfurava sua pele para receber soro.

— Vá com calma, cara. Você assustou todo mundo. — Ouviu a voz de William soar ao seu lado com ar de preocupação.

— O que aconteceu? — perguntou, retirando a agulha e arrancando com impaciência os adesivos cardíacos grudados em seu peito. — Por que estou aqui?

— Bom... — William hesitou, ajeitando-se na poltrona ao seu lado. — Estávamos descendo da plataforma e você caiu. Do nada. Alejandra ficou em desespero por não saber o que acontecia com você.

— É claro, ela sabe que se desfaleci é porque Helena não está bem.

— Mas está viva, porque você está bem... certo? — questionou Will.

— Sim. — James comprimiu os lábios e fechou as mãos em punho ao ver uma grande marca avermelhada em sua barriga. Foi inevitável não sentir um gosto de cobre lhe subir à boca e em seguida tossiu repetidas vezes. — Ela está piorando a cada instante — disse, olhando o sangue que acabara de cuspir ao tossir.

— James...

— Tenho que sair daqui. Me ajude — interrompeu-o, arrancando o lençol do corpo e esticando as pernas para descer da maca.

— Alejandra falou para você continuar aqui em observação — alertou, apoiando o amigo em seu ombro para ajudá-lo a caminhar.

— Alejandra não manda em mim — ralhou James, apoiando-se em seu ombro, ignorando o fato de estar sem camisa.

Seus ferimentos e cicatrizes podiam ser vistos com facilidade, mas aquilo não o incomodava. Com um suspiro resignado, Will começou a caminhar a passos lentos para que James pudesse se acostumar. Confessava que tudo aquilo pelo que o amigo estava passando era assustador. Não se imaginava passando por tudo que James e Helena passavam. Essa ligação era tenebrosa e, mais do que isso, perigosa demais aos seus olhos.

William soltou o ar pela boca, sentindo-a secar.

Sabia que James suportava muita coisa calado. Ele não queria ser o centro das atenções, como sempre. Preferia carregar aquele fardo calado e sozinho para não preocupar ninguém e talvez tentar passar um pouco de conforto para Helena.

Sentia orgulho do seu amigo.

Orgulho e respeito.

Não era qualquer um que aguentaria tudo isso em silêncio, até porque Helena ainda tinha o dom de se regenerar, já James... vivia recebendo cuidados e sendo alvo de preocupações constantes, mesmo não querendo isso.

Olhou de canto para James, notando o quanto estava pálido, mas a voracidade no olhar e sua corriqueira carranca mascaravam quaisquer sinais de fraqueza que tivesse. Sorrir era quase inevitável por entender seu amigo.

— Aonde quer ir? — perguntou, desviando o olhar para frente.

— Onde Ita está?

— Na sala de convivência.

— Então é para lá que vamos — respondeu, soltando o ar com força e se desvencilhando do braço de Will. — Já estou bem para ir sozinho.

— É claro que está — ciciou William, sorrindo de canto, sendo recebido por um olhar estreito do outro.

Caminharam pelo extenso corredor, passando pelas alas de pesquisa e treinamento, até chegarem próximo dos quartos e, por fim, a sala de convivência.

Assim que chegaram, ouviram burburinhos no interior, e a voz que mais se destacava era a de Ita. Aquilo apenas fez toda a irritação pelo irmão voltar à tona. Não podia perdoá-lo após livrar Duran de ser pego.

— Ainda está puto, não é?

James suspirou, espalmando a mão no batente da porta enquanto via todos conversando com o irmão mais velho no centro da sala.

— O que acha? — James olhou para o amigo e voltou a fitar o irmão. — Podíamos ter Duran aqui agora, tirando tudo dele, inclusive a localização dela.

— Você precisa ficar calmo, James.

— Já estou cansado de ficar calmo — rebateu, trincando o maxilar. — Ficar calmo de nada adiantou até agora — disse, entrando na sala.

William suspirou alto.

Não podia tirar a razão do amigo, uma vez que também estava cansado de toda aquela situação. Era nítido o desgostar da vinda de Ita para James, no entanto entendia mais que qualquer um a sua frustração.

Quando mais novo, James era de poucas palavras, mas algo que ele sempre comentava era a falta que sentia do irmão. Dentre todos os familiares que se foram, perder Ita lhe doera mais, e agora estava de volta. Surgira dos mortos agindo como se nada tivesse acontecido. Como se os anos não tivessem passado. Como se James ainda fosse aquele garotinho inocente e imaturo.

Todavia, sabia que o moreno provaria o contrário para Ita da pior forma possível e, sinceramente, esperava ansiosamente.

Até porque... ainda estava irritado por Ita ter tomado sua espada.

— Cara idiota — murmurou Will antes de entrar na sala e se acomodar no sofá ao lado da doce Lia, que se assustou ao vê-lo se aproximar. — Desculpe se a assustei.

— Não, eu estava distraída. — A garota deu um sorriso tímido. — Ita estava contando como chegou à Terra com sua nave quase entrando em pane.

— Me deixe adivinhar, ele deve ter dado um jeito usando apenas fita isolante.

Observou a moça rir alto, chamando a atenção de todos para si. Assim que Lia notou tal coisa, seu rosto se avermelhou e afundou seu corpo ainda mais no sofá.

— Desculpe.

William sorriu do constrangimento dela. Era adorável. Queria poder ter mais tempo para passar conversando com ela.

— Chegar aqui não foi lá tão problemático — continuou Ita, ignorando o riso. — A dificuldade maior foi me acostumar com a vida aqui.

James revirou os olhos.

— O que andou fazendo assim que chegou? — Sua voz soou fria e indiferente.

— Já expliquei, irmãozinho, estava buscando a localização de Kaguyan — respondeu Ita, encostando as costas no sofá.

— E o que esperava com isso? Acabar com ela sozinho? — perguntou, sarcástico. — Pelo que eu saiba, os números foram enviados até aqui com este objetivo: se fortalecer para destruí-la.

— Quero acabar com isso sem sacrificar suas vidas. — Ita não se abalou com o tom de voz do irmão. — Não quero que nenhum shindeniano morra.

— Engraçado você dizer isso. — James estalou a língua, cruzando os braços. — Número Um, Kylie Collard, Número Dois, Dimitri Ivanov, e

Número Três... Lorenzo Garcia... — Suspirou, engolindo em seco, sendo alvo não apenas dos olhos de seu irmão, mas dos de Alejandra também. — Eles foram mortos. Fora a quantidade absurda de vidas humanas que também se perderam por terem ficado em fogo cruzado entre os Zekens e nós. Acho que está criando expectativas demais.

Ita desviou o olhar por alguns segundos antes de voltar a fitar James.

— Eu queria proteger você, irmãozinho. — Sua voz soou mais amena. — Se algo acontecesse com você, nunca me perdoaria.

Aquela declaração só serviu para enfurecê-lo ainda mais.

— Quantos anos acha que tenho? Acha que ainda sou uma criança? — rosnou James, ameaçador. — Sou mais homem que você!

— James — censurou Alejandra. — Já chega.

— Já chega? — James se voltou para a mulher com os olhos arregalados em indignação. — Ita já contou a vocês o motivo de ter deixado aquele desgraçado do Duran para trás? Por que poupou sua vida?

— Ele era meu amigo, James! — Ita se defendeu, levantando-se em um rompante. — Meu irmão de batalha.

— Isso não justifica nada! Ele escolheu o lado de Kaguyan!

— James! — Alejandra o chamou mais uma vez. — Precisa entender o lado dele! O que você faria se fosse Will?

Tal comparação fez James abrir e fechar a boca várias vezes.

— Pelo que Ita nos disse, Duran fez escolhas erradas, mas ainda assim é um de nós.

James sorriu, sarcástico, e caminhou até Alejandra, que o olhava atentamente. Este, ao parar diante dela, retirou o colar com o rubi de seu pescoço e o balançou diante do rosto da mentora, fazendo-a lacrimejar.

— Ele matou Enzo — murmurou, estreitando os olhos ao notar uma lágrima solitária despontar dos olhos caramelos da mulher. — Destruiu um planeta inteiro. Isso para mim é motivo o suficiente para condená-lo.

— Você não entende, não é, James? — Ita o chamou mais uma vez, com a cabeça baixa.

James se afastou da mulher e se voltou para o irmão.

— Tem razão, eu não entendo — disse ele. — Graças ao seu *amigo*, Helena está lá... sofrendo todos os dias desde que foi capturada. Graças a Duran, fizeram isso a ela. — Levantou a camiseta, deixando à mostra a grande marca em sua barriga. — Se isso está assim em mim, já imaginou como está nela?

James rumou até a saída, arrumando a camiseta.

— Você fala sobre ele com um pesar tão grande, arrisco dizer que seja até remorso. — Antes de cruzar a porta, virou-se uma última vez para fitar o irmão. — Chego a pensar que você possa estar envolvido nessa história. Talvez tenha feito algo a ele... algo muito ruim, como vi nos olhos dele naquele túnel.

Aquelas foram suas últimas palavras. Não queria mais ficar um minuto sequer naquela sala, já que seu irmão não estava sendo de serventia alguma.

Caminhou a passos largos em direção ao laboratório, porém foi parado por Morino, que se mantinha de braços cruzados ao lado de sua sala.

43

Helena acordou sentindo tonturas e fortes dores na cabeça; a única coisa que conseguiu mexer sem sentir uma dor maçante no corpo foi a parte do pescoço. Olhou para os lados e se desesperou, notando que estava em um lugar um tanto escuro e deserto.

Será que estava de volta ao esconderijo? O que havia acontecido?

Não esperava sair viva daquele lugar.

Tentou se mover e se levantar, mas o ferimento na barriga estava doendo demais.

— Eu não levantaria daí se fosse você. — Escutou a voz de Duran e franziu as sobrancelhas para ele.

— O-o que houve? — Conseguiu perguntar com esforço.

— Kaguyan mandou Zekens para acabar com o que restou de nós. Consegui pegar você e sair de lá antes que eles chegassem. — Duran estava sentado no chão perto dela, mantendo as costas acomodadas na parede da grande sala vazia em que eles se encontravam. — Não se preocupe, estamos seguros. Os Zekens não conhecem este lugar.

Helena tinha que admitir que Duran tinha feito um bom trabalho ao cuidar de seus ferimentos. Seu corpo estava bem aquecido em alguns cobertores e havia um amontoado de roupas ao seu redor para acomodá-la melhor. Havia também pequenos pedaços de pano molhado com água sobre sua barriga, rosto e braços.

Ela estava muito machucada e sabia que sua regeneração não faria efeito naquelas condições. O ferimento na barriga era enorme e certamente algum órgão teria se comprometido por conta do tentáculo de Kaguyan. Helena precisava dos cuidados de Alejandra.

— Por quê? — A voz da garota era baixa e fraca; estava sem forças. — Por que me salvou?

— Você me lembra ela... Rin. — Essa foi a primeira vez que Duran subiu o olhar e encarou a garota desde que ela acordara. — A sua força e bravura e até mesmo o modo como fala de seus ideais e de seus amigos. Não poderia fugir e deixar você lá.

Após terminar de falar, cruzou os braços e abaixou o olhar, respirando fundo. Duran tinha olheiras profundas e parecia não dormir ou descansar havia dias. Ela continuou o fitando enquanto seus olhos ardiam por causa das lágrimas, fazendo os ferimentos arderem.

Nem acreditava que estava livre daquele lugar horrendo, que podia respirar um ar fresco e que ainda teria esperanças de ver a lua ou o sol. Mesmo machucada daquela maneira — e não sabendo se sobreviveria —, sentia um alívio enorme por não estar mais presa naquela cela.

— Sabia que você não era mau — falou ela com dificuldade.

— Eu torturei você, querida. Como pode dizer isso? Você tem que me odiar por tudo o que fiz. Torturei Lorenzo, ajudei a destruir o seu mundo, sua família.

Ele voltou a olhá-la, semicerrando os olhos ao vê-la desabar daquela maneira.

— As pessoas não mudam, Duran. Você nunca foi mau, apenas precisava se entender novamente. Fico feliz por ajudá-lo a se encontrar. — Respirou fundo. — Eu perdoo você por tudo. Você ainda irá honrar o nosso mundo.

Helena parou de falar, então o homem se levantou para auxiliá-la, vendo-a tossir sangue. Sua boca já atingia uma tonalidade esbranquiçada.

— Você precisa de cuidados — falou ele, vendo que sua situação estava piorando. — Se não fosse pela sua regeneração, já estaria morta.

— Apenas Alejandra pode me salvar.

— Estamos longe demais dela, em uma das ramificações dos túneis, em um lugar que não está mais sendo usado. Não terão como nos encontrar, e demorará dias até chegarmos lá.

Ele secou o sangue que escorreu pela boca dela para voltar a se sentar em seu lugar.

Mais lágrimas começaram a escorrer pelo rosto dela, e Duran tinha que admitir que se compadecia em vê-la tão quebrada. Nunca tinha parado para pensar no quanto tudo aquilo deveria estar sendo difícil.

— James... está sentindo as dores dos meus ferimentos?

Olhou para o shindeniano de canto de olho.

— Só se a ligação estiver fortalecida. Quanto mais pensar nele, mais sentirá.

Helena acenou devagar e começou a piscar algumas vezes para espantar as lágrimas. Duran se levantou e lhe deu um pouco de água para beber. Ela não tinha comido nada desde que escaparam e dormira nos dois dias seguidos.

Ele sabia que Helena não sobreviveria se não tomasse uma decisão rápida. A vida dela estava em suas mãos.

— Eu preciso fortalecer a minha ligação com James... Apenas para que dê tempo de você escrever a nossa localização na minha pele. — Duran franziu as sobrancelhas, sem entender. — Olhe minhas pernas... Pode se comunicar com ele.

— Como assim? Helena?

A garota estava com os olhos semiabertos, mas não respondia aos seus chamados. Não era um bom sinal. Estava mais fraca.

Duran se aproximou, rasgando uma parte da calça que a garota usava, e viu as cicatrizes do que pareciam ser palavras na parte inferior da coxa.

— Será possível? — perguntou para si mesmo.

Respirou fundo e riu sozinho. Nunca pensara que sentiria tanta pressa em chamar os números e os mentores para se encontrar consigo. Contudo, era preciso; Helena não aguentaria por muito tempo.

Durante anos, sentira a necessidade de destruir tudo que tinha envolvimento com Shinden e sentia prazer em desdenhar de qualquer coisa relacionada ao seu antigo planeta. Mas agora as coisas estavam diferentes.

Havia descoberto que vivera uma mentira todo esse tempo, que nunca mais a teria de volta. Sentia ainda mais raiva da Rainha Vermelha.

Não iria trabalhar com Ita, negava-se a isso. Não depois de tudo que o antigo companheiro fizera à sua Rin. Mas, por Helena, ajudaria os shindenianos e os humanos a deter aquela criatura asquerosa.

Duran pegou uma faca, sem acreditar que estava fazendo tal coisa, e escreveu na lateral da perna dela com traços trêmulos: "Bélgica, prédio Liege, terceiro andar".

Não sabia como ser mais específico que isso.

Em seguida, colocou mais um pano encharcado sobre o ferimento na barriga e se sentou novamente. Helena estava adormecida; agora só restava esperar e torcer para que ela aguentasse.

44

— Posso falar com você? — perguntou Morino, parando James no meio do corredor.

James comprimiu uma resposta mal-educada, pedindo aos céus paciência. Não podia descontar suas frustrações em cima do líder daquela base.

— Claro.

Morino abriu a porta de sua sala e deu espaço para que o rapaz passasse. A seguir, fechou a porta e apontou para a poltrona em um sinal mudo para que ele se sentasse.

— Aceita? — perguntou Morino, servindo um copo com conhaque para si e ameaçando colocar uma dose em outro copo.

— Por favor. — James anuiu, vendo Morino colocar dois dedos da bebida. — Por que me chamou?

Morino o olhou de modo sério antes de se virar e se acomodar em uma poltrona diante dele. Segurava seu copo com leveza e, antes de responder, levou-o a boca, tomando de uma só vez o líquido para em seguida se servir mais uma vez.

— Já conversei com Chang e Elisabeth, mas ainda não foi o suficiente. — Balançou o copo, fazendo a bebida girar. — Aquele outro shindeniano é confiável?

— Ele é meu irmão — replicou James, levando seu copo à boca.

— Perguntei se ele é confiável.

— E falei que é meu irmão — rebateu James, curvando o corpo para frente e apoiando os cotovelos nos joelhos.

— Isso não responde minha pergunta.

— Respondeu, sim. Você pode confiar nele o quanto confia em mim.

Morino estreitou os olhos.

— Não confio em você — respondeu, vendo James sorrir, presunçoso.

— Exatamente.

Sua resposta fez Morino rir de modo anasalado e beber seu conhaque.

— Está dizendo que não devo confiar nele?

— Estou dizendo que, se passar a confiar em nós, terá quaisquer informações que quiser — disse James, girando o conhaque e bebericando mais uma vez. — Dessa forma, não vai precisar mandar ninguém nos espionar, seremos transparentes.

Morino soltou o ar com força ao notar ter sido pego.

Esse rapaz é mais inteligente do que imaginava.

— Como posso confiar em vocês, se são tão superiores a nós? Como posso saber que não se voltarão contra os humanos? — Morino suspirou, largando o copo na mesinha de centro. — Tê-los aqui é um risco que estou tendo por um bem maior. Nosso inimigo é o mesmo e só nos unindo para expulsar essa alienígena daqui, já que vocês sabem muito mais sobre ela do que nós.

James escutava tudo atentamente.

Como imaginava, esse é o maior medo dele e de todos na base.

— Morino. — James o fitou com seriedade. — Esse receio é compreensível e entendo perfeitamente, porque, no seu lugar, estaria do mesmo jeito.

O homem levantou o olhar com mais atenção.

— É por isso que, em nome do meu povo, peço que confie em nós — James continuou, sustentando o olhar do outro. — Não somos meros visitantes porque não temos para onde voltar. Estamos aqui pedindo o auxílio de vocês, não apenas para derrotar Kaguyan, mas para nos aceitarem aqui também. Dou a minha palavra que nenhum de nós causará mal algum.

— Eu entendo seu lado, garoto. — Morino acenou, pegando a garrafa e servindo mais uma dose para James, que esvaziou seu copo. — Mas o

DNA de vocês dá grandes vantagens sobre nós, e, bom... é natural do ser humano temer o que desconhece.

— Antes dos Zekens começarem a matar inocentes, você ou mais alguém ouviu falar sobre super-humanos andando por aí? — perguntou James, voltando a se encostar na poltrona. — Todo esse tempo estávamos escondidos, tomamos o cuidado de não envolver ninguém mais. Tudo isso para que quando chegasse a hora, fôssemos aceitos por vocês. Seguindo suas leis e trabalhando como humanos comuns.

— Vocês nunca serão humanos comuns. — Morino tornou a falar, suspirando alto. — Sinto muito, garoto, porém o medo sempre vai prevalecer aqui dentro e do lado de fora.

James assentiu, fechando os olhos.

— Conheço esse medo de que você diz. — James umedeceu os lábios para beber mais um gole. — É o mesmo medo que temos de vocês.

— Como disse? — Tais palavras de James fizeram Morino se ajeitar na poltrona e guardar o copo mais uma vez na mesinha.

— Nós também temos medo de vocês — admitiu James, abrindo os olhos e fitando os de Morino com intensidade. — Desde Shinden, a Terra tem um poder bélico nunca visto por nós. Poder bem mais superior que qualquer coisa que um dia tivemos lá.

— Nossas armas são superiores às de vocês? — A pergunta saiu automaticamente da boca de Morino, mas aquilo fora inacreditável demais de ouvir.

— Sim. E o meu medo aumentou ainda mais no momento em que vi esse poder com meus próprios olhos.

— O que quer dizer?

— As armas dos Zekens são fortes, porém a arma que atingiu Lorenzo não foi a deles, e sim de um policial humano enquanto estávamos sendo perseguidos. — James observou Morino arregalar os olhos. — Se um Zeken o tivesse acertado naquela distância, o impacto não um dano tão forte. O tiro foi certeiro e vi meu amigo definhar e morrer aos poucos.

— Eu não sabia — disse Morino. — Você matou o homem que fez isso?

— Não, a culpa não foi dele — falou James, largando seu copo também na mesinha. — Foi Kaguyan a mandante de tudo. Tudo isso, todas essas mortes, tanto de shindenianos quanto a de humanos, são culpa dela. Ela é nossa inimiga.

As palavras de James parecem surtir efeito em Morino, pois ele sorriu, contido, concordando com seu julgamento.

— Nunca tive a oportunidade de dizer, mas sinto muito por sua perda.

— Obrigado.

— Mais que isso... Você tem razão. — Morino se levantou e o olhou de cima. — Já tinha uma admiração por Elisabeth e Chang desde que chegaram aqui. Aquela sua namorada, Número Cinco...

— Helena.

— Isso! Ela também é espirituosa. O receio dela sempre esteve em você, acima de qualquer outro.

— E agora, como se sente quanto a isso?

— Eu quero confiar em você, rapaz — afirmou Morino. — Contudo, preciso saber, posso confiar no seu irmão?

— Você confia em mim? — perguntou James uma vez mais, levantando-se e olhando o homem nos olhos.

Morino soltou o ar lentamente para em seguida sorrir de canto.

— Confio.

— Então não se preocupe com Ita. Ele está sob minha responsabilidade.

— Conto com isso. — Morino estendeu a mão para James, que a apertou em cumplicidade. — Nós vamos resgatar Helena. Terá todo o meu apoio, mas precisarei ser contatado sobre tudo.

— Não vamos esconder mais nada, mas quero que saiba que o motivo para não ter o informado foi o fato do temor que sentimos ao descobrir que o agente Hamilton morreu naquela missão.

— Eu entendo.

— Bom, se for só isso eu...

Antes que terminasse de falar, uma ardência aguda em sua perna começou a incomodar fazendo James arregalar os olhos.

— O que foi?

— Acho que... — James se sentou, levantando a barra da calça. — Acho que é outra mensagem dela.

— Céus, garoto, desse jeito vai precisar cobrir seu corpo de tatuagens para esconder essas palavras sem sentido.

— Talvez — murmurou James, vendo as palavras "Bélgica, prédio Liege, terceiro andar" em sua pele. — Precisamos dessa localização.

— Venha, vamos para o laboratório — falou Morino, dirigindo-se até a porta. — Essas mensagens são insanas demais.

— É a única forma de me comunicar com ela — rebateu James, mancando devido à ardência.

Logo eles chegaram à sala, e Morino ordenou a três pesquisadores para concentrarem suas buscas na localização descrita na pele de James.

Não demorou até William e Dylan chegarem até eles, sendo atraídos pela falação no corredor.

— Senhor. — Um homem chamou a atenção de Morino e James, que se mantinham lado a lado. Ambos o olharam, exigindo com respostas. — Essa localização é inexistente em nossos mapas.

45

— Como é? — retrucou James, dando um passo ameaçador até o homem.

— E-eu... nós...

— Diga logo! — rosnou Morino, irritando-se com a enrolação.

— Não encontramos nada em nossas telas. Esse lugar na Bélgica é um terreno aberto e arenoso. Não há nada.

— Como não há nada?! — berrou James, alucinado. — Procure de novo.

— Senhor, não adianta. — Outro homem se aproximou com um tablet em mãos, mostrando para ele e Morino. — Esse lugar na mensagem diz ser um prédio, mas não há nem casas aqui.

— Talvez... — Kun surgiu junto de Chang. — Possa ser uma armadilha, talvez queiram que a gente vá até esse terreno. Pensando bem é um bom lugar para se ter alvo aberto.

James trincou o maxilar, negando-se a aceitar tal teoria do mentor de Chang.

— Vocês não sabem de nada — rosnou James, virando-se na direção da mesa mais visitada por ele durante todos os dias da semana. — Tomas! — O rapaz, ao escutar seu nome, virou-se na direção de James. — Mostre a eles que estão errados! Faça o que tiver que fazer.

— Sim, senhor.

O jovem mal teve tempo de respirar e já se virava para seu computador, puxando informações de vários pontos da internet mesclando com imagens de satélites. Alguns minutos foram o suficiente para girar sua cadeira rotativa com um sorriso simplório no rosto enquanto ajeitava os óculos.

— A informação está correta — falou, virando a tela do computador para que todos pudessem ver. — De fato é um prédio, mas esse lugar não aparece nos outros mapas atualizados na internet porque essa cidade abandonada foi considerada um local para experimentos militares na Bélgica, tais como testes de novos armamentos.

— Por que não consegui encontrar? — questionou o primeiro pesquisador, indignado. — Nada passa por mim!

— Bom... — Tomas retirou óculos para limpá-los de forma esnobe. — Dessa vez passou, assim como na anterior e a antes da anterior.

— Ora, seu...

Antes que pudesse colocar suas mãos no rapaz, um corpo forte e alto com o dorso desnudo surgiu em sua frente com uma carranca assustadora.

— É melhor pensar duas vezes antes de querer fazer alguma coisa contra ele — sussurrou James, tornando seus olhos vermelhos. Sabia que aquilo amedrontava todos ali. — Tomas, entregue as coordenadas a Chang.

O rapaz anuiu, agora mais confiante. Nunca imaginara ser protegido pelo shindeniano. Aquilo foi novo para ele, mas de certo aumentou de forma considerável sua estima — até porque estava sendo notado por seus esforços.

— Morino, preciso de sua permissão.

James parou diante do homem e o fitou de igual para igual. Tal coisa fez Chang estreitar os olhos, assim como William e Dylan, pois já tinham o conhecimento da divergência de opiniões do general humano.

— Permissão concedida — falou, anuindo em cumplicidade. — Traga Helena de volta, garoto.

— Eu trarei.

46

Acordou sentindo um carinho tão conhecido nas costas e sorriu. Definitivamente gostava de acordar junto de James e de sentir as carícias proporcionadas por ele.

— Sei que está acordada. — Escutou a voz rouca dele e abriu os olhos, observando-o deitado de barriga para cima ao se acomodar melhor sobre o peito dele.

— Gosto de fingir que ainda durmo para escutar você ressonar — respondeu Helena, fechando os olhos.

— Não temos pressa para levantar. Durma novamente.

James deixou um beijo em sua testa e tudo voltou a ficar escuro.

— James...

▫

— Helena! — Escutou Duran a chamando. — Helena, você está delirando. Por favor, acorde.

Abriu os olhos e observou o homem, recordando-se de estar no prédio abandonado junto de Duran. Sua visão estava embaçada e já não sentia mais as pernas e quadril; tudo estava ficando escuro e confuso.

— Eu apaguei? — Sua voz era baixa e fraca.

— Sim, você estava sonhando e pedindo por James. Tem que aguentar um pouco mais. Ele logo estará aqui com Alejandra.

A garota fez um pequeno movimento com o queixo, indicando que tinha entendido, mas estava difícil se manter acordada.

— Converse comigo — pediu Duran, sentando-se ao seu lado.

— O que... você sentiu quando Rin morreu? — perguntou com dificuldade, cada palavra dita com um esforço enorme. — James irá sentir o mesmo se eu me for?

— Você não irá a lugar nenhum, querida, vai sobreviver — tentou incentivá-la.

— Olhe para mim, Duran. Tenho um ou mais órgãos perfurados, a dor está insuportável — balbuciou Helena, algumas lágrimas de agonia escorrendo por seu rosto. — A viagem da base até aqui demoraria horas, e já não sinto minhas pernas. Minhas forças se esvaem a cada segundo. Vou morrer... sem ver James uma última vez...

Ele a olhou e tudo que a garota transmitia era dor e culpa. Mais uma vez não estava sendo capaz de proteger alguém com quem se importava. Helena era uma guerreira, uma pessoa com garra e que não desistia do que buscava. Ela era única, e por culpa sua estava naquela situação.

— Você não vai morrer. — Foi só o que conseguiu dizer.

— Como foi? — Helena tornou a perguntar, e ele decidiu falar sobre o momento mais obscuro de sua vida. Precisava mantê-la acordada.

— Vou contar a você...

47

Um Duran apressado caminhava pelos corredores do que parecia ser o refúgio de Kaguyan em Gaiden. Os Zekens que o acompanhavam estavam tensos, e ele, como um bom observador, conseguiu ver isso.

Era verdade que escolhera não matar a Rainha Vermelha na última oportunidade que tivera e que estava confuso quanto aos seus ideais após a partida de Rin. Ita, seu melhor amigo, seu irmão de alma, mentira e o traíra ao esconder que sua amada estava morta. Tudo por um objetivo, uma missão.

Sentia-se usado e seu coração estava se confundindo com a dor da perda e ódio que começava a tomar conta de seu corpo. Quando as criaturas da rainha indicaram que ela o esperava, semicerrou os olhos e observou tudo ali.

Kaguyan assumia um grande risco ao chamá-lo. A criatura sabia que ele não estava certo do que deveria fazer. Mas, se tinha uma certeza, era de que depois do que mostraria o confuso shindeniano se curvaria diante dela.

— Olá, Duran. — Escutou a voz fina dela e notou sua presença sentada no trono de pedra. — Que bom que veio.

— Não fique feliz com isso — respondeu, seco, com a mão na cintura, próximo de Ekya, que estava embainhada nas costas, caso Kaguyan resolvesse tentar algo estaria preparado. — Não crie esperanças de que vou ajudar você apenas porque estou aqui.

— No entanto, aqui estamos nós — replicou ela. — Por que você veio?

— Quero saber o que realmente ocorreu com Rin. — Duran tinha uma postura fria. — E você irá contar.

Kaguyan sorriu e se levantou, caminhando devagar sem tirar os olhos dele, que sentia nada mais que nojo daquela coisa asquerosa. Os tentáculos se mexiam devagar, trazendo a criatura até perto de si, que acenou para os Zekens se aproximarem.

— Meus lacaios viram tudo, Duran.

Sabia que Ita estava em uma missão junto de todo o esquadrão como líder. Rin o acompanhava, uma missão bem simples. Eles só teriam que fazer uma vistoria em um determinado lugar em Shinden, próximo às instalações de uma usina, pois foram avisados de que movimentações estranhas apareceram por lá.

O grupo se dividiu e rapidamente vasculhavam o lugar, prontos para se defender caso algum inimigo fosse avistado.

— Os shindenianos revistaram o local — o Zeken falou. — A mulher de cabelos curtos vistoriou tudo enquanto os outros aguardaram na cápsula de viagem intercontinental um pouco mais afastada dali

Rin.

— Ela estava retornando para a cápsula quando descobriu a bomba que havíamos deixado ali, conforme ordenado por você, minha senhora. Alguns Zekens se aproximaram e os membros do esquadrão foram obrigados a subir a cápsula e o tiroteio começou. O grupo atirava nos Zekens de cima da nave, enquanto a mulher usava sua arma para atingir os que estavam próximos a ela. Mas não daria tempo de retornar com o veículo em que o restante estava para buscá-la antes da explosão.

Duran tentava colocar as palavras da criatura dentro da versão contada por Ita. Lembrava das palavras do antigo companheiro:

— Tive que tomar uma decisão, Duran! — Ita gritava, nervoso. — Trinta e cinco membros do esquadrão ou Rin! Eu sei que prometi que cuidaria dela, porém ela me pediu para que salvasse os outros!

— A mulher gritou: "Vá logo, Ita. Saia daqui!" — O Zeken continuou contando o que Rin dizia. — "Não faça as famílias dessas pessoas sofrerem, Ita. Elas estão contando com você."

Duran escutava tudo, parecia segurar o próprio ar. Já imaginava que ela tinha se sacrificado, sabia que Rin jamais trocaria sua vida pela dos demais.

— Eles nos derrotaram logo e me escondi. Uma parte do teto em que a mulher estava cedeu e caíram sobre ela, prendendo a sua perna.

Enquanto ouvia, parecia que Duran conseguia sentir todo o pânico que se fizera presente em Rin. Sabia o quanto ela era espirituosa, o quanto amava a vida, e estar à beira da morte lhe trazia uma angústia muito grande.

— "Ita, conseguimos, a bomba ainda não explodiu, ainda há tempo. Agora podemos ir embora." Foi o que a mulher disse — continuou o Zeken, sem maiores emoções. — Mas o líder dos shindenianos sorriu e falou: "Não teremos tempo de retirar os escombros antes da explosão nos atingir, você está sozinha agora. Sinto muito, mas não podemos retornar".

E foi então que Duran se lembrou das emoções que vieram dela naquele momento. Sua angústia e pavor pareciam tomar conta de si, e foi então que teve certeza das palavras do Zeken. A sua mulher havia morrido sozinha com medo e dores, traída por seus companheiros, por Ita.

Seu melhor amigo e companheiro havia o traído.

— Por fim, a mulher foi consumida pelas chamas.

— Não! — Duran grunhiu, enraivecido ao confirmar suas suspeitas sobre Ita.

Kaguyan sinalizou para que o lacaio saísse da sala e se aproximou de Duran.

— Você não pode mudar o passado — Kaguyan respondeu, então Duran se viu novamente no salão da Rainha Vermelha. — Mas pode mudar o futuro.

Ele respirava rápido. Toda a dor e sofrimento que Rin sentira, Duran sentiu também naquele momento. Era um aperto tão grande no peito que parecia que esmagaria o seu coração.

— Você pode trazê-la de volta? — perguntou a Kaguyan, sentindo a raiva por Ita começar a consumi-lo.

— Sim.

— O que quer em troca?

Duran encarou a rainha, que observava tudo com um sorriso de canto.

— Sua lealdade.

Ela aumentou o sorriso.

— Fechado.

O homem ajustou a postura e a encarou.

48

– Como ele pôde fazer isso com ela? – A voz fraca de Helena foi ouvida por ele, e Duran subiu o olhar para encará-la. Era a primeira vez que se abria dessa maneira com alguém após a morte de Rin. – Esse cara merece uma bela surra.

Duran sorriu, percebendo que mesmo ferida Helena continuava a ser a garota que tinha conhecido e o cativado.

– Sabe que ele é irmão de James, não sabe? – perguntou, divertindo-se com a reação dela.

– Sei, mas isso não quer dizer nada – respondeu em meio à tosse. – Eu mesma ensinarei uma bela lição a esse cara.

– Não se preocupe, tudo tem seu tempo. Ele terá o que merece.

Ela tinha os olhos semicerrados e olhava para o nada, mas ao ouvir tais palavras focou no grisalho ao seu lado.

– Duran? – Sua voz ainda mais baixa.

– Sim?

– Precisa me prometer que vai me deixar cuidar disso.

– Isso não é assunto seu, querida – respondeu ele, tentando parecer gentil.

– Isso se tornou problema meu no momento em que ele abandonou uma companheira. – Helena parou de falar para tossir mais sangue. – Precisa prometer.

O mais velho a olhou, esperando ver uma hesitação em seus olhos, e, mesmo semicerrados, a determinação se fazia presente. Não iria mudar de ideia, portanto se deu por vencido e acenou positivamente.

Helena sorriu, mostrando os dentes manchados de vermelho.

— Eles estão demorando. — A garota quebrou o silêncio algum tempo depois com sua voz baixa e fraca. — Não sei quanto mais vou aguentar, Duran.

— Logo estarão aqui, só mais um pouco — rebateu mais para si do que para ela, afinal horas já haviam se passado e nenhum sinal deles.

— Quando eu me for, terá que contar tudo o que aconteceu a James... Ele vai saber como ter certeza... que tudo que diz é verdade. — Expirou devagar. — James saberá que sempre o amei e que acredito que ele será capaz de matar Kaguyan.

— Aguente mais um pouco, por favor.

— Também diga a Alejandra que ela é e sempre será a minha mãe... e que a amo.

Helena foi fechando os olhos aos poucos, suas forças chegando ao fim.

Duran observava as janelas da grande sala, que tinha os vidros quebrados, na esperança de ver algum helicóptero ou avião passar por ali.

Mais alguns minutos se passaram e nada.

Já estava ficando aflito, até que o barulho alto de um veículo no ar foi ouvido.

— Eu falei, Helena! Eles estão aqui! — comemorou, olhando para a garota, mas ela tinha os olhos fechados e não respondia aos seus chamados. — Helena! Eles estão aqui. Você precisa aguentar mais um pouco.

O veículo sobrevoou o local, e Duran presumiu que havia pousado no terraço. Logo conseguiu ver Alejandra, Robert, Ita, James, Seis e Sete. Eles descerem rapidamente pela escada; traziam armas e olhavam para todos os lugares à procura da garota.

Duran permaneceu em pé. Sabia que seria uma situação inusitada, e Helena estava desacordada. Não poderia explicar a eles tudo que acontecera. Por ora, só restava se render e permitir que Alejandra curasse Helena.

Assim que James se aproximou e a viu daquela maneira, Duran notou o seu rosto mudar para puro ódio. Ele olhava de Helena para Duran, sem entender.

— Helena! — James gritou. — O que você fez com ela?

Correu até Helena, junto aos demais, e o susto ao vê-la atingiu a todos.

Duran apenas levantou as mãos em sinal de rendimento.

— O que você fez com a minha menina? — gritou Alejandra ao ver o estado da protegida.

— Kaguyan quase a matou, conseguimos fugir e eu a trouxe para cá — falou, calmo.

— Eu vou matar você! — James estava com tanta raiva que seus olhos já atingiam a tonalidade vermelha. — Desgraçado!

Alejandra correu e se ajoelhou ao lado de Helena, que não se mexia. Robert a acompanhou, prestando o apoio necessário.

— James — William o chamou, colocando a mão sobre o ombro do amigo. — Vamos nos concentrar primeiro em Helena. Olhe o estado dela.

— Número Seis tem razão — disse Duran. — Ela tem um ferimento enorme na barriga e só Alejandra pode salvá-la.

— Cale a boca! — rosnou James, caminhando em direção a Duran, que deu alguns passos para trás.

Alejandra já tinha as mãos envoltas em uma luz verde e curativa sobre a barriga da garota. O poder da mentora era poderoso e isso foi o que manteve Helena acordada.

— James... — A voz baixa de Helena fez ele parar os seus movimentos em direção a Duran, virando-se para ela, que tinha os olhos levemente abertos e o encarava.

— Estou aqui — falou, ajoelhando ao seu lado e segurando a sua mão.

Ita franziu as sobrancelhas ao ver como o tom do irmão havia mudado.

— Eu d-disse... que voltaria para você — falou Helena com muita dificuldade, sem desviar os olhos lacrimejados dele.

Parecia que toda a raiva dele tinha sido extinguida e seu coração se acalmou.

Ele sorriu, fascinado pelos olhos esmeraldinos que encarava à sua frente. Quase não conseguia acreditar que Helena estava diante dele, ao alcance de suas mãos.

Céus, como senti falta dela.

— Descanse agora, estarei aqui quando acordar — sussurrou James e todos se calaram, presenciando a cena do casal, principalmente Alejandra, que se segurava para não chorar.

— Duran me... salvou. Ele... está sob m-minha proteção — disse Helena. James franziu o cenho. — Prometa... que não fará mal a ele.

A garota o olhou, esperando uma resposta, então James suspirou e acenou em concordância, a contragosto.

— Precisamos tirá-la daqui — lembrou Robert, observando Alejandra manter suas mãos firmes na barriga de Helena.

— Ela não tem condições de viajar, não chegaria viva à base — retrucou a mulher, sem tirar os olhos da protegida. — Preciso de água. Tragam água.

Dylan e William correram até as escadas, em direção ao avião, e voltaram logo em seguida com algumas garrafas.

— Abram as garrafas e derramem sobre ela — instruiu, e os dois o fizeram de modo desajeitado, mas rápido.

Ita, completamente alheio à situação, não tirava os olhos de Duran, que observava Alejandra curar Helena com todo o cuidado do mundo.

— Não podemos demorar a sair daqui. Logo os Zekens serão atraídos pelo barulho do avião. — A voz de Elisabeth foi ouvida, e todos a observaram quando a garota veio correndo das escadas. — Oh, meu Deus, Helena...

— Não é hora para isso, Beth. — Chang se aproximou da namorada. — Precisamos sair daqui, agora.

Alejandra, que mantinha as mãos em Helena, fez uma expressão desgostosa.

— Mais um pouco — resmungou, vendo que a sua cura, somada à regeneração de Helena, estava começando a surtir efeito.

— Alejandra! — Robert a chamou.

— Mais um pouco, caramba!

James observava tudo ao lado da garota, então Ita caminhou até Duran, prendendo as suas mãos nas amarras. O homem apenas estendeu as mãos e se permitiu ser preso.

— Você vem comigo.

— Rob, acompanhe-os — ordenou Alejandra. — Ele está sob proteção de Helena. Vamos garantir que nada aconteça a Duran, certo, Ita?

— Sim, general.

Semicerrou os olhos e acenou em concordância, e Robert seguiu junto dos dois até o avião. Elisabeth e Chang já haviam retornado para o veículo e aguardavam os demais retornarem com Helena.

Alejandra terminou a sua tarefa de diminuir o tamanho do ferimento e se levantou, exausta.

— Certo, continuarei isso no avião — falou, vendo James se aproximar da garota, na intenção de pegá-la no colo. — O que pensa que está fazendo, James?

— Levando ela para o avião? — perguntou, irônico, com uma sobrancelha erguida.

— Eu farei isso.

— Eu levo ela — rebateu, ajoelhando-se e acomodando o corpo frágil dela junto de si. — Não a deixarei nem por um segundo.

— Certo, tome cuidado. Ela ainda está ferida — orientou Alejandra enquanto via o garoto dar passos lentos com Helena em seu colo.

Não demorou para que todos estivessem acomodados, e o veículo estava no ar havia alguns minutos. Tudo estava silencioso, exceto pelo barulho que podia ser ouvido dos pingos do soro que Alejandra havia colocado na veia de Helena. As turbulências poderiam afetar ainda mais o estado frágil em que se encontrava, portanto colocaram a maca no chão e a acomodaram com travesseiros para que não se mexesse muito.

James não saiu do seu lado nem por um instante. Hora ou outra, William vinha até perto deles e se sentava ao seu lado, observando Helena.

Ele sorriu e suspirou.

— Conseguimos, cara. Ela está de volta.

— Ao sentir todas as dores dela, pensei que a perderia. Ela estava com tanto medo e sentindo um pânico tão grande. Foi a primeira vez que a senti dessa maneira — confessou James com as mãos sobre o rosto, apoiando os cotovelos nos joelhos. — Nunca senti tanto pânico na minha vida.

— Ela ficará bem.

William sorriu e se levantou, deixando-o sozinho.

James observava a garota ressonando levemente. O rosto ainda tinha resquícios de ferimentos e estava roxo; a boca, com um pequeno corte no canto esquerdo, os braços, marcados por cicatrizes e manchas por toda extensão deles. Parecia que uma pele nova havia nascido, mais clara e irregular, como manchas de queimaduras. Havia vários cortes ainda abertos pela extensão das pernas e barriga, sem falar nas cicatrizes feitas pelas palavras trocadas por eles.

O que mais o preocupava, no entanto, era o ferimento ainda grande na região na barriga.

Apenas um lençol cobria o pequeno corpo. Alejandra tinha tirado a sua blusa e sua calça para conseguir limpá-la.

— O que fizeram com você? — perguntou, mas sabia que não haveria respostas.

Ao menos não por enquanto.

Precisava esperar que ela acordasse para lhe contar tudo e depois acabaria com cada desgraçado que ousara encostar em um só fio de cabelo de sua mulher.

49

Para Alejandra, em especial, fora difícil, porque Helena sempre se mostrara tão forte e destemida. Jamais imaginara que a veria tão fraca e quebrada. Ainda assim, a mentora sabia que sua protegida havia dado trabalho a quem a prendera e que não aceitaria nada sem lutar.

Porque essa era Helena.

Uma guerreira.

Alejandra afastou esses pensamentos enquanto terminava de ajeitar o corpo fraco da garota sobre a cama na enfermaria da base. Agora era questão de tempo para que acordasse, afinal vários tipos de remédios foram injetados na veia, assim como um soro com as propriedades necessárias.

A ex-general observou por vários minutos Helena ressonar. Certamente precisaria de tempo para se recuperar; não só física, mas psicologicamente. Sabe-se lá tudo pelo que passara naquele lugar, e agora teriam que se concentrar em cuidar do estado emocional da jovem.

As olheiras da garota e aparência apática deixavam o seu corpo aos poucos, contudo as pequenas cicatrizes em seu belo rosto demorariam a desaparecer por completo — isso se algum dia desaparecessem.

Suspirou ao se acomodar melhor na poltrona ao lado da cama da garota e subiu o olhar ao escutar o barulho da porta.

— Já retornou? — perguntou ao perceber que James entrava no quarto. — Não faz nem meia hora que expulsei você daqui.

O seu tom era calmo, diferente do que ela costumava usar. Talvez o seu emocional ainda estivesse abalado por ter visto Helena daquela maneira.

— Sim. Agora ficarei com ela — afirmou, chegando mais próximo da cama e observando Helena. Logo encarou a expressão cansada da mentora. — Pode ir, Alejandra. Eu cuido dela.

Alejandra hesitou, mas entendia que o laço deles com certeza fazia James precisar daquilo tanto quanto sua protegida.

— Não hesite em me chamar, por favor. — A mais velha se levantou e lançou um último olhar para eles. — Voltarei em algumas horas.

Logo se retirou do quarto e James ocupou a poltrona. Desde que haviam chegado, os dois permaneceram ali, em silêncio, zelando pelo sono de Helena. No entanto, a viagem tinha sido longa e todos estavam cansados. Não demorara para que Alejandra praticamente expulsasse James da enfermaria, pedindo que ele descansasse.

James fora até seu quarto e tomara um banho, comera alguma coisa e se sentara na cama. Contudo, como poderia descansar se os seus pensamentos o levavam constantemente à sua garota? Ele sabia que não conseguiria fazer nada a não ser permanecer ao seu lado até que Helena acordasse. Assim sendo, voltou a admirá-la enquanto descansava.

Porque era essa a sua missão, a que assumira para a sua vida.

Cuidar dela.

Sentira-se um completo inútil durante todo o tempo em que ela estivera em cativeiro.

A sensação de alívio que tivera ao vê-la, ao escutar sua voz o chamando — mesmo que de um modo fraco —, fora tão grande que nem sequer se lembrava de quando tinha sido a última vez que seu corpo relaxara daquela maneira.

Ou melhor, lembrava-se, sim. Fora na noite em que estiveram juntos.

Observou o corpo dela e a raiva voltou a querer consumi-lo. Como alguém seria capaz de tamanha crueldade? Respirou fundo. Sabia que agora não poderia expressar todo o ódio que passava por si. Precisava prestar o apoio que Helena merecia.

Observou o rosto dela, e seu coração acelerou quando a garota se mexeu levemente e seus belos olhos verdes se abriram. Helena demorou a se localizar, olhando para todo o lugar com as esmeraldas curiosas, até que sua visão se fixou nele.

James sorriu como havia muito não fazia.

Helena também sorriu, de um modo fraco e cansado. Ainda assim, o repuxar de lábios estava presente em seu rosto. Ele se aproximou, sentando-se na beirada da cama, e pegou em sua mão, deixando um carinho singelo ali.

Era como se os dois possuíssem um ímã que os atraía um para o outro, nenhum deles conseguindo desviar a atenção. Uma troca de olhares da qual ninguém conseguia, ou queria, desviar.

James levou a outra mão até o rosto dela, retirando uma mecha que insistia em cair e lhe tirar a bela visão que tinha, e acariciou de maneira gentil o seu rosto.

— James... — Helena foi a primeira a falar e todas as emoções começavam a aflorar sobre ela.

Todas as coisas que tivera que aguentar sozinha... Toda a dor, medo e até mesmo saudade parecia querer ser extravasado.

Ela sentiu as lágrimas grossas já se fazerem presentes e isso se intensificou ainda mais ao ver James colocar a mão sobre seu rosto e interromper o caminho que elas faziam ao escorrer por seu rosto.

— Estou aqui — respondeu ele, ainda secando as lágrimas dela, mas permitindo que ela colocasse para fora tudo que segurara por todo esse tempo. — Estou aqui e não deixarei que nada de ruim aconteça contigo.

— Eu... senti tanto medo — disse em meio às lágrimas. — Tentei ser forte, mas houve vários momentos em que pensei que morreria sozinha naquele lugar.

Doía tanto vê-la assim que parecia ser ele mesmo quem sentia tudo aquilo.

Contudo, Helena precisava ter a oportunidade de desabafar.

— Eu pensei que nunca mais veria você ou William, ou Alejandra — continuou Helena, falando num tom baixo e sôfrego; ainda estava fraca. — Achei que era forte o bastante e que estava preparada para tudo, mas... não sou. Fraquejei em tantos momentos, me desesperei tantas vezes... Se não tivesse tido a ajuda de Duran, teria morrido no chão daquele lugar, sozinha.

— Ei, se você acha que não é forte o bastante, o que sobra para nós? — perguntou com delicadeza, inclinando o corpo para mais próximo da garota. —

Helena, você é a pessoa mais forte que conheço, a pessoa mais espirituosa que já encontrei. Não diga isso, porque o que enfrentou não foi nada fácil, e ainda assim você está aqui. Nunca se ache fraca, jamais, porque é o contrário disso.

Ela o encarava, ainda deixando as lágrimas escorrerem por seu rosto e respirando devagar. Era tão bom vê-lo, tão revigorante saber que podia tocá-lo e tê-lo ao seu alcance. Subiu a mão até o rosto de James, deixando um carinho singelo ali, para levar os dedos até os cabelos dele de um modo lento.

Um pequeno sorriso se tornou presente em seu rosto ao examinar cada milímetro de James.

— A nossa ligação... — continuou ele, fechando os olhos e aproveitando o carinho deixado por ela em seus cabelos. — Eu conseguia sentir tudo o que você sentia, era como... se uma parte de mim sofresse com você toda vez que a torturavam... Era como se fôssemos um só.

— Nós somos um só, James — replicou Helena, puxando o rosto dele para si lentamente. — Nós pertencemos um ao outro, e foi isso que me manteve viva todo esse tempo. Porque quando não tinha mais forças, eu usava as suas.

James sorriu e foi o sorriso mais lindo que Helena já viu no rosto dele. O que mais a surpreendeu, todavia, foi a impressão de ter visto os olhos um pouco mais úmidos que o normal. A garota não podia ter certeza se ele estava chorando, porque logo sentiu os lábios dele junto aos seus.

E então nada mais importava.

O beijo foi calmo e lento, cada um aproveitando o gosto do outro, lembrando do quanto sentiram saudades e de que finalmente estavam ali, juntos. James colocou a mão sobre o rosto dela, aproximando-a ainda mais de si. Não podia passar daquilo, pois ela ainda estava fraca e precisava de cuidados. No entanto, sentia a urgência misturada à saudade que aquele beijo representava.

Afastaram-se um pouco quando o ar acabou e James colou sua testa na dela, sentindo-a. O silêncio tomou conta do lugar, e eles apenas se concentraram em aproveitar a presença um do outro.

— William! — Escutaram a voz de Dylan repreendendo o outro e logo a porta foi aberta.

Ele sorria de orelha a orelha ao ver a amiga acordada.

James bufou e revirou os olhos, afastando-se mais um pouco e voltando a se sentar na poltrona ao lado da cama. Sabia que seu tempo de sossego ao lado de Helena havia acabado.

— Helena, você acordou!

William caminhou até a cama e a abraçou de um modo calmo e sem apertá-la.

Era incrível o cuidado que o amigo tinha, mesmo com a sua espontaneidade, sendo tranquilo no momento que era necessário.

— Foi mal, não consegui segurá-lo por mais tempo lá fora — desculpou-se Dylan, também entrando no quarto, seguido por Chang e Elisabeth.

— Que bom que você está bem. — Will sorriu para ela, desfazendo o abraço e ficando em pé ao lado da cama, ignorando a fala de Dylan. — Estávamos preocupados com você.

— Estou melhorando — respondeu com um sorriso contido. — Obrigada por cuidar dele. — William sabia que ela se referia a James, marrento ao seu lado, e voltou a sorrir ainda mais ao escutá-lo bufar. — Sei que ele está bem graças a você — completou Helena.

— Não foi nada fácil, você sabe.

William deu de ombros e todos eles deram risada, exceto James.

— Bem-vinda de volta, Helena. — Elisabeth também se aproximou e lhe deixou um beijo na testa. — Já estava cansada de ser a única menina por aqui. Nós, mulheres, precisamos nos manter unidas.

Helena deu risada e acenou positivamente.

— Agora que estou de volta, vamos colocar todos eles na linha.

— Conto com isso.

Elisabeth retornou ao seu lugar, ao lado do namorado, que acomodou a sua mão na sua cintura e balançou a cabeça negativamente após a afirmação dela. Um pequeno silêncio se instaurou no lugar e todos observaram Helena, que já começava a demonstrar a personalidade de sempre, ao bufar por ser o centro das atenções.

— Perguntem logo.

Ela revirou os olhos.

Ainda estava sentindo dores e estava fraca, mas não conseguia deixar de agir assim.

— Como foi lá? — Dylan foi o primeiro a ter coragem de perguntar, e nesse tempo todos já estavam acomodados nas camas ao lado e cadeiras disponíveis. — Quero dizer... o que aconteceu?

Helena engoliu seco. Estava na hora de contar tudo pelo que passara e não seria fácil reviver tudo aquilo.

— Não precisa falar se não quiser. — A voz de James se fez presente, e ela sorriu, segurando a sua mão.

— Estou bem. — Expirou. — Aconteceu a explosão. Me lembro de estar no terraço e ver Duran. Ele... matou Hamilton e nós lutamos, algo me atingiu na cabeça e apaguei. Quando acordei novamente, estava no esconderijo. Quanto à localização, não serei útil. Sei que se situa na Bélgica, mas Duran poderá dar mais detalhes.

— Era muito assustador? — perguntou William.

— Você não faz ideia. — Helena continuou a narrar. — Eles queriam informações... Quando não as dei, fui torturada por dias, tantos que nem pude contar.

— Que tipo de informações eles queriam? — perguntou Chang, falando pela primeira vez.

— Kaguyan quer o poder ocular que pode controlar mentes, apagar memórias, introduzir novas — respondeu Helena, olhando para as mãos dela e de James juntas, sem conseguir encará-lo. — Ela me torturou para saber qual número era capaz disso.

— Ela quer o poder de James? — perguntou William, abismado, e eles encararam James, que permaneceu olhando para ela.

Helena virou o seu rosto para ele e acenou para a pergunta de Will.

James não apresentou nenhuma mudança em seu rosto, mas o viu trincar o maxilar.

— Kaguyan tem essa informação agora? — Chang tornou a perguntar e Elisabeth lhe deu uma cotovelada. — Ai, mulher! Por que fez isso?

— Chang! É claro que Helena não falou nada!

— Helena estava sendo torturada, Beth! Não é como se tivesse escolha.

— Não, ela não tem essa informação — respondeu Helena. — Tudo que dei foi irrelevante, coisas que já sabia.

— Isso não deve tê-la agradado — comentou Beth.

Helena balançou a cabeça negativamente.

— Nem um pouco.

— O que são essas marcas nos seus braços? — perguntou Dylan.

— É marca do ácido que aquela desgraçada jogou em mim. Corroeu toda a minha pele e levei dias para conseguir me regenerar.

— Meu Deus. — Elisabeth fez uma expressão apavorada e olhou com pesar para a amiga. — Não consigo imaginar pelo que você passou.

— Vou ficar bem.

Ela tentava a todo custo manter a postura e parecer forte, mesmo que seu interior estivesse se revirando. James sabia disso, pois segurou ainda mais firme a sua mão, passando-lhe segurança.

— E por aqui, o que aconteceu de diferente?

— Nada de mais, além de James estressado — respondeu William, cruzando os braços. — O irmão dele voltou... Ele está vivo.

— É, eu sei.

Ela abaixou o olhar e James franziu o cenho.

— Algum problema?

— Conversamos sobre o seu irmão outra hora — respondeu Helena a pergunta do moreno.

— Vai me dizer que Duran já deu um jeito de fazer você odiá-lo? — William tornou a perguntar, sem entender. — Afinal, por que o defende tanto? Não foi ele que torturou você?

— Duran sofreu algo terrível antes de Shinden sucumbir. A dor que enfrentou foi grande e saber que seu melhor amigo, seu irmão de alma, foi responsável pela morte de sua mulher foi a gota d'água para ele — respondeu, encarando-os.

— Ele não teve escolha.

— Teve, sim. Podia ter salvado a tripulação e Rin também, mas escolheu deixá-la para morrer — respondeu Helena, olhando para o namorado. —

Desculpe, mas Duran descobriu a verdade através de um Zeken, por isso se aliou a Kaguyan.

— Mesmo que fosse verdade, não justifica a sua traição — disse James, acomodando-se na poltrona.

— Sei que não justifica, porém como se sentiria se Will, seu melhor amigo, tivesse a chance de me salvar e não fizesse de propósito? O que faria para vingar a minha morte? — questionou, vendo a expressão dele se tornar confusa enquanto ele franzia as sobrancelhas sem nada falar. — E ainda, se alguém dissesse que poderia devolver a minha vida, você não faria de tudo para que isso ocorresse? Sei que sim, James, porque eu faria sem pestanejar.

James não respondeu. Todos se calaram, pensativos. Talvez estivessem começando a entender os motivos de Duran, afinal.

— Jamais a deixaria — afirmou Will com o olhar baixo.

— Eu sei que não, Will. — Helena sorriu para ele. — Justamente por isso que não sabemos do que Ita é capaz, e isso é perigoso.

— Duran também é perigoso — comentou James, respirando fundo, lembrando-se do que o grisalho fizera a Lorenzo.

No entanto, jamais traria o assunto à tona naquele momento. Sabia como a garota à sua frente estava se esforçando para mostrar aos demais que estava bem.

— Kaguyan o enganou, James. Convenceu-o com palavras e sonhos de que Rin poderia voltar à vida. Ele estava desesperado e se agarrou em mentiras.

Helena balançou a cabeça.

— Pobre homem — falou Elisabeth com a cabeça baixa.

— Ele podia ter me deixado para morrer, teve a chance de acabar comigo várias vezes, mas se arriscou para me tirar de lá, cuidou de mim até que vocês chegassem. Duran se entregou e aceitou ir preso por minha causa.

— Ele torturou você — assinalou James, desviando o olhar.

— Sim, torturou. — Helena respirou fundo, devagar. Sentia-se fatigada e seu corpo doía. Talvez fosse cedo demais para aquele tipo de conversa. — Mas sei que se arrepende. Se eu, que fui torturada por ele, posso perdoá-lo, por que vocês não?

James escutava tudo atentamente e ainda encarava Helena. Ela o encarou de volta. Sabia que seria necessário mais que aquilo para que o moreno se convencesse de que Duran era bom.

Tudo a seu tempo.

Helena se remexeu um pouco, sentindo as dores na barriga, e fez uma expressão de dor.

— Talvez devêssemos deixar Helena descansar — disse Chang, levantando-se e a olhando novamente. — Amanhã voltamos para vê-la.

A garota sorriu em concordância e Dylan, Elisabeth e Chang se retiraram, deixando um James pensativo e um William ainda sorrindo.

— Você não sabe como estou feliz de saber que está bem. — Ele se levantou e lhe deu um beijo na bochecha. — Amanhã estarei aqui bem cedo para vê-la. Descanse.

— Obrigada, Will.

O silêncio se instaurou de novo depois que o loiro deixou a sala. Helena já sentia sono por conta dos vários remédios que Alejandra havia receitado. E James ainda pensava nas palavras dela.

O que ele faria se estivesse na situação de Duran?

Realmente não sabia dizer, não conseguia imaginar a sua vida sem Helena.

— Estou conseguindo ouvir você matutando daqui.

James saiu de seus pensamentos ao escutar a voz baixa dela.

— Só estou pensando no que você disse.

— Descanse — falou ela, de olhos fechados, mas com um pequeno sorriso no rosto. — Deixe para pensar nessas coisas amanhã.

James esboçou um sorriso de canto enquanto inclinava a poltrona para trás e se acomodava. Por fim, poderia descansar, sabendo que sua garota estaria lá quando acordasse.

50

Engraçado como a vida era. Mal sentira o cheiro de liberdade e já estava preso outra vez.

O ex-soldado se mantinha sentado em um canto de sua pequena cela, tendo total conhecimento de que a todo momento era vigiado pelas câmeras. Sabia que não podia fazer nada e, mesmo que quisesse, seria pior.

Precisava esperar Helena acordar.

Só a garota poderia reforçar tudo o que dissesse.

Suspirou alto, já entrando na linha do tédio e apreensão. Queria estar fazendo qualquer coisa, até mesmo levando uma surra, tudo para não estar naquele silêncio torturante.

Por algum tempo, manteve-se assim.

Sentou-se no chão encostado na parede e fechou os olhos, rezando para que o silêncio não o levasse a ter aquelas lembranças de novo. O medo latente de sua mulher queimando seu peito e desolando seu coração...

"Ela morreu lentamente."

"Com medo."

"Chamando seu nome."

— Inferno! — rosnou, levantando-se e dando dois passos largos até as grades de sua cela com uma fúria incontrolável. — O que estão esperando? Já estou farto de ficar aqui! — Sua garganta fechou e a bile se formou, fazendo-o se afastar das grades e cuspir seu próprio sangue coagulado. — Aquele golpe... — ciciou para si mesmo, lembrando-se do momento em que Kaguyan o acertara com seus tentáculos e acabara sendo arremessado para longe.

Olhou para seu abdômen e levantou a blusa para ter uma feliz constatação. Grunhiu, os cantos dos lábios erguidos, ao ver uma grande mancha arroxeada na região de seu tórax, alastrando-se por suas veias, subindo para próximo do pescoço e descendo para a região da barriga.

— Bruxa desgraçada — murmurou, ainda sorrindo.

Estava claro para ele: não demoraria a morrer e tudo por causa de um presente que a rainha lhe dera quando aceitara se aliar a ela.

▫

Assim que deu as costas para Kaguyan e se dirigiu para a saída daquela nave, sentiu suas costas serem perfuradas e uma queimação aflorar sobre o peito.

— Mas... o que é isso?! — praguejou, segurando o local que queimava, caindo de joelhos no chão e trincando o maxilar ao tentar conter aquela dor estranha. — O que fez comigo? — perguntou, virando o rosto para trás a tempo de ver a rainha sorrir perversamente.

— Uma garantia de que seus serviços serão prestados.

— O que quer dizer? — perguntou com certa dificuldade.

— Se ousar me trair, vou acionar esse selo em suas costas e permitir que meu veneno reaja em sua corrente sanguínea. Em outras palavras, matar você lentamente.

— Você é louca?! Para que fazer isso? — vociferou ele, tomando forças para se levantar e sentindo a queimação passar. — Minha palavra não conta?

— Não, meu caro shindeniano. Suas palavras não serão nada para mim. Preciso ter a certeza de que posso controlar você de alguma forma. — Kaguyan mostrou os dentes, fazendo seus olhos dourados brilharem com a insanidade. — Se quiser sua amada de volta, precisa estar vivo, não? Não se preocupe, cumpra com o seu dever e nunca acionarei esse selo. Pode confiar em mim...

▫

Fazia tanto tempo que nem ao menos se lembrava. Mas agora não tinha mais volta. A morte o levaria. Entretanto, não sentia medo, na verdade estava feliz por isso.

Logo estarei com você, minha doce Rin.

No entanto, um lampejo passou em seus olhos, fazendo-o se virar mais uma vez para as grades e as agarrar com mais violência.

— Ei! Preciso que venham aqui! Rápido! — gritou a plenos pulmões e começou a bater nas grades da cela.

Não tenho muito tempo! Preciso avisá-los!

Olhou para a câmera do outro lado do corredor de fora e começou a gesticular.

— Mas que droga! Não tem ninguém me vigiando afinal?

Já não conseguia mais esconder o desespero em seu rosto. Precisava contar a eles os planos de Kaguyan e onde ela estava escondida juntamente com a localização de todas as colmeias. Se não o fizesse, a rainha estaria mais um passo à frente, como sempre.

Só havia uma forma de chamar atenção, no entanto estava fraco demais. Principalmente após começar a sentir a fadiga do princípio da reação do veneno. Fora que, se o vissem entre os corredores da base — por melhor que fosse sua intenção —, poderia ser metralhado sem hesitação por ser um preso perigoso em fuga.

— Foda-se. É tudo ou nada — murmurou, umedecendo os lábios e segurando as barras, iniciando uma contagem regressiva em sua mente.

Assim que tomou fôlego, o ex-soldado investiu com força contra as barras, puxando-as para os lados a fim de abrir uma fissura grande o suficiente para conseguir passar.

Seus dedos fraquejam, e ele soltou as barras, esbaforido.

— Preciso de mais — ofegou ao ver que conseguiu envergar apenas um pouco. — Porra! Se não estivesse tão fraco poderia fazer isso brincando!

Novamente, posicionou-se diante das barras e iniciou o processo mais uma vez. No entanto, o barulho alto de porta de metal se fechando e passos apressados ecoando pelo corredor fez Duran parar o que fazia e se afastar da grade. Ainda respirando rápido.

— Minha nossa, essa é a resposta para sua ansiedade em ser interrogado, caro amigo? — A voz de Ita soou sarcástica, causando irritação em Duran, que, ao levantar o olhar, notou-o estar acompanhado de um homem moreno com duas cicatrizes grandes em seu rosto.

— O que esperava? Ninguém vinha até mim, precisava ir até vocês... incompetentes.

— O que disse, seu verme? — rosnou Morino, colocando sua mão no cinto, roçando os dedos em sua arma afivelada.

— Isso mesmo que ouviu! — Duran não se intimidou e continuou a provocação. — Em Shinden, os prisioneiros nem descansavam direito nas celas e já eram levados para a tortura e interrogatório. Não deixar que eles recuperassem suas forças ou criassem mentiras ensaiadas na cabeça para nos dar informações erradas era crucial para nós! Não tínhamos piedade, mas vocês... — O grisalho riu, sarcástico, abrindo os braços demonstrando seu trabalho com as barras. — São moles até nisso. Mais um pouco e escapava daqui fácil, fácil.

— Engraçado você dizer isso... Todo esse discurso e comparação entre nossos planetas não me é importante, até porque parece que Shinden não existe mais, não é? E quem mesmo que foi o causador disso?

Morino sorriu de canto, cruzando os braços, satisfeito com a feição feroz que Duran assumiu após suas palavras.

— Quem é você? — perguntou Duran com os olhos estreitos. — Diga o seu nome, humano.

— Sou Stephen Morino, general desta base e autor de sua morte se não cooperar. — A voz de Morino soou ameaçadora, porém ergueu a sobrancelha ao ver a expressão divertida do prisioneiro antes deste explodir em gargalhadas. — Do que está rindo? Verme!

— Você não será o autor de minha morte porque Kaguyan se adiantou e se certificou disso — ciciou, ainda risonho, levantando sua camisa mais uma vez, mostrando a mancha horrenda se alastrando por sua pele e se divertindo com as feições espantosas dos homens à sua frente. — Pois bem, eu estava querendo sair daqui para dizer tudo que sei sobre Kaguyan antes que meu tempo acabe. Pelo menos isso. Não posso deixar aquela desgraçada sair impune.

Ita olhou apavorado para o antigo amigo e em seguida para Morino.

— General...

— Eu sei. — Morino se adiantou, assentindo. — Vá chamar aquela mentora enquanto levo este aí para a sala de interrogatório. — Ita anuiu e seguiu pelo corredor com a mente focada em encontrar Alejandra. — Agora você vem comigo — disse Morino, fazendo sinal para mais quatro soldados se aproximarem para escoltar o shindeniano para a outra ala. — Sei que nem ao menos vou precisar torturá-lo. Vai me dizer tudo o que queremos sem precisar me esforçar.

Tal comentário presunçoso fez Duran se irritar e olhar para o general por cima dos ombros com a cara fechada.

— E como tem tanta certeza?

Morino esboçou um sorriso satisfeito.

— Primeiro porque você disse um minuto atrás. E segundo porque a pior tortura não é a física, mas a mental. Você se sente culpado e não tem medo da morte... Na verdade, você a anseia, mas não quer partir sem remediar o que fez. — Duran baixou os olhos, voltando a olhar para frente e seguir seu caminho, todavia não esperava que o general continuasse com seu monólogo. — Você tem medo de morrer e não encontrar aquela que amava, não é? Por isso está facilitando para nós e salvou Número Cinco.

— Helena — corrigiu-o, não gostando da forma como chamava a garota.

Morino, por sua vez, riu alto.

— Você me lembra a rispidez e orgulho de Número Quatro, James. Irmão de seu irmão de combate.

— Sei quem ele é. E Ita não é mais meu irmão.

— Claro que é, e você sabe disso. — O general parou em frente a uma sala com porta automática e colocou seu polegar na tela. — Não é só em Shinden que membros de uma força se unem e se tornam mais que aliados e companheiros, mas irmãos. — Ele observou a porta se abrir, dando visão a uma sala ampla que tinha uma mesa com amarras desatadas em seu centro. — Aqui na Terra também fazemos isso e, por mais que não queiramos admitir, dói demais assumir a traição de seu companheiro depois de ele ter se tornado tão importante para nós. Na verdade... é uma ferida que nunca se fecha. Por isso odeia tanto Ita. Você quer matá-lo ao mesmo tempo que gostaria de voltar ao passado e reviver aqueles bons momentos de cumplicidade.

Duran processou as palavras de Morino enquanto era conduzido até a maca e se deitava ali.

– Ele era minha sombra – murmurou inconscientemente.

– Esse rancor e idolatria que você sente por ele é o mesmo que ele sente por você. – O general puxou uma cadeira, fazendo sinal negativo para o soldado que ameaçou prender as mãos do shindeniano. – Ele traiu você não salvando sua mulher, e você o traiu ao se aliar à sua inimiga mortal. Tudo isso é uma faca de dois gumes.

Duran contorceu o cenho, desgostoso ao ouvir tais coisas. Sabia que Ita também não o tolerava mais, no entanto aquilo tudo o fez se lembrar de dias antes quando Ita não o matara nos túneis da estação de trem. Apenas o deixara imóvel e partira.

– Por que não me amarra? – perguntou, só agora se dando conta de que não estava preso.

– Como disse, você vai me dizer tudo que tenho que saber sem precisar usar força. Para que prendê-lo?

– Por que está fazendo isso?

– Porque não somos tão diferentes. Na verdade temos a mesma força e poder, mas em dosagens e em formas divergentes. – Morino cruzou os braços, pensando nas palavras de James. – Somos iguais em muitas coisas e a sua dor é compreensível.

Duran comprimiu os lábios. Aquele homem tinha razão e, mais que isso, parecia o compreender muito bem.

– Você já perdeu alguém – concluiu, analisando as reações do humano. – Sabe como é sentir isso porque já passou por algo assim.

– Sim.

Morino assentiu sem desviar o olhar.

– Quem perdeu?

Por mais que aquilo pudesse ser algo ruim de questionar, ainda mais lidando com sentimentalismo, Duran não fazia rodeios, e Morino também pareceu não se importar.

— Pior que perder a mulher que amamos é perder um filho. — Morino manteve as feições firmes, porém Duran notou os olhos do general fugirem do foco. — Fiz o mesmo que você, mas de outras formas. Meu filho morreu em serviço ao exército em uma missão no Irã. Meu sub-general, Ferraz, liderava a missão, mas tudo deu errado e foram emboscados.

Duran ouvia aquilo com as mãos um tanto trêmulas.

Achava que era o único.

— Ferraz voltou vivo, mas me entregou apenas a plaqueta com o nome do meu filho, Tyler Morino. Não tinha corpo para recolher. Ele estava dentro do alvo de uma granada e acabou explodindo. Enterramos um caixão vazio e nada me tirava da cabeça que a culpa tinha sido de Ferraz. Ele liderou a missão e devia saber dos riscos, ainda assim não hesitou em mandar a tropa do meu filho para uma morte eminente. O mais engraçado de tudo foi que apenas Tyler morreu.

— Sinto muito. — Aquelas palavras saíram amargas de sua boca.

Na verdade, Duran nunca imaginara que poderia dizer para alguém isso, já que idealizava sua dor como suprema. Ninguém nunca saberia o que era senti-la.

Era o que pensava... até agora.

— O que você fez?

— Fiz o mesmo que você. Eu o exonerei do cargo e o expulsei da base. Depois, mandei uma tropa três vezes maior que a que Ferraz tinha levado e instruí os homens a destruir tudo. — Os olhos de Morino desviaram da parede e fitaram Duran com intensidade. — Ferraz tentou me impedir, mas já havia dado a ordem. Bombardeei a vila com aviões e mandei as tropas aniquilarem as vilas remanescentes.

Os olhos de Duran se estreitaram e sentiu sua boca secar. Sentia que o pior daquele relato estava por vir.

— No dia seguinte, recebi a notícia de que meu filho tinha morrido salvando uma criança de ser atingida pela explosão da granada e que o homem que a havia lançado era apenas um meliante contrabandista que o pequeno pelotão de Ferraz estava procurando através de camburões na estrada e visitas às residências em busca dos homens.

— Então... — Duran umedeceu os lábios procurando palavras, por mais que parecesse difícil. — Você bombardeou uma cidade aparentemente inocente.

— Matei 20.407 pessoas naquele dia, incluindo três homens que contrabandeavam as armas. — Morino desviou o olhar, apático. — Matei inocentes para alcançar míseros três meliantes. Meu filho morreu de forma heroica, enquanto o pai se tornou um homicida.

Duran sentiu o peso que o general humano também suportava.

— E por que continua aqui? Por que não foi expulso ou morto?

— Porque Ferraz falsificou os documentos, pautas e relatórios da missão, colocando-se como mandante, e não a mim. Eu estava afastado na época, mas voltei a tempo de saber que meu melhor amigo estava prestes a ser fuzilado pelo pelotão.

Duran, ao ouvir a confissão do general, fechou os olhos, relembrando seus momentos em Shinden e o quanto era feliz.

Como queria voltar no passado.

— Continuei aqui porque Ferraz me deixou uma carta. Nela dizia que era da vontade dele que eu seguisse em frente. Que o sacrifício que fez não foi apenas em nome da nossa amizade, e sim porque era eu quem tinha mais a perder. Meu erro, meu ódio não destruiriam apenas minha vida, mas a de minha família também.

— Não está dizendo isso para eu rever o lado de Ita, certo?

— De forma alguma, estou apenas contado o que houve comigo. A forma como quiser interpretar é com você. — Duran suspirou alto, deitando a cabeça na maca, olhando para o teto. Queria colocar sua cabeça no lugar, todavia ouvir a história de Morino acabou o baqueando. — Sabe... — continuou Morino, vendo Duran se desestabilizar. — Nunca disse isso a ninguém aqui na base, mas gosto de Número Quatro, James. Ele é explosivo, sem paciência e orgulhoso, porém centrado e líder nato. Assim como eu e você também.

O grisalho soltou um riso anasalado, achando graça da comparação.

— Em pensar que ele me odeia... — Ele suspirou, sorrindo de canto. — Mas não o culpo. Fiz por merecer, sou responsável pela morte de seu amigo e ainda torturei sua garota. Se fosse o contrário, estaria exatamente como ele.

— Exato. Você só está sendo bem tratado assim por mim porque aquele idiota me impôs a fim de atender o pedido de Número Cin...

— Helena — corrigiu Duran.

— Helena. — Morino revirou os olhos. — O fato é que, se estou aqui conversando com você como um velho amigo, é porque James me deixou a par sobre seu passado com Ita e acabei entendendo você também.

— E está me dizendo tudo isso com o intuito de quê? O que tem em mente? — perguntou Duran, voltando a virar o rosto na direção do general com o olhar divertido.

— Está certo. Quero que lute ao nosso lado. — Morino foi direto ao ponto, curvando-se para mais próximo da maca. — Sei que está arrependido, já que salvou Cin... digo, Helena. Você nos dirá tudo o que sabe sobre Kaguyan e será um soldado junto dos demais números e mentores.

— Você é direto, então serei também. — O homem encarou o general. — De fato, estou convencido a ajudar, mas não tenho muito tempo. O veneno de Kaguyan vai me matar antes que pense em levantar Ekya na direção de algum Zeken.

— Não estaria tão certo se fosse você. Ita foi buscar Alejandra e, pelo que ouvi sobre ela, é uma ótima médica e...

— Sim, minha tia saberia o que fazer para neutralizar este veneno, mas duvido que queira fazer isso, até porque foi quem mais se decepcionou com minha traição.

— Você está certo, Duran. — Uma voz feminina em um timbre forte e autoritário ecoou na sala, fazendo os dois homens olharem para a porta, na qual se encontravam Ita e Alejandra encostados na parede.

51

— Fiquei emputecida ao saber que o autor da destruição de toda a nossa raça foi você — disse ela, desencostando-se e marchando até os dois com a feição fechada. — Não consigo nem descrever o que senti quando descobrimos que você, meu aluno, meu melhor aprendiz e meu sobrinho, tinha feito o que fez.

— Eu sei — respondeu Duran, fechando os olhos, aceitando tudo o que a mulher despejaria em si.

— Sabe? Não, você não sabe! — Sorriu, nervosa, sentindo seu rosto esquentar e os olhos começarem a lacrimejar de raiva. — Você matou sua própria família! Seus pais! Teria até matado a mim se não tivesse sido convocada para ser mentora de Helena!

— Tia...

— Não me chame de tia! Você não é mais nada meu! — berrou ela, os olhos marejados. — É bom que aceite lutar ao nosso lado mesmo, porque curá-lo será a última coisa que farei por você.

— V-você... vai me ajudar? — gaguejou Duran, não acreditando nas palavras dela.

— Vou, mas porque ter sua força na equipe lutando junto de sua sombra pode nos dar grande vantagem contra Kaguyan.

— Não vou lutar ao lado de Ita.

Tal oposição acabou com a pouca paciência de Alejandra. Ela acabou com a distância, puxando-o pelo colarinho da camisa e o aproximando de seu rosto feroz, olhando friamente em seus olhos.

— Você vai — rosnou, quase cuspindo em seu rosto. — Porque se não fizer, vou arrancar seus pulmões pela boca! Engula seu ódio e trabalhe ao nosso favor. Depois disso, se vocês dois quiserem se matar, estarei pouco me importando. Ouviu bem?

– Sim – falou, sentindo seu corpo gelar como havia muito não sentia após fitar os olhos famintos de sua ex-general.

– Eu não ouvi! – gritou Alejandra, largando Duran e fazendo seu corpo cair para trás.

– Sim, senhora – respondeu Duran em tom alto, fazendo uma careta ao sentir uma fisgada forte em seu peito.

– Você é um dos poucos shindenianos sobreviventes. Sendo traidor ou não, vai se unir ao seu sangue e honrar nossa raça. Lembre-se disso!

– Sim, senhora.

Ele assentiu, mas agora com uma mão no peito com dificuldade para respirar.

– Ótimo... Agora tire essa camisa – ordenou, contudo estreitou os olhos ao ver o cenho do homem se contorcer em dor e um suor começar a escorrer de seu rosto. – O que foi?

– Eu acho q... – Duran se interrompeu ao sentir seu corpo começar a estremecer em uma convulsão.

A maca balançou violentamente e Morino e Ita se aproximaram, a pedido de Alejandra, para segurar Duran e deitar seu corpo de lado para não morder a língua.

– O que está acontecendo? – perguntou Ita, olhando o antigo companheiro parar de tremer e respirar com dificuldade, puxando o ar com a boca e com os olhos fechados.

– O veneno está se alastrando rápido. Precisamos levá-lo para a enfermaria para poder tratá-lo – respondeu Alejandra, mordendo os lábios, após rasgar a camisa de Duran e ver com horror a coloração negra que o peito dele tomava.

– Vou... ajudar... – balbuciou Duran com os olhos fechados e se contorcendo de dor. – Vou dizer tudo... O que Kaguyan quer, eu vou... dizer...

– Calma, Duran – respondeu Alejandra, empurrando a maca entre os corredores com a ajuda de Ita, enquanto Morino abria caminho pela frente. – Precisa se acalmar.

— Ela quer... controlar os humanos. Ela vai... explodir tudo e.... — Duran continuava a falar, mas logo urrou de dor ao ter a impressão de que seu coração iria explodir dentro do peito.

— Duran, calma! Você vai ficar bem.

Alejandra se assustou ao sentir sua mão ser capturada pelas mãos frias de Duran.

— Merda! Está doendo... Está doendo, tia — murmurou, trincando o maxilar.

— Duran... — começou, mas não falou mais nada.

Sabia que ele não a ouviria, pois acabou desmaiando pelas dores. Alejandra puxou o ar com força assim que chegam na enfermaria. Logo o corpo desfalecido do sobrinho foi transportado para a cama e, sem mais demora, colocou-o no soro e iniciou um processo de drenar líquido do peito do homem para que os pulmões e coração não falhassem e ela pudesse estudar o veneno.

Minutos se passam enquanto ela executava os procedimentos para manter Duran estável e finalmente poder processar um antídoto.

Essa seria a pior parte. Não sabia se os componentes que precisaria para elaborar o antídoto existiam nesse planeta. Por hora, teria que estabilizá-lo e procurar com calma.

Checou mais uma vez os aparelhos que mantinham Duran dormindo para, enfim, poder sair dali e estudar o que o matava aos poucos. No entanto, não pôde deixar de olhar o rosto pálido de seu sobrinho e não sentir seu coração se apertar.

Ele havia feito tantas coisas imperdoáveis. Coisas cuja penalidade mínima seria sua execução... Todavia, aquele homem já formado, tão pálido e fraco ainda era seu sobrinho. Seu amado sobrinho. Pelo qual por tanto tempo sentira orgulho.

O homem que ajudara a criar e treinar para ser o melhor soldado shindeniano do exército de Elianis.

— Como chegou a esse ponto, Duran? — sussurrou, não se contendo e acabando por fazer carinho em seu rosto. — Por que nos fez passar por tudo isso? — Ela continuou o olhando com tristeza e as feições mais suaves. — Você vai ficar bem, querido.

52

Aos poucos, as coisas estavam voltando a entrar nos eixos mais uma vez. Isso de certa forma trazia uma paz reconfortante para William. Saber que Helena estava de volta e logo mais teriam um norte para seguir a luta contra Kaguyan trazia esperanças de experimentar uma vida comum e pacífica como tanto sonhava. A verdade era que não via a hora de se ver livre daquele fardo.

Sabia que era forte, e mais que isso: tinha a consciência de que era um soldado exemplar e astuto, rápido e voraz em batalha, mas não podia negar que ainda sentia um temor de que aqueles que amava partissem sem experimentar a vida que tanto sonhavam ou até mesmo morressem... sem viver seu sonho.

Isso parecia perturbá-lo mais do que das outras vezes.

Sentia-se nu sem sua espada depois que Ita a tomara de si.

Suspirou enquanto tentava conter sua ansiedade.

Detestou Ita ainda mais após isso, porém nada podia fazer. Aquela espada parecia ser de fato dele, no entanto ainda tinha a incógnita de saber como ela tinha parado em sua cápsula ao chegar à Terra. Se não era dele... por que afinal estava junto de si?

Soltou o ar de uma vez, impulsionando seu corpo para frente a fim de se sentar na cama. Já estava farto de ficar ali deitado e seus pensamentos sempre se remeterem ao mesmo ponto.

Talvez ir até o campo de treinamento o fizesse desestressar.

Com essa ideia, levantou-se, buscando uma camiseta no guarda-roupa pequeno e a vestindo em seguida. A cor laranja estampava a peça e caracterizava sua presença. Olhou-se no espelho oval na parede e viu seu rosto amassado e os cabelos desgrenhados. Pensou em fazer algo para melhorar a aparência, mas desistiu, uma vez que enquanto estivesse treinando seu estado pioraria.

Abriu a porta de seu quarto e seguiu pelos corredores, cumprimentando com um sorriso caloroso os cientistas e soldados da base que passavam por ele. Apesar de James ser o shindeniano mais temido pelos gritos e temperamento difícil, ele era o mais acolhido e querido pelos membros da base.

Riu ao pensar isso. Tal comparação sempre acontecera entre eles. Suas personalidades eram completamente diferentes e havia quem dissesse que a amizade deles nunca se estenderia tanto, mas, ao contrário do que pensaram, eles eram como irmãos. Lutavam juntos e se entendiam apenas com meias palavras e olhares. A cumplicidade entre os dois imperava. Acima de tudo, respeitavam-se. Um sabia das limitações do outro e procurava trabalhar em cima disso para preencher a brecha de que o outro não dava conta. Por esse motivo, a amizade entre os dois dava certo.

Ambos tinham a consciência do quanto seria desolador a perda de um deles para o outro, por isso sempre lutavam entre si e treinavam. Principalmente quando Helena o derrotara assim que se conheceram; vira que precisava melhorar em vários aspectos.

Não demorou para chegar até a ala dos treinos.

O salão era gigantesco com tatames espelhados ao chão de um lado enquanto do outro havia um espaço para treinos de tiro.

Viu mais uma vez Lia treinando, assim como da outra vez.

Da plataforma alta onde estava, podia ver a forma como ela encaixava as balas na pistola ao mesmo tempo que mordia o canto dos lábios com ansiedade. Por várias vezes, notava essa mania da moça.

De certa forma, achava delicado e até mesmo charmoso a forma como o fazia.

Lia terminou de carregar sua arma e se virou mais uma vez para o alvo, assumindo sua posição e desferindo tiros precisos. Will sorriu com orgulho. Ela, que tanto reclamara do fato de se sentir uma inútil por não ser como eles, mostrava ali o seu dom e habilidade.

Se Lia soubesse que não sei onde fica a trava de segurança na pistola...

Com um sorriso nos lábios, desceu as escadas e seguiu até a moça, mudando completamente seus planos de treinar para apenas ficar junto a ela. Por algum motivo, sempre que a via, queria se aproximar e conversar.

Lembrou-se de quando comentara tal coisa com Dylan e ele só sorrira, faceiro, e havia dado três tapinhas nas costas. Dylan não tinha dito nada, apenas fizera aquilo e dera as costas, rindo de sua cara. Agora, saber o que aquilo significava, Will não sabia.

Às vezes achava Dylan estranho.

William chegou próximo ao setor de treinamento de tiros e sorriu ainda mais ao ter uma brilhante ideia.

Ela nunca erra um tiro, mas talvez eu a faça errar com o susto que vou dar nela!

Seguiu a passos lentos, sempre seguindo na direção da garota, que nem tinha pressentido a aproximação de Will.

Ela não vai me ouvir chegar por causa daqueles protetores de ouvido.

Seu sorriso aumentou ainda mais no momento em que estava prestes a alcançá-la.

No entanto...

Assim que se impulsionou para agarrá-la por trás, não percebeu que Lia estava dentro de uma espécie de cabine, e o vidro o impediu de fazer tal proeza. Melhor que isso foi a forte batida de nariz que sofreu fazendo um barulho alto e o vidro da cabine tremer.

William deu três passos para trás com a mão no nariz, tentando conter o sangramento e xingando com todos os nomes e de todas as formas que podia aquele bendito vidro.

— Maldito! — ralhou com a voz abafada, segurando seu nariz.

— O que você tem de forte, tem de atrapalhado, não é? — Ouviu a voz doce, porém divertida de Lia. — O que estava pensando em fazer?

Com toda a certeza, William não queria que a garota visse esse seu lado desajeitado. De forma desengonçada, arrumou a postura e sorriu para ela, ainda com a mão no nariz e o rosto vermelho de vergonha.

— Eu ia assustá-la para fazer você errar um tiro, mas parece que minha brincadeira deu errado.

Ela riu alto após ouvi-lo se explicar de forma tão envergonhada.

— Will, não daria certo de qualquer forma. Eu sou boa demais para errar mesmo levando um susto.

— Você é bem convencida, não acha, Lia?

— Talvez um pouco. Isso porque estou na minha zona de conforto, sabe?

— Tem razão, até agora não vi um homem atirar como você aqui na base. — Seu elogio a fez baixar a cabeça, sentindo seu rosto esquentar. — O que houve? Disse algo errado?

— Não, de forma alguma.

Ela levantou o rosto com os olhos arregalados.

O problema de tudo era que sua timidez sempre a atrapalhava em certos momentos, mas dessa vez não queria que isso fizesse o rapaz se sentir incomodado como da última vez e se afastar com medo de falar algo que a ofendesse.

— Ah, sim! Bom... Sabe, vim treinar um pouco — começou ele, soltando o nariz para analisar se já havia parado de sangrar, todavia, assim que viu este continuar, logo voltou a tapá-lo. — Parece que meu plano foi abortado.

— Por que não vai até a enfermaria? Tenho certeza de que...

— Não! Se Alejandra me ver com o nariz assim, vai me torrar a paciência tirando com a minha cara.

— Entendo.

Comprimiu os lábios de forma nervosa.

— Você sabe algo sobre narizes? — perguntou ele, aproximando-se da moça com um ar divertido, no entanto seu porte forte e alto fez a moça se encolher, intimidada. — Quero dizer, curativos, sabe? No nariz?

Ela sorriu, rindo da forma como aquele homem podia ser intimidador, mas ao mesmo tempo não ter consciência disso, sendo tão divertido e desajeitado.

— Acho que sei alguma coisa — respondeu, guardando sua pistola no cinto. — Posso tentar dar um jeito no seu nariz, porém não me responsabilizo se ficar meio... torto, sabe?

A expressão de assombro dele faz a morena explodir em risos.

— Está brincando, né?

— É claro, Will! — exclamou Lia, ainda rindo. — Venha, vamos dar uma olhada nisso.

Por mais que estivesse temeroso, preferia ficar com um nariz torto a ouvir Alejandra falando em seu ouvido. Fora que gostava imensamente de ficar na presença da menina Vesryn.

Queria ter mais oportunidades como essa, todavia a maior parte do tempo Lia estava com o pai ou com Dylan, que passara a ajudá-la com os resquícios de dom que ela — mesmo sendo meio humana — descobrira ter herdado do pai.

Por muitas vezes, pedira que lhe mostrasse, mas ela sempre negava dizendo que queria treinar mais para exibir uma amostra do seu poder, e não uma tentativa fracassada. Lia era diferente de qualquer pessoa que conhecera. Era frágil como uma humana comum, contudo ainda assim trabalhava e treinava duro para não precisar depender dos outros.

Por mais tímida que fosse, ainda tinha um orgulho gigantesco que não permitia que os outros fizessem nada por ela. Talvez fosse isso que o havia feito se interessar tanto por ela. Parecia um misto de doçura, sarcasmo, orgulho e determinação.

Com um sorriso de canto, seguiu-a, satisfeito por poder ficar mais tempo com ela.

Será que ela se interessaria por mim mesmo com o nariz torto?, pensou com assombro enquanto seguiam para os banheiros.

53

Ao acordar, Helena olhou para o lado e foi inevitável não sorrir ao ver James dormindo de um modo desajustado na poltrona ao lado da sua cama. Perdeu vários minutos observando o rosto sereno dele e respirou aliviada ao perceber que agora eles estavam seguros.

Pelo menos por enquanto.

Escutou o barulho de uma porta se abrindo e virou o rosto para lá. Seu sorriso se estendeu ao ver Alejandra entrar no cômodo.

A mulher tinha uma expressão tranquila, mas ainda assim era possível ver os resquícios das noites maldormidas trazidas pelas olheiras presentes no rosto dela. Sua mentora também sorriu quando a percebeu acordada e caminhou devagar até se colocar ao lado da cama de Helena. Alejandra já tinha os olhos cheios de lágrimas e nem sequer se importava de demonstrar fraqueza à sua protegida.

Estava feliz demais por vê-la bem.

— Oi... — começou Helena ao ver que Alejandra chorava. — Senti saudades.

— Oh, minha querida, você não sabe a falta que me fez... — falou em um tom baixo enquanto a abraçava levemente. — Estava tão preocupada...

— Eu estou bem, Ale — falou Helena, tentando acalmar a mais velha. — Já estou melhor.

— Vocês só sabem me dar dor de cabeça, querem me matar de preocupação!

E ali estava ela novamente, Alejandra já mostrava a sua personalidade forte.

— Vocês?

Helena levantou uma sobrancelha assim que a mulher se desvencilhou dela e se sentou na beirada da cama.

— Você, Duran, todos vocês! — respondeu e olhou de canto de olho para ver se James ainda dormia apesar da conversa. — Ele estava mesmo precisando dormir, coitado.

Helena seguiu o olhar dela e observou James se remexer para logo continuar a dormir.

— Sim, aposto que esta é a primeira noite que ele dorme em dias... — Helena acenou, acomodando-se melhor na cama, voltando-se para Alejandra. — O que Duran tem?

— Bem, aparentemente Kaguyan deixou uma espécie de veneno preso no corpo dele, e agora que deixou de segui-la... esse tal veneno foi liberado. — Abaixou o olhar. — Eu o deixei estável, mas ainda não consegui descobrir as propriedades para fazer um antídoto.

— Onde ele está?

— No fim do corredor — respondeu Alejandra e franziu as sobrancelhas ao ver a protegida impulsionar o seu corpo para frente, na intenção de se levantar. — Aonde pensa que vai?

— Duran está assim porque me ajudou, Alejandra — disse Helena, parando os seus movimentos. — Preciso vê-lo.

— Não seja teimosa, você sabe que não tem condições.

A mulher se levantou e resmungou baixo para não acordar o rapaz.

— Então me ajude!

Helena retirou o lençol que tinha sobre si e olhou para a mais velha, esperando algum movimento seu. Alejandra balançou a cabeça negativamente e caminhou até o canto esquerdo do quarto, voltando com uma cadeira de rodas.

— É bom que James não acorde antes de você voltar para a cama, mocinha. Se não já sabe que ele irá incomodar nós duas!

Ajudou Helena a se levantar e se acomodar na cadeira. Sabia que mesmo com a sua regeneração rápida os seus ferimentos foram graves, e ela não poderia se dar ao luxo de sair por aí caminhando. A ferida na barriga já se fechava, mas demoraria mais alguns dias para que estivesse totalmente curada.

Alejandra empurrou a cadeira de rodas e levou Helena até o quarto em que Duran estava acomodado.

Abriram a porta e entraram no cômodo.

Helena suspirou ao ver o homem deitado na cama da enfermaria. Ele estava acordado e tinha um olhar distante, parecia estar viajando em seus pensamentos, tanto que nem notou a presença das duas.

– Duran? – chamou Helena assim que Alejandra ajeitou a cadeira de rodas ao lado da cama.

Ele se voltou para ela, observando-a um tanto surpreso.

– O que você faz aqui? – Seu tom era cansado e baixo. – Deveria estar descansando.

– Eu estou bem. Mais uns dias e estarei recuperada.

Helena sorriu para ele e para Alejandra, que se sentava na poltrona ao lado.

– Que bom, querida – Duran tornou a falar. – Você é uma guerreira.

– Você esperava menos de minha protegida, Duran? – Alejandra cruzou os braços e ergueu uma sobrancelha. – Eu a treinei para sobreviver a qualquer coisa.

– Você tem razão, tia. – O homem se acomodou melhor na cama. – Helena foi muito forte. Outra pessoa não teria conseguido passar por tudo aquilo.

– “Tia”? – repetiu Helena.

– Ah, sim, é minha tia – respondeu Duran, e ela não pôde deixar de sentir o orgulho vindo das palavras dele.

– Ah, e ninguém teve a decência de me contar isso?

Helena cruzou os braços e olhou de um para o outro, esperando a resposta de um dos dois. Alejandra apenas sorriu e se levantou, disse que iria tomar o café da manhã e que voltaria mais tarde. A verdade era que se sentia leve por ter Helena junto de si novamente. E mais ainda por ver Duran tão sereno.

Quantas vezes desejara que seu sobrinho voltasse a agir com a razão para ajudá-los na guerra contra Kaguyan? Mesmo que ele tivesse sido a principal razão da morte de Lorenzo, sabia que não poderia julgá-lo. O que enfrentara não tinha sido fácil, portanto lhe daria mais um voto de confiança.

Helena e Duran permaneceram em silêncio por alguns instantes.

Eles sabiam que tinham desenvolvido uma amizade forte, mesmo sendo por linhas tortas. Helena confiava nele; apesar de tudo que acontecera e após todas as provas errôneas que ele tinha lhe dado, apostava nele e sabia que tinha um bom coração.

Isso foi algo que por muito tempo o grisalho não tinha tido: alguém que se importasse consigo.

Tanto tempo que nem sequer se lembrava.

Agora, ao lado de Helena, conseguia sentir o gosto de ter uma família, amigos e pessoas com quem pudesse contar.

— Aquela desgraçada ferrou com você, foi? — perguntou Helena em um tom divertido.

— Sim, aquela maldita quer me ver morto. — Ele riu, sem graça, e suspirou. — A tia disse que vai fazer um antídoto, mas não será fácil.

— Se há alguém que pode conseguir isso é Alejandra. — Sua mentora sabia o que fazia. — Por que não me disse?

— Não sou digno de ser sobrinho dela, querida, você sabe disso — respondeu ele, e Helena sabia que o homem à sua frente jamais se perdoaria por tudo que fizera aos shindenianos.

Principalmente, Duran nunca se perdoaria por tirar a vida de Lorenzo, que era como um filho para Alejandra.

— Eles pegaram pesado com você? — perguntou Helena depois de um tempo em silêncio.

— Achei que seria pior; são uns molengas — retrucou. — Mas pode ser porque estou com os dias contados por causa deste maldito veneno.

— Sinto muito, Duran — falou com pesar. — Alejandra vai dar um jeito.

O grisalho a observou por alguns instantes, como se conferisse se a garota estava realmente bem. Suas feições estavam mais aliviadas e para quem a vira naquele estado apático, agora ela estava ótima. Alguns curativos ainda estavam espalhados pelo corpo e sua barriga estava protegida com faixas para que nada acontecesse com o maior ferimento que tinha.

— Estou bem. — Ela tornou a falar ao ver que ele a examinava.

— Eu não sei explicar o sentimento que tenho por você, Helena, mas... sinto que preciso cuidar de você. — Duran sentia a necessidade de dizer. — Sei que causei muito mal a você, mas no tempo que ainda me restar vou protegê-la e garantir que ninguém lhe faça mal.

— Fui criada por Alejandra para não depender de ninguém, Duran — disse ela com uma expressão leve no rosto. — Não preciso que me proteja. Quero apenas o seu bem, quero que você se resolva consigo mesmo.

— Helena, você sabe que não tenho mais conserto.

Ela, por sua vez, sorriu ao encará-lo. Estava sentada na cadeira de rodas perto da cama, então estendeu o braço e apertou a mão dele sobre o seu colo. Duran observou o antebraço dela com manchas do ácido e algumas cicatrizes e respirou fundo.

No fundo, tudo o que sentia naquele momento era *culpa*.

— Eu acredito em você, Duran — disse, encarando-o e apertando a sua mão.

— Por isso que você é diferente, querida.

Permaneceram mais alguns instantes em silêncio, encarando-se.

— Nossa, nem lembrava mais de como era ver você sendo amigável. — Uma voz desconhecida fez Helena parar de falar e observar o novo visitante escorado na quina da porta.

Pelas feições e aparência semelhantes às de James, nem foi necessário fazer apresentações.

Ita Evellon.

Ela apertou os dentes e observou o homem se aproximar com um sorriso no rosto.

— O que faz aqui? — perguntou Duran, um tanto estressado por ter alguém ouvindo a sua conversa tão vulnerável.

— Vim visitar você e fazer companhia, mas vejo que tem alguém muito mais interessante que eu para conversar — respondeu Ita, parando em frente à cama. — É um prazer finalmente conhecê-la, Helena. Eu sou Ita, irmão de James.

— Sei quem é — replicou, encarando-o. Este franziu as sobrancelhas com a agressividade da garota. — Já ouvi falar de você.

— Entendo. — Ele ponderou por alguns instantes ao encarar os dois. — Tenho que agradecer pelo modo como mudou James.

— Não tem que me agradecer — rebateu sem tirar os olhos dele. — Todos nós nos ajudamos e cuidamos uns dos outros. Mas você não sabe disso, já que não estava aqui.

— Estava ocupado.

— Não me interessa o que esteve fazendo, Ita — respondeu Helena após suspirar. — Nada do que me dirá vai fazer eu mudar a minha opinião sobre você.

— E posso saber o que fiz de tão ruim para você já não gostar de mim?

Pelas palavras secas e duras dela, não parecia ser apenas porque ele estivera longe em todo esse tempo. Ita era um bom observador e conseguiu notar isso apenas pelo tom ofensivo dela.

Ela não respondeu, porque logo a porta foi aberta em um rompante e um James nada feliz passou por ela.

O irmão mais novo de Ita caminhou até eles e observou os três.

— Eu não posso ficar um minuto sem observá-la que você some? — perguntou, irritado.

— Desculpe, queria ver como Duran estava — respondeu Helena em um tom baixo, como uma criança que se defende assim que é pega no flagra pelos pais.

— Como pode ver, ele está ótimo, Helena.

James revirou os olhos ao caminhar até perto dela. Por alguns instantes, observou a expressão séria que Ita fazia ao encarar a garota. E estranhou principalmente o fato de ver que Duran tinha uma aparência doente e estava deitado em uma cama na enfermaria.

— Afinal, o que você está fazendo aqui? — perguntou, olhando para o grisalho.

— Kaguyan o envenenou — respondeu Helena, tentando fazer com que isso o deixasse menos chateado.

James respirou fundo, massageando o nariz, como se buscasse paciência.

— Estou bem, querida — falou Duran, vendo a irritação do namorado dela. — Vá descansar.

— Certo, agora será que você pode retornar para o seu quarto?

Helena sorriu, acenando em concordância.

— Falamos mais tarde, Duran.

Ela ignorou a presença de Ita ali, e James já empurrava a cadeira de rodas para fora do quarto.

— Quando você vai deixar de ser teimosa? — Duran e Ita conseguiram ouvir James começando o seu sermão assim que saíram do quarto. — Sabe que me preocupo...

— Ele mudou — comentou Ita mais para si do que para Duran, que não pôde deixar de ouvir.

— Ele a ama, faria qualquer coisa por ela — completou Duran. — Helena é uma pessoa incrível e com uma força tremenda.

— Vejo que não é apenas James que foi mudado por Número Cinco.

Ita sorriu e Duran revirou os olhos.

— Qual o problema de vocês em chamarem ela pelo nome?

Ita resolveu dar um tempo ao outro, retirando-se do quarto, percebendo que talvez ele não estivesse sendo tão necessário, afinal de contas.

54

A movimentação dentro do esconderijo estava intensa. Logo estaria de partida para um novo ponto de residência.

Não podia se dar ao luxo de ser descoberta nem mesmo que rastreassem sua localização por meio daquele traidor. Até porque não tinha certeza de quanto tempo seu veneno demoraria para agir e matar Duran. A única certeza que tinha era de que o shindeniano morreria e isso já lhe trazia uma bela satisfação. Aquilo era mais do que um aviso para aqueles que fossem contra ela.

No entanto, havia algo, ou melhor, alguém em quem a sua raiva em extremo se concentrava com maior intensidade.

Duran levara Número Cinco junto dele.

Sabia que os ferimentos que causara na garota eram o suficiente para matá-la, todavia não vira o último suspiro escapar pelos lábios da moça, não ouvira seu coração bobear, fraco, e por fim parar de bater.

Quando voltara ao salão em que havia deixado o corpo da garota desfalecido, tudo que encontrara fora uma poça de sangue.

Duran a havia salvado e, devido a isso, não tinha noção se a garota estava viva ou morta.

— Mas se estiver viva... — Sua voz aterradora murmurou por cima do barulho alto dos Zekens em movimentação constante para levar todos os equipamentos para a viagem. — Se ela estiver... — repetiu, fechando os olhos e batendo com força seu punho humano, sentindo a dor frágil do corpo ao qual, mais uma vez, era obrigada a usar para poder sair daquele lugar. – Vou arrancar o coração dela! Vou rasgar sua garganta e contemplá-la sangrar até a morte!

– Senhora.

A Rainha Vermelha, agora com a aparência de uma bela mulher ruiva, olhou para o Zeken com desdém, ainda desgostosa com a mudança de seus planos.

– Fale, Mako.

– Estamos prontos para a partida.

– Ótimo. – Levantou-se de seu trono. – Conseguiram consertar o dispositivo de invisibilidade da nave? Não quero viajar naquelas coisas com asas dos humanos. Aquilo e nada é o mesmo, nem sei como consegue pairar no céu!

– Os aviões não pairam, minha senhora, apenas voam sem poder parar, caso contrário caem em queda livre.

– Como vê, este mundo não é desenvolvido. Teremos muito trabalho por aqui quando resgatarmos meu poder. Mas então? Está consertado ou não?

– Sim, minha senhora. Consertamos a nave e está disponível para a viagem.

O Zeken anuiu, concordando.

– Ótimo.

Kaguyan caminhou lentamente até o local em que toda a concentração de Zekens se encontrava do lado de fora, aguardando para decolar.

– No entanto... – Ela parou subitamente, olhando de esguelha para Mako, que a acompanhava. – Estou pensando em mudar certas etapas do plano.

– Como o que, senhora?

– Não me importo de matar os humanos agora – disse, cuspindo as palavras com certo ódio. – Aqueles números se importam com o bem-estar dos humanos, então vamos desnorteá-los atingindo onde mais dói.

– A senhora está dizendo que...

– Sim, Mako. – Acenou, voltando a andar. – Destrua este esconderijo e suas ramificações. Quero ver esta cidade virando pó, fui clara?

— Como desejar, minha rainha.

Pela primeira vez, Mako esboçou um sorriso horripilante e satisfeito. Se havia algo que odiava era os humanos, por isso não mediria esforços para massacrar aquela cidade com seu exército e os cães.

— Cumpra com seu dever, Mako, e será meu novo general no lugar daquele traidor — disse Kaguyan, parando com um pé na escada de sua nave e o olhando com seriedade. — Faça valer minha confiança em você.

— Não a decepcionarei, senhora.

— Assim espero. — Foi a última coisa que falou antes de subir os degraus de sua nave.

Estava farta com a demora para atingir seus objetivos. Dali em diante, seria mais radical.

Não queria nem cogitava cometer o mesmo erro que ocorrera em Shinden.

Assim que sua nave planou alto o suficiente no céu, viu, com orgulho e prazer, um cogumelo de fumaça se formar e se alastrar com extrema velocidade, causando uma destruição avassaladora por toda a sua extensão.

Ela viu ali casas, prédios, ruas e milhares e milhares de pessoas que corriam, desesperadas, nas ruas sendo carbonizadas vivas assim que o calor e a radiação as alcançavam.

— Não se preocupem... — sussurrou, ainda olhando para a destruição massiva mais abaixo. — Para se ter um novo mundo, é preciso destruir o antigo. Logo me agradecerão por isso. O pior, para eles, vem agora.

Gargalhou alto, maléfica.

Para saber mais sobre os títulos e autores do GRUPO EDITORIAL COERÊNCIA, visite o site **WWW.EDITORACOERENCIA.COM.BR** e curta as nossas redes sociais.

Além de informações sobre os próximos lançamentos, você terá acesso a conteúdos exclusivos e poderá participar de sorteios, promoções e eventos.

@GRUPOEDITORIALCOERENCIA

FB.COM/GRUPOEDITORIALCOERENCIA/

RUA CORONEL LEME, 43 - CENTRO
BRAGANÇA PAULISTA - SP - 12.900-340

LILIAN@EDITORACOERENCIA.COM.BR

(11) 9.8020-0810

NÃO PERCA A OPORTUNIDADE DE REALIZAR O SONHO DE SE TORNAR UM ESCRITOR.
ENVIE SEU ORIGINAL PARA O NOSSO E-MAIL E PUBLIQUE CONOSCO.

Grupo Editorial
coerência

Esta obra foi composta na fonte ITC Legacy Serif,
tamanho 11 pt, e impressa em papel pólen soft 80g/m².
São Paulo, janeiro de 2022